# 웃는 갈대

김태길 수필집

# 웃는 갈대

철학과 현실사

차례

# Ⅲ _ 정열 · 고독 · 운명

# Ⅳ _ 이국(異國)의 하늘과 땅

너무나 가혹한 현실은 우리의 숨길을 막을 것만 같다. 난마(亂麻)보다도 어지러운 생활의 주변을 똑바로 의식할 때마다 상이 저절로 찌푸려지나니, 값진 삶을 꿈꾸고 올바른 처세를 뜻하는 사람들에게 현대의 상황은 너무나 악의에 가득 차 있다.

물론 우리는 아무리 거칠고 험악한 현실과도 정면에서 대결해야 하며, 당면한 문제를 해결하는 책임을 스스로 맡고 나서야 마땅하니, 현실로부터의 도피나 책임을 남에게 미루는 따위의 태도는 용납될 자리가 없다. 그러나 현실과 대결하는 마당에 있어서 우리는 반드시 악마처럼 무서운 얼굴을 지켜야 하며, 일파의 '철학자'들이 하듯이 언제나 심각한 표정을 지어야 할 것인가? 때로는 그것도 필요할 것이다. 허나 현실과의 대전(對戰)이 본래 장기에 걸치는 지루한 싸움이며, 이 싸움의 승패를 결정하는 인자(因子)들 가운데는 사람의 힘이 미치지 않는 분야가 있다는 것, 다시 말하면 인간은 아직도 '운명의 지배'를 완전히는 벗어나지 못한다는 사정을 돌이켜 볼 때, 차라리 그 심각한 표정을 풀고 좀 녹진녹진한 반죽으로 대응(對應)하는 것이 바람직할 성싶다. 내가 놓인 불우한 처지와 내 사람됨의 어리석고 옹졸한 현재를 마치 남의 일처럼 바라보고 잠시 지긋이 웃어넘기는 마음의 여유를 갖고 싶은 것이다.

이와 같은 마음의 여유를 갖지 못한 점에 있어서 나보다 심한 사람을 모르며, 긴장과 조바심으로 불행을 자청하는 딱한 성격의 전형(典型)으로서 나 자신을 바라본다. 그러나 마음의 여유가 없으면 없을수록 그것이 갖고 싶고, 성격이 긴장을 강요하면 강요할수록 그것으로부터 벗어나고 싶은 것은 인간의 상정(常情)이다. 내가 수필을 쓰는 동기에는, 없는 여유를 억지로 가지려 하고, 천성(天性)에 맺힌 긴장을 인위(人爲)로 풀어 보려는 철없는 노력의 일단이 숨었다. 본래 웃음을 적게 타고난 나는 어쩌다 붓장난을 하는 순간에 꾸며서라도 혼자 몰래 웃어 보는 것이다. 한마디로 말해서 나의 수필은 가장(假裝)의 산물이며, 나의 웃음은 허세(虛勢)에 가득 찼다.

약하기로 말하면 한낱 갈대(蘆)와도 같은 인간이 생각하는 능력을 가진 까닭에 무한히 강할 수도 있다 한 것은 파스칼의 유명한 견해이거니와, '생각하는' 순간보다도 '유머'라는 웃음을 웃는 찰나에 인간은 더욱 강해진다고 주장한다면 터무니없는 역설일까? 자아에 집착하는 까닭에 우리는 걱정하고 두려워하며, 걱정과 두려움으로 말미암아 인간은 맥없이 약하다. 유머의 바탕은 집착을 넘어서 자아 밖에서 자아를 관망하는 담담한 심정이다. 그 순간에는 걱정도 두려움도 저쪽에 존재하는 객관적 사실이니, 나를 괴롭힐 사유가 못 되며, 현실에 가득 찬 '불합리'는 오직 나의 웃음을 자아낸다.

그러나 나는 아직 유머를 가진 사람은 아니다. 단지 갈망하는 마음이 그것을 흉내 낼 뿐이다. 그리고 이 책에 수록된 수필들이 모두 '유머'의 '흉내'와 관계가 있는 것도 아니다. 본래 넉넉지 못한 재료를 주워 모아 한 권으로 묶은 이 책에는 여러 가지 잡것들이 무원칙하게 섞였으니 그 가운데는 필요 이상의 근심과 긴장을 일삼는 나의 옹졸한 성품이 그대로 반영된 것들도 있다. 다만 수필이 붓대를 들 때마다 유머의 관념이 머리를 스친 것은 사실이며, 그러는 동안에 글을 쓰는 나의 태도와 유머라는 관념 사이에 무슨 연관성이라도 있는 것처럼 느끼는 착각까지 생기게끔 된 것이다.

물론 수필은 반드시 유머를 포함해야 한다고 믿지 않으며, 앞으로 언제까지나 대수롭지도 않은 얘기를 실없는 농담조로 어물어물 하겠다는 결심도 없다. 다만 정말 유머다운 유머를 풍길 수 있다면(나는 끝내 그것을 못했지만), 그러한 타입의 수필에도 독자(獨自)의 가치가 인정되리라는 생각에는 변함이 없다.

여기에 수록된 글의 대부분은 이미 수년간에 걸쳐 신문, 잡지 등에 실린 것들이다. 다시 읽어 보면 마땅치 않은 곳이 허다하나, 지나간 것은 지나간 것으로서 대접하자는 뜻에서 별로 붓을 대지 않고 그대로 다시 내놓기로 한다. 다만 한자(漢字) 제한, 철자법 교정 등을 위해서 약간 붓을 새로 댄 곳이 있으며, 수필의 제목 두어 가지를 일부 고친 것이 있다. 본래 제목은 아무렇게나 붙이는 습관인데, 어떤 것은 일부 독자에게 그릇된 선입견을 주었다는 사실을 깨달았기 때문이다.

끝으로 이 조그마한 책자가 나오는 데 음양으로 도와주신 선배와 동료들에게 깊은 감사를 드린다. 특히 원고 정리에 많은 수고를 아끼지 않은 서울대학교 문리과대학의 장동만(張東萬) 군과 이 책의 출판을 맡아 주신 동양출판사 여러분께 충심으로 사의를 표한다.

1960년 9월

저자 씀

서문

 

사상내용(思想內容)의 깊이와 표현양식의 아름다움을 아울러 가진
수필에 대하여 각별한 관심을 느낀 것은 학생 시절부터였던 것으로
기억된다. 처음에는 그러한 글을 즐겨 읽었고, 다음에는 그런 수필을
하나 써 보고 싶은 충동에 사로잡히곤 하였다.

붓을 들기 시작한 지도 20여 년이 되었다. 정말 마음에 드는 작품
은 별로 없었으나 전체의 편수(篇數)는 상당히 많은 수효에 이르렀다.
그것들을 묶어서 세 권의 수필집으로 출판하였고, 또 한 권의 장편 수
필을 선보이기도 하였다.

여기 이 『웃는 갈대』는 나의 첫 번째 수필집이다. 1961년 봄에 출판
사에서 초판을 출간했으나, 머지않아 그 D출판사가 문을 닫았고, 따
라서 『웃는 갈대』도 곧 절판이 되어 땅속에 묻혀 버렸다. 원고를 싸
들고 여기저기 출판사와 교섭을 벌일 정도로 적극성이 있는 성격이
못 되는 까닭에 내버려 둔 채 14년의 세월이 흐른 것이다.

첫 번에 낳은 자식에게 유다른 애착이 가듯이, 첫 번째 작품집에 대

하여 항상 안쓰러운 미련을 느껴 왔다. 실종된 자식을 찾지 못하고 있는 그런 심정에 가까운 불만감(不滿感)이다. 이번에 박영사의 호의로 이것이 다시 세상에 나오게 된 것은, 그런 뜻에서 나에게는 매우 기쁜 사건이 아닐 수 없다. 거기에 실린 작품들에 미숙한 것이 많은 줄 알면서도 감히 내놓는 용기도 이러한 사연에 연유한다.

박영사 안원옥(安洹玉) 사장에게 깊이 감사한다.

1974년 12월
저자

# '웃는 갈대'의 자기인식

　『웃는 갈대』는 김태길 교수가 1961년에 출간했던 그의 첫 번째 수필집이다. 그 제목이 암시하듯이 책 전반에 걸쳐서 잔잔한 미소가 넘쳐흐른다. 그것은 분명히 파스칼의 "생각하는 갈대"를 패러디한 것인데, 김 교수에 의하면 '생각'보다 '웃음'이 인간의 본질을 더욱 잘 부각시키는 측면이 있고, 여기서는 오히려 더욱 포괄적이고도 심도 있게 인간적 특성을 드러내기도 한다는 점이 강조된다. 그는 이 책의 초판 서문에서 "'생각하는' 순간보다도 '유머'라는 웃음을 웃는 찰나에 인간은 더욱 강해진다"고 지적하고 있는 것이다. 수필의 일반적인 특성으로 지적되는 것이기도 하지만 전면에 흐르는 바로 그 미소 때문에 이 책에는 김 교수 생전의 모습이 어디에서보다도 더욱 생생하게 재현되어 있다는 인상을 준다. 가까이서 지내 본 경험이 있는 사람들은 알겠지만 김 교수는 언제 어디서나 단아한 자태를 유지하면서도 품격 있는 유머를 결코 잃지 않았기 때문이다.

　이 책의 제목을 달리 붙일 수 있다면 '유머와 자기인식'이라고 해도 좋을 것이다. 실제로 「유머에 관하여」라는 중편 에세이에서도 이 주제를 비중 있게 다루고 있지만 책 전반에 걸쳐서 유머의 중요성 못지않게 자기인식의 문제가 강조되고 있기 때문이다. 그는 유머와 자기인식의 밀접한 관계에 관하여 이렇게 말한다. "유머는 자기 자신을 객관화하여 바라보는 마음의 여유에서 생기는 것이다. 자신을 객관화한다 함은 자신을 인식의 대상으로 삼는다는 뜻이다. 따라서 유머라는 인격 특질과 가장 깊은 상관관계를 갖는 것은 자기에 대한 인식이다." 여기서 말하는 '자기인식'이란 물론 소크라테스적인 것이다. 소크라테스처럼 자신의 무지를 우선 솔직하게 인정할 수 있어야 하며, 심지어 관중의 흥을 돕기 위하여 스스로 자기를 웃음거리로 만들 수도 있어야 하는 것이다. 그러한 의미로 김 교수는 유머를 "깊은 자기인식에서 우러나는 지성의 웃음"으로 규정한다. 가령 '벌거벗은 임금님'의 모습을 그냥 바라보는 데 그치는 것이 아니라 그렇게 바라보는 자신의 모습도 벌거벗은 것을 의식했을 때 비로소 진정한 의미의 유머가 생겨난다는 것이다.

이 책의 '자기인식'에는 개인적 성찰뿐만 아니라 치열한 시대적 역사인식과 사회비판, 그리고 서정적이고도 낭만적인 회상 등이 포함된다. 김태길 교수는 1950년대를 철학자와 교육자로 살아가면서 당대의 대표적인 지식인이 당연히 지녀야 할 성찰과 비판의 면모를 여기서 충분히 개진하고 있는 것이다. 가령 새로운 유행의 풍조를 무비판적으로 따르는 당시의 일반적인 행태를 염려하면서도 "유행에 대한 비난이 실은 유행의 '자기비판'임을 잊지 말아야 함"을 「유행」이라는 글에서 지적한다. 이러한 맥락에서도 그는 소크라테스적인 성찰을 환기시키고 있는 것이다.

일반적으로 우리는 1950년대, 특히 그 후반기를 극심한 격동의 시대로 이해한다. 한국동란이 이제 막 끝나고 사회는 전반적으로 가난과 불의와 혼란의 소용돌이에서 헤어나지 못하였다. 지식인들은 '후진성'이라는 고정관념에 사로잡혀 있었으며, 여전히 '식민지 상태'에서의 열등의식을 떨쳐 버리기가 어려웠다. 이에 김태길 교수는 「고정관념」이라는 글에서 이렇게 주장한다.

> 고정화한 '후진국'의 관념이 가져오는 … 더욱 무서운 폐단은 인격의 가치를 물질의 척도로써 측정하려는 오류와 결합할 때 나타난다. 경제나 과학에서의 후진이 반드시 '인간'으로서의 열등을 의미하지는 않을 것이다.

그는 이어 "나를 안다는 것이 남을 아는 토대가 된다"는 소크라테스적 가르침을 다시 환기시키며, 이러한 원칙이 가치관의 갈등이 심화되고 있는 상황에서의 "상호 이해에 관해서도 적용된다"는 점을 지적하기도 한다. 무엇보다 "우리의 사상계가 식민지 상태로 있는 한 우리의 국토도 같은 상태를 벗어나기 힘들 것"이라고 그는 「신구(新舊)·동서(東西)의 틈바구니에서」라는 글에서 강조한다.

김태길 교수의 수필집 『웃는 갈대』는 분명히 60여 년 전 이 땅의 풍토와 세태에 대한 염려와 풍자와 성찰을 담았지만, 그것은 단순한 시사 평론집은 아니다. 여기에는 예리한 통찰과 날카로운 비판정신 못지않게 서정성이 넘치는 은유와 예술적 감수성도 쉽게 찾아볼 수 있다. 가령 「복덕방 있는 거리」는 이러한 문장으로 시작한다.

문 밖 큰길가에 수양버들 한 그루가 비스듬히 서 있다. 수십 세의 연륜(年輪)으로 슬픈 얘기들을 기억하는 굵은 줄기는 가죽이 벗겨지고 알맹이까지 썩어 달아나 반쪽만이 남았다. 그래도 젊은 가지가지에는 새로운 잎이 피어서 가냘픈 그늘을 던진다. …

복덕방 영감님들은 아직도 그 자리에 앉아계신다. 전설을 지닌 벽화처럼.

이것은 김 교수의 문학성을 엿볼 수 있는 여러 사례 중에 하나일 뿐이다.

우리는 이 책을 통해서 김태길 교수의 자상한 안내를 받아 반세기 전 우리 사회의 세태나 '복덕방 있는 거리'를 엿볼 수 있을 뿐만 아니라 김 교수 자신의 인생관이나 세계관, 그리고 가치관도 공유할 수 있다. 그중에 어떤 글에서는 격세지감(隔世之感) 같은 것을 느낄 수도 있지만, 그중의 대부분은 우리 곁에 '전설을 지닌 벽화'처럼 남아 있음을 간과해서는 안 될 것이다. 무엇보다 "유머의 바탕은 집착을 넘어서 자아 밖에서 자아를 관망하는 담담한 심정"이라는 그분의 인식을, 그리고 이러한 태도로 삶에 임하면, "그 순간에는 걱정도 두려움도 저쪽에 존재하는 객관적 사실이니, 나를 괴롭힐 사유가 못 되며, 현실에 가득 찬 '불합리'는 오직 나의 웃음을 자아낸다"는 그분의 가르침을 우리가 체득할 수 있다면 이 책을 새삼스럽게 다시 세상에 내놓는 충분한 이유와 보람이 될 것이다.

엄정식

서강대학교 명예교수. 수필문우회 회장

# I _ 웃는 갈대

# 서리 맞은 화단

마루 끝에 걸터앉아 볕을 쪼인다. 뜰의 손바닥만 한 화단이 된서리나 겪은 듯이 초라하다. 칸나 두 폭만이 아직도 싱싱한 잎을 지니고 있을 뿐, 나머지는 거의 전멸 상태에 있다. 떡잎 진 옥잠화, 흔적만 남은 채송화, 패잔병처럼 축 늘어진 나팔꽃 덤불, 보기에도 딱할 정도로 쓸쓸한 풍경이다.

만 3년 만에 돌아온 서울 집에 새봄이 왔을 때는 희망에 가까운 기쁨이 있었다. 그전 꽃밭 자리에 다시 조촐한 화단을 꾸미자는 의견에 온 집안은 유치원처럼 환성을 올렸던 것이다.

어떠한 화단을 만들 것인가. 처음에는 굉장한 이상론(理想論)이 압도했다. 변두리는 벽돌로 쌓아 올리는 것이 좋다. 씨를 뿌리느니보다도 진달래, 라일락 같은 꽃나무를 심는 것이 좋다. 처마 끝으로는 등나무를 올리는 것이 좋겠으며, 백합, 글라디올러스 같은 구근(球根)도 약간 필요하다. 그리고 또 무엇도 있고 무엇도 있고. 그것을 죄다 심자면 삼층 사층으로 심어도 밭이 모자랄 정도로 하고 싶은 것이 많았다.

그러나 막상 실천 단계에 들어서니 이런 일에 목돈을 들일 형편은 못 되었다. 변두리는 벽돌 대신 집구석에 굴러다니던 송판 쪽으로 만족하지 않으면 아니 되었다. 나무를 심는 것은 내년 봄으로 미루었다. 상점에 알아보니 구근도 무척 비싸다. 손바닥만 하다 해도, 모두 고급 구근으로 채우자면 월급 한 달 치쯤 무난히 들겠다. 몇 가지로 여남은 뿌리만 사고 나머지는 출아보증(出芽保證)이라고 설명이 붙은 종자로 대용할 수밖에 길이 없다.

제법 다리를 걷어붙이고 작업에 착수했으나, 그것도 생각하기보다는 힘이 든다. 첫째로 연장이 없다. 일꾼도 처음에는 나도 나도 하더니 실제에 일이 시작되고 보니, 이 사정 저 사정이 있어서 결국 나 혼자 하다시피 되었다.

서투른 솜씨라 발아(發芽) 성적은 매우 나빴다. 작년에 집수리할 때 일꾼들이 양회 섞인 구벽토(舊壁土)를 퍼부어서 토질이 나빠진 것인지 난 것조차 발육이 좋지 못하다. 뜨물이 낀다. 게다가 올해 신문까지 떠들썩한 큰 쥐 작은 쥐들이 크는 놈을 몽땅몽땅 잘라 먹었다. 씨앗 봉지의 그림과 설명은 그럴듯하더니 실물은 보잘것없는 것들이 많았다.

이리하여 꽃 농사는 완전히 실패하고 말았다. 집 안에 윤기가 돌게 하리라던 화려한 꿈이 수포로 돌아간 것이다.

그래도 한여름에는 하나씩 둘씩 꽃송이가 피었다. 그것들이 약간이
나마 화제가 되었다. 이제 그나마 모두 시들어 버리고 칸나만이 홀로
쓸쓸히 밭을 지킨다.

가을바람에 초라하게 떠는 화단을 바라보고 실패한 꽃 농사의 기록
을 회상하노라니 문득 생각나는 것이 실패한 나의 반생(半生)이다.

20 전의 꿈은 나도 남에게 밑지지 않았다. 화단 계획보다도 더 화
려한 계획이 새벽마다 잠자리에 수를 놓았다. 나는 높은 지위를 가질
사람이었다. 지혜와 덕은 일세(一世)의 모범이 될 사람이었으며, 가재
(家財)로 말하면 거부(巨富)는 못 되어도, 피아노나 자가용 정도는 문
제가 안 될 것이었다. 나의 행복은 이상적인 가정을 중심으로 실현될
것이었다. 나의 아내는 교양 있고 아름다우며, 나의 자녀들은 영리하
고 건강하다. 그리고 또 그리고…

이러한 행복이 운명에 의하여 저절로 굴러오리라고 믿은 것이 아니
라, 나의 지혜와 의지와 덕의 힘으로 이것을 쟁취할 수 있다고 믿었던
것이다.

그리고 근 20년이 흘렀다. 나는 현재 초라한 학교 선생이다. 그나
마 우리나라 학계의 수준이 형편없고 우리 사회에 인재가 귀한 덕택
으로 겨우 얻어걸린 직장이다. 나의 가정은 오직 평범하다. 살림의 군
색은 밥 짓기에 골몰한 아내의 이마 위에 심각하고, 십 환만 달라고
보채는 어린것은 오늘도 코밑이 지지하다. 거미줄 낀 대청에는 응접
세트 대신 기저귀가 여기저기 널려 있다. 일세의 목탁(木鐸)이 되기로

마련이던 나의 인격은 비굴한 졸장부로서 판에 박혔다.

그러나 나의 연령은 아직 늦가을에 달하지는 않았다. 인간 일생을 70으로 잡는다면 겨우 반밖에 안 산 셈이다. 실패한 꽃 농사에도 한 송이 두 송이 그래도 볼 만한 꽃이 피던 한여름에 비교할 시절이리라. 앞으로 다시 20년! 그때는 이 초라한 교편생활을 그리운 황금시대로 회고해야 할 것이 아닌가. 갑자기 거울이라도 들여다보고 싶은 충동이 있다.

칸나 잎을 흔들던 쌀쌀한 바람이 선뜻 뺨을 스친다. 나는 악몽에서나 깬 듯이 벌떡 일어나 서재로 들어간다.

(1955년 10월)

# 나비

그 미국인지 어디선지 들어왔다는 쥐약이 쥐 아닌 고양이의 씨를 지우다시피 한 뒤로부터 나는 고양이의 소중함을 재인식하게 되었다. 도대체 이 집의 주인이 나와 우리 식구들인지 또는 저기 저 벼락같은 쥐들인지 알 수 없을 정도로 그놈들이 등쌀을 댈 때마다, 옛날 우리 집 일대를 횡행하던 도둑고양이 떼가 새삼스레 그리워지곤 한다. 떼 고양이는 그만두고 한 마리만 있더라도 인생이 좀 달라질 것 같다. 그러나 요즘 고양이 한 마리의 값이 얼마나 하며 어디 가면 살 수 있는지 물어볼 만한 복덕방이 마땅치 않다. 비록 마땅한 복덕방이 있다 하더라도 우리네 경제 사정으로는 구할 수 있을 것 같지가 않다. 옛날 위팅턴이라는 영국의 어느 고아가 고양이 한 마리를 쥐 많은 나라로 수출을 해서 거부(巨富)가 되고 마침내는 런던 시장까지 지냈다는 이야기가 거짓말이 아니라는 생각이 머리를 스치면서, 젖 뗀 새끼고양이 하나 흥정해 볼 용기도 없다. 고급 자가용차의 뒷모습을 어리둥절 바라볼 때마다 저런 이들 집에는 고양이도 있을지 모른다고 상상을 돌려 본 적도 한두 번이 아니었다.

그러나 한 달포 전에 뜻밖에도 고양이 한 마리가 우리 집에 나타났다. 색채나 풍채는 옛날 우리 집 도둑고양이의 졸병만도 못한 것이었지만, 그래도 나는 경의를 금하지 못하였다. 사람을 보아도 달아나지 않는다. 어린것들은 우리 집에서 키우자고 이리 뛰고 또 저리 뛴다. 고양이에 대한 애착이 이미 가풍(家風)이 되었는가 싶다. 그러나 나는 신중하였다. 요즈음 그토록 귀한 고양이가 무소속(無所屬)일 리가 없다는 것을 알아들을 만큼 말해 두었다.

고양이의 소유권이 바로 뒷집에 속한다는 것이 수일 내로 밝혀졌다. 그래도 고양이는 우리 집에 가끔 온다. 올 때마다 나는 환영의 뜻을 나타냈다. 전 국민의 존경을 받고 있는 어느 거룩한 분이 언젠가 집집마다 키우라고 전국에 유시(諭示)를 내렸다는 사실을 기억한다면 비록 남의 고양이일지라도 푸대접할 수는 없을 것이다. 허나 나로 말하면 그런 '국민된 도리'를 깊이 깨달았기 때문이기보다는 치사스러운 이해타산이 이면에 있었다. 비록 짐승일지라도 환영을 받으면 자주 올 것이며, 하루 두서너 번만 순찰을 다녀가도 그놈의 쥐들이 숨을 좀 적게 쉴 것만 같았다. 옛날부터 '이웃사촌'이라 했으니, 이웃집 고양이의 위력을 조금 개평 떼기로서니 그리 잘못일 것이 없으리라는 자기변명도 준비되어 있었다. 어린것들은 어린것들대로 딴 동기가 있어서 고양이 오기를 좋아하니 결국 나와 보조가 맞는 셈이다. 다만 아내만은 한사코 반대한다.

첫째로 그 고양이는 잘 먹이기 때문에 쥐를 잡지 않는다. 둘째로 가물에 콩 나듯이 모처럼 사 먹는 생선도 마음놓고 먹을 수가 없다. 셋째로 더러운 발로 마루고 방이고 막 들어오니 위생상 불결하다. 그리고 또 …. 그러나 그가 아무리 그럴듯한 이유를 거미줄같이 늘어놓아도 그가 반대하는 근본 동기는 어릴 때부터 털짐승을 매우 무서워해왔다는 아동심리학적 사실과 관련이 있다는 것을 멋없이 흐른 십 년 동거가 간파하고 있다.

그러나 요즈음 며칠 동안 고양이 얼굴이 보이지 않는다. 어린것들의 탐정에 의하면 뒷집에서 가두어 놓았다는 것이다. 그것도 그럼직한 일이다. 우리 집뿐이랴. 뺑뺑 돌아가며 모두가 집인 서울 이웃이 제각각 그 고양이를 환영하고 그 위력의 개평을 뗀다면 소유주로서는 너무나 억울한 일이라 하겠다.

간밤에 잠이 부족했으니 오늘은 일찍 자야 하겠다고 열 시에 불을 껐다. 원래 불면증 있는 소질이라 이리 둥글 저리 둥글 하노라니 여자 목소리의 부르는 소리가 난다.

"나비야, 나비야." 아마 뒷집 고양이가 나왔나 보다. 장광에서 우리 집 담 너머로 "나비야, 나비야." 그것이 우리 집에 자주 온다는 것을 알고 있는 모양이다. "나비야, 나비야." 약간 안면(安眠) 방해였다. 허나 내가 워낙 고단해서 잠이 먼저 들었는지 나비가 빨리 붙잡혔는지 머지않아 나는 세상을 모르게 되었다.

그러나 "나비야, 나비야." 또 부르는 소리다. 나는 잠이 번쩍 깨었다. "내비야, 내비야." 이번엔 다른 여자의 목소리다. 뒷집에는 식모가 두 사람이라는 얘기를 들었다. "나비야", "내비야" 우리 집 담 너머로 마구 소리를 지른다. 열두 시를 부는 사이렌 소리가 뚜우 하고 반주를 넣었다. 어디선지 "야오옹" 하는 장본인의 소리가 들려온다. "나비야, 나비야" 하는 소리가 뒤를 이어서 한층 더 요란하다. "나비야이" 이번엔 노파의 목소리다. "나비야이" 이것은 중학생일까. 일가(一家) 총동원인 모양이다. "오나, 나비야이, 오나, 안 가두께 오나." 이 것은 어린이의 목소리다. 고향이 경상도라더니 목청들은 선천적으로 모두 크다.

잠이 올 리가 없다. 화가 버쩍 치밀었다. 특히 우리 집 담 너머로 소리를 지르는 식모가 밉다. 그러나 식모야 무슨 책임이 있으랴. 식모인들 자기 자신의 신바람 나는 충동에 의해서 '나비야'를 연발할 리는 없다. 나는 열두 시가 지나서 고양이 찾는 쾌락이 잠자는 쾌락보다 더 크다는 심리학을 못 봤다. 밤이 새더라도 '나비'를 찾아 놓으라고 엄명을 내린 사람이 있지나 않을까. 쓸데없는 공상이 돌아간다. '나비야', '내비야', '나비야이', 공상도 맘대로 못할 소란이다. 참다못해 군대식으로 일어나 뒤꼍으로 난 유리창을 열었다. 달빛을 이고 우리 집을 넘겨다보던 여인이 고개를 담 뒤로 감춘다. "여보시오, 남의 사정도 좀 알아줘야 할 것이 아니요!" 나는 소리를 질렀다. "고양이도 중하겠지만 사람도 좀 자야 할 것이 아니요." 홧김에 나오는 대로 막 소리를 치고 자리로 돌아와 생각해 보니 그리 점잖은 처사 같지는 않다.

점잖든 않든 다소의 효과는 있었다. 그러나 좀 떨어진 방향에서는 역시 "나비야, 나비야"가 연상 들려왔다. "야오옹" 하는 소리도 가끔 섞인다. 안방 시계가 한 시를 친다.

그 뒤로 얼마나 시간이 흘렀는지 사방이 고요하다. 아마 식모도 노파도 중학생도 어린이도 모두 자는 모양이다. 잠을 못 자는 것은 오직 나 한 사람. '나비'도 지금쯤은 잠이 깊을 것이다. 이제 누구 때문에 못 잔다고 원망할 곳조차 없다. 나 자신의 책임으로 내가 못 자는 것이다.

쓸데없는 공상이 주마등(走馬燈)처럼 돌아간다. 오늘 밤뿐이 아닐 것이다. 앞으로도 '나비야', '내비야'는 종종 잠을 깨울 것이다. 내일 아침 일찍이 의장을 차리고 초면부지(初面不知)의 뒷집 주인님을 방문하는 나 자신을 상상해 본다. 앞날을 위하여 정식 항의를 제출하자는 것이다. 그러나 쑥스러운 생각이다. 도대체 그런 조문이 육법전서에 있는지 의문이다. '가택 침입죄'라는 말은 들었으나 그것이 '음성'의 침입에도 적용되는 것인지 애매하다. 새로 네 시만 지나면 교회 종소리가 그렇게 요란을 떨어도 신문이 아무 말 없는 것을 보면, 아마 그런 법률은 없는 모양이다.

옆에서 굿을 해도 잠을 잘 수 있는 사람이 부럽다. 잠을 자고 못 자고는 나 자신에 달렸다는 묵은 교훈이 다시 새롭다. 파리 때문에 잠을 못 이룬 괴테는 천 마리를 잡아 죽였다. 그러나 그는 그 다음 날 한 마리의 파리 때문에 잠을 깨었던 것이다. 이웃집을 원망할 일은 조금도 없다. 식모된 사람이야 더구나 동정받을 사람이다. 순순히 내 신경에게 옛 성현의 말씀으로 타이른다. 기분은 약간 가라앉고 지성은 이론상으로 납득한다. 그러나 잠이 안 오기는 매양 일반이다. 잠이란 이론상의 납득에서 오는 것은 아닌 모양이다.

숨을 크게 들이쉬어 본다. 3백까지 헤어 본다. 그러나 이쯤 되면 백약(百藥)이 소용이 없다. 에에라, 어차피 안 오는 잠이라면 글이나마 한 줄 써 보기로 하자. 떨치고 일어나서 다시 전등을 돌린다. 어항 속의 금붕어가 두 마리 졸음이 가득한 눈을 뜨고 물끄러미 바라본다.

(1956년 7월)

# 삼남 삼녀

1.

벌써 9년 전 일이다. 첫 아이가 아직 태중에 있었을 때 그것은 틀림없는 아들이었다. 우선 혈통으로 보아서 아들이 분명하다. 우리 할아버지는 5남 1녀를 두셨고 아버지는 3남 1녀의 아버지요, 형님은 아들만 고스란히 삼형제를 뽑은 전통이 있다. 그보다도 더 확실한 것은 음양의 이치다. 수십 년간 주역(周易) 공부를 독실히 했다고 자부하시는 아버지의 괘효(卦爻)에 의하면 남성임이 틀림없었다. 아버지께서도 이번 낳을 새 손자에 대해서 지대한 관심을 가지시고 산기(産氣)가 있던 날 새벽에는 손수 여의사를 불러 오셨다. 초산을 보통 산파에게 맡기기엔 염려가 되셨던 것이다.

여의사가 여아라고 선언했을 때 아무도 곧이들으려 하지 않았으나 물적 증거가 뚜렷한 이상 도리가 없었다. 아버지께서는 그 아이가 원래 섣달이 날 달인데 며칠 조산(早産)이 되어서 동짓달에 나왔으니 그럴 수밖에 없다고 변명하셨다. 과연 생일은 음력 11월 말일이다. 하루만 더 참았으면 될 것을 애석하기 짝이 없다.

## 2.

둘째 아이가 생긴 것은 피난지에서였다. 아버지는 이미 돌아가시고 주역을 풀어 음양(陰陽)을 계산할 사람은 없었으나, 이번만은 남자가 틀림이 없었다. 첫째로 아기를 가진 사람의 배 모양이 그것을 증명한다. 아랫배가 볼쏙 나오면 여자이지만 저렇게 둥그스름하게 배가 부르고서야 남자가 아닐 리 없다는 것이 이웃집 할머니들의 오랜 경험에서 우러난 일치된 견해였다. 둘째로 첫 아이의 탯줄의 위치가 그것을 증명한다. 어머님의 분명한 기억에 의하면 첫 아이의 탯줄은 태반(胎盤) 한복판에 똑바로 박혀 있었다. 그리고 이것은 다음에 남자 동생을 볼 확실한 전조(前兆)였다. 셋째로 입덧이 그것을 증명한다. 첫 아이가 섰을 때에는 시거운 것이 몹시 입맛에 당기더니, 이번에는 신 것은 꼴도 보기 싫고 단것이 비위에 당기니, 이것은 정반대의 결과를 가져올 징조였다. 넷째로 태아의 노는 품이 남자가 분명하다. 여자 같으면 운동이 작고 빠르게 '꼼틀꼼틀' 할 터인데 이놈은 크고 느리게 '굼틀굼틀' 하는 품이 대장부의 기상이 완연하다.

달수가 차서 그 대장부가 세상 밖으로 나타났을 때는 여자로 변장을 하고 있었다. 매우 간단하면서도 치명적인 변장이었다. 짤막하게 깎은 머리라든지 평평한 가슴이라든지 그리고 화장기(化粧氣) 하나 없는 얼굴이라든지 전체로 보면 남자가 분명했음에도 불구하고 오직 한 곳에 짓궂은 여자의 상징을 달고 있었던 것이다.

크게 충격을 받지 않은 것은 나 한 사람 정도였다. 산모의 낙심은 말할 것도 없거니와 어머님께서는 산실을 들여다보지도 않으셨다. 그러나 이웃집 할머니들이 받은 충격은 순식간에 풀려 사라졌다. 여아를 낳았다는 이야기를 듣던 찰나에는 잠깐의 의외라는 표정을 지었으나, 이 표정은 바로 깊은 진리를 터득한 사람들이 으레 하는 저 납득의 표정으로 돌변하였다. 간단히 말하자면 모든 일에는 예외가 있다는 것이다.

남자가 틀림없다고 가장 자신만만하게 장담하던 앞집 숙이 할머니는 여자가 오히려 남자보다 낫다는 새로운 이론까지 들고 나섰다. 옛날은 모르지만 요즈음 세상에 무슨 차별이 있느냐는 말이다. 여자도 장관이 될 수 있고 대통령이 될 수 있다. 낳는 순간에는 좀 섭섭할지도 모르나, 키우는 재미로 말하면 여자아이가 제일이라는 것이다. 그 재롱이 남아에 비할 것이 아니고 그 삽삽한 인정이 머슴애의 유가 아니다. 부모가 죽었을 때 더 슬프게 우는 것은 언제나 따님들이다. 그리고 요즈음 청년들은 제 부모보다도 장인 장모를 더 위한다. 그리고 또 …. 뒷집 광식이 할머니도 동감(同感)이었다. 그뿐만 아니라 이분에게는 더욱 철학적인 달관(達觀)까지 있었다. 순산만 했으면 다행이지 그 이상 무엇을 더 바라느냐는 것이다. 모두 다 지당한 말씀이었다. 다만 나는 숙이가 여자 동생을 보았을 때 숙이 할머니 자신은 며칠 동안 식사도 잘 하지 않았다는 이야기를 상기했다. 그리고 광식이 어머니가 일찍이 작고한 것은 그가 셋째 번 아기를 낳던 날이고 새로 들어온 광식이 어머니는 그 시어머니와 뜻이 잘 맞지 않는다는 것은 후일에 들은 이야기다.

안동 할머니께서는 이번은 이왕에 그렇게 되었지만 다음 기회를 위해서 묘방을 쓰자고 제안하셨다. 어린것의 이름에 '사내 남(男)' 자를 넣자는 것이다. 고모 아주머니가 두 번째 딸을 낳고 그 이름 끝의 자에 '사내 남' 자를 넣더니 셋째 번에는 아들을 낳았다. 청안(淸安)댁 아주머니는 딸만 셋 낳았으나 셋째 딸아이를 옥남(玉男)이라 짓고서 다음 번에는 옥동자를 낳았다. 안동 할머니께서 아시는 신기한 사례는 얼마든지 있었다. '사내 남' 자를 넣고도 여전히 여자아이를 낳은 어머니들의 숫자도 그만큼은 있음직한데 그런 말씀은 하지 않으셨다. 할머니 댁에서 부엌 심부름을 하는 순남이도 '사내 남' 자 순남(順男)인데 그 동생도 또한 여자가 아니냐고 지적할까 했으나, 호의로 말씀하시는 할머니 비위를 공연히 거스를 필요도 없을 것 같아서 덮어 두었다. 결국 인경(仁京)이라고 지었던 이름을 인남(仁男)으로 고쳤다. 밑져도 본전이라는 심산이다.

3.

셋째 번 아이가 선 것은 작년 가을 일이다. 어머니 될 사람은 희망과 근심을 뒤섞어 느꼈다. "이번에야, 설마" 하는 생각의 뒤를 따라서 "만약에…" 하는 걱정이 번개같이 스쳤다. 이제는 뒷집 할머니도 입덧도 탯줄 박힌 자리도 믿을 수가 없었다. 그는 어떤 용하다는 관상소를 남몰래 찾아갔다. 배는 아직 부르지 않았고 물론 자기 입으로 태중이라는 이야기를 비치지도 않았다. 그저 평생 운명이 궁금해서 왔다고만 알렸을 뿐이다. 그러나 과연 관상쟁이는 유리창으로 들여다보는 듯이 알아맞혔다. 이미 딸이 형제 있다는 것을 맞혔을 뿐 아니라 그 아이들의 나이까지 영락없이 알아맞혔다. 그리고 현재 태중이라는 것을 단언하는 동시에 내년 여름에는 생남(生男)하리라는 것을 버젓이 예언하였던 것이다. 너무나 고맙고도 반가운 예언이다. 그리고 믿음직한 예언이다. 뚱뚱하고 의젓한 관상쟁이의 태도에는 대학교수나 목사님도 못 당할 위풍이 있었던 것이다. 원래는 아들을 낳기 전에는 관상 본 이야기는 숨길 작정이었으나 너무나 신기하고 믿음직한 바람에 참을 수 없어 남편에게 알린 것이다.

그래도 호사다마(好事多魔)라니 혹 어떨까 하는 불안한 마음이 가시지 않아 이번에는 만삭 조금 전에 산부인과 의사를 찾아갔다. 순조로이 발육하고 있다는 진단이었다. 성별은, 절대적이라고 확언하기는 거북하나, 여러 가지 인상으로 보아서 남자 같다고 분명히 말했다. 물론 절대적이라고 확언하지 않은 것은 인과율(因果律) 자리에 확률(確率)을 대치하는 과학자다운 겸손일 것이다. 그만하면 '남자'라고 명언(明言)했다고 보아도 좋음직하다.

나도 이번만은 믿었다. 동양철학과 서양과학이 이구동성으로 보증하는 바에야 믿지 않을 이유가 무엇이랴. 그리고 이번만은 남자이기를 원하였다. 둘째 번까지는 주위에서 떠드는 것을 방청하면서 속으로는 대체로 무관심하였다. 지금이라고 남녀가 동등하다는 것을 부인하자는 것은 아니나, 가정에는 딸과 아들이 고루 섞여 있는 것이 조화가 나으리라고 생각되었다. 그리고 남자를 더욱 깊이 이해하는 것은 남자라는 것을 믿는 나는 장차의 친구를 마련하는 의미에서도 아들 하나쯤은 있는 것이 좋다고 생각하였다.

이번만은 아들이 확실하다고 믿는 아내는 해산 준비에 만전을 기했다. 미역도 품질 좋은 것으로 장만했으며, 포대기 감, 기저귀 감도 우리 형편에는 좀 지나칠 정도로 조촐한 것을 끊었다. 몇 번 망설이던 끝에 새 사람을 씻길 큰 양은 함지도 하나 샀다. 지출은 약간 과중했지만 첫 아들을 맞이하는 어머니의 성스러운 정성이었다. 돈이라는 것은 본래 이럴 때 쓰기 위해서 있는 것이었다.

어느 비바람 심하던 토요일 밤. 늦게 집에 돌아왔을 때 아내는 이미 각오하고 기다리던 자리 위에 누워 있었다. 곧 산파가 달려왔다. 모든 것을 그에게 맡기고 사랑방에 들어가 아들인 경우의 이름을 생각하면서 자리에 누웠다.

신음하는 소리에 잠이 깨었다. 산파의 기구가 덜거덕거린다. "으아아, 으아아!" 새 사람의 첫 울음소리다. 뒤를 이어서 뭐라고 하는 말인지 짤막한 대화가 있더니 아내의 긴 한숨 소리가 들린다. 잠깐 고요하다. 갓난아이의 울음소리가 또다시 들려온다. 그 소리에 섞여서 어른의 느껴 우는 소리가 나지막하게 들린다. 나는 그것이 무엇을 의미하는지를 알았다. "순산이면 그만이지 무엇을 더 바라느냐"는 광식이 할머니의 철학을 생각하였다.

(1956년 9월)

# 초인종

내가 좋아하는 위치에 내가 원하는 설계를 따라 집을 짓고 산다는 것은 꿈도 꾸어 본 적이 없다. 다만 집이 한 칸 있는 것만 과분한 팔자라고 고마워 여긴다.

그 분에 넘치는 집을 설계한 분이 족보에 있는 양반이었던지 대문을 두 개 달았다. 바깥 대문을 거쳐 안대문을 통해서 부엌까지 들어서자면, 마당을 둘씩 지나고 문지방을 다섯 개나 넘어야 할 계산이니 구공탄 장사가 시비를 거는 것도 무리는 아니다.

가장 곤란을 당하는 것은 모처럼 찾아오는 손님들이다. 대문을 아무리 흔들어도 들리지 않으니 열어 줄 사람이 없다. "십 분은 흔들었다"고 첫인사가 그 말인 데는 그저 죄송스러워 고개를 숙일 뿐이다.

손님들의 불편을 덜자는 동기에서, 밤 시간 이외에는 문들을 열어

놓으라는 명령을 가장의 자격으로 엄달(嚴達)하였다. 대문을 열어 놓으니 손님들 오시기엔 과연 좋은데, 때론 반갑지 않은 손님들도 없지 않아 곤란이다. 이웃이 대개는 대문을 닫아 두는 인색한 세상이니 얻어먹는 사람들을 도맡는 것쯤은 좋은 일이라 하더라도, 은수저나 신발이 남아나지 않는 데는 질색이다. 마침내 화가 변소에까지 미쳐, 사기로 만든 기구마저 행방을 감춘 다음 날부터는, 다시 대문을 닫아 두자는 의견에 가장도 반대할 도리가 없었다.

손님들의 불편과 불평이 다시 일어난 것은 물론이다. 어떤 친구는 대문을 흔들다 흔들다, 소리를 지르다 지르다 그대로 돌아갔다 하는데 거짓말이라는 증거가 없다.

불편은 식구에게도 있다. 근년같이 추운 겨울에, 짐이라도 손에 들고 밤늦게 돌아와 대문 앞에 다다르면, 문제는 이제부터라는 생각이 앞을 서니 내 집이 내 집 같지가 않다.

'초인종'이라는 문명의 이기가 있는 줄을 안 것은 이미 오래다. 그러나 이 이기와 직접 인연을 맺기는 쉽지 않았다. 안팎 대문의 불편이 표면에 드러나는 순간에는, "이번 달 봉급만 타면 열 일 제치고 그놈을 하나 설비해야 하겠다"고 작정한다. 그러나 찾아올 손님이 많을 만큼 사교가도 못 되고, 밤늦게 돌아올 기회가 잦을 정도로 활동가도 못 되는지라, 이러한 작정은 그리 자주 강조되지 않는 사이에 열이 식고 예산은 자연히 다음 달로 미루어진다. 이렇게 미루기를 근 2년 하던 끝에, 이 달에는 기어코 결단성을 발휘하여 그 '문명의 이기' 한 틀을 장만하였다.

과연 편리하다. 그전에 불편을 겪으신 손님들에게 일일이 안내장은 못 내더라도 신문 광고 쯤은 내도 좋을 만하다. 그뿐만 아니라 그 소리가 또한 대문 흔드는 소리에 비길 바가 아니다. "찌르릉 찌르릉", 경쾌한 금속 소리는 제법 음악적이다. 그리고 문패 밑에 동글납작하게 붙은 아담한 스위치는 언뜻 보기에 '문화인'의 집 같기도 하다.

그러나 호사다마(好事多魔)라더니 여기에도 좋은 일만이 생기지 않는다. 엉뚱한 친구들이 종을 울려 사람을 불러내기가 일수다.

구름이 무겁게 낀 일요일 오후, 무료한 마음이 어떤 변화를 기다릴 때 "찌르릉" 소리가 난다. 막연한 기대를 안고 뛰어나가면, 전라도에서 '진짜' 참기름이 왔으니 한 병만 들여놓으란다. 그렇지 않으면 세무서 수금원이 이번 달 말일까지에 청산하지 않는 경우에는 불가불 차압을 하겠노라고 어른다.

다소 애교가 있는 것은 고학생이다. 문간에 들어서자마자 모자를 벗고 공손히 절부터 한다. 내 훈장 생활을 근 십 년 해왔으나, 제자들로부터 이토록 정중한 경례를 받아 본 기억이 없다. 내가 교실에서 본 그 얼굴을 오래 잊지 못할 정도로 낯익은 학생 중에도 본 척 만 척 허다한데 초면부지의 남의 학생으로부터 이렇게 공손한 절을 받으니 큰 빚을 지는 듯한 느낌이다.

그러나 한 가지 비위에 안 맞는 것은 "집도 돈도 없이 불쌍한 고학생이오니 동정하시는 마음에서…" 운운하는 그 대사와, 이 대사를 외는 연극조(調) — 연극조 중에서도 비극조 — 의 억양과 표정이다. 니체는 동정을 "모욕의 지극한 것"이라 했거늘, 기백이 충천해야 할 젊은이가 스스로 자기를 '불쌍한'이라는 말로 형용하고 동정을 청하니 마음이 아프다. 그 고학생을 나무라기보다도 시대가 원망스러워지며 가슴이 답답하다.

"그렇게 비극조로 하지 않고 회화체로 바꾸면 효과가 적으냐"라고 물었더니, 소년은 밉지 않게 생긴 얼굴에 싱긋 미소를 지었다. 찰나에 연극인의 탈이 벗어지며 싱싱한 젊은이의 모습이 바탕을 보였다.

"고맙습니다"라는 작별인사가 처음 올 때같이 공손하지 않은 것도 기뻤다.

대처승과 비구승이 편싸움을 한 뒤로 동냥 다니는 중이 는 것 같다. 그전에는 "예수교를 믿는다"고 한마디 하면 두말없이 돌아서더니, 요즈음은 그것으로는 통하지 않는다. 하기야 신구약 성경을 죄다 뒤져본대도, "중들에게 동냥을 주지 말지어다"라는 가르침은 없을 것이니, 따지고 볼 만한 일이다.

얻어먹는 사람에게는 불구자에게까지도 분수없이 쌀쌀한 아낙네도 중들에게는 비교적 인심이 후하다. 쌀을 한 공기 수북하게 떠 주는 것을 보면, 꼭 믿는 것은 아니겠지만 그래도 약간 켕기는 모양이다.

가장 곤란한 것은 '힘'을 배경으로 삼고 물건을 팔러 오는 사람들이다. 필요한 물건 같으면 다소 비싸더라도 좋겠는데, 필요치도 않은 것을 여러 개 떠맡기는 데는 오직 난처하다. 차라리 법률이 기부를 금하지 않았더라면 백 환이면 될 것도 매매의 형식을 취하자니 2백 환, 3백 환을 지출해야 될 모순에 빠진다.

돈 없는 청소년에게도 향학의 기회는 주어야 할 것이다. 원호가 필요한 개인이나 단체에게 따뜻한 원조가 있어야 할 것이다. 그러나 이러한 사회적 문제가 현재 우리나라에서 보는 바와 같은 방식으로 어설프게 해결되어서는 안 될 것 같다.

좀 더 계획성 있고 합리적인 방법으로 근본적인 대책이 있어야 할 문제라고 생각된다. 정치하시는 어른들이야 당파싸움에 바쁘시니 그런 '사소한' 문제까지 염두에 두실 겨를이 없을 줄 짐작되지만, 그래도 정치의 역량을 떠나서 사회문제가 제대로 해결될 것 같지 않다.

국민 전체의 생활이 안정되어 밤늦게까지 대문을 활짝 열어 놓고 살 수 있는 세상이 하루바삐 실현되기를 막연히 바라면서 책상머리에 기대앉았노라니, 또 한 번 "찌르릉 찌르릉" 울린다. 옳지, 이번에는 정말 반가운 친구가 찾아왔나 보다.

(1957년 2월)

# 꾀꼬리

천장이 뚫린 맥고모자를 깊숙이 눌러 쓴 사람이 새 두 마리를 앞에
놓고 길거리에 앉았다. 그것이 바로 꾀꼬리라는 말에, 그리고 사흘만
길을 들이면 집이 떠나가게 운다는 바람에, 그만 욕심에 불이 붙었다.

"그런데 그것이 잘 삽니까?" 눈치를 보면서 물었더니,

"그야 살다 뿐입니까. 잘하면 새끼까지 치지요."

"무엇을 먹이면 되죠?"

"콩이나 녹두를 맷돌에 타서 주면 그저 그만입니다."

값을 물었더니, 남대문통 가면 한 쌍에 만 환 안 주곤 만져도 보지
못하는 것이지만, 자기는 제 손으로 잡은 것이요, 갈 길도 멀고 하니
단돈 5천 환에 내버리겠다는 대답이었다.

"한 마리만 삽시다." 주머니 속에 5천 환까지 없다는 슬픔을 참작

하고 이렇게 흥정을 걸었더니,

"꾀꼬리만은 한 쌍이래야 합니다. 그래야 수놈이 울면 암놈도 따라 울고 하죠. 아, 노래에도 '양유청청(楊柳靑靑) 꾀꼬리 쌍쌍' 이라 있지 않습디까."

여러 말씀이 오고 간 끝에 결국 3천 환을 내고 두 마리를 얻었다. 이토록 귀한 것을 가지고 전차나 버스를 차마 탈 수 없어서 택시를 멈추는 동기에는, 시가(時價) 만 환짜리를 단돈 3천 환에 얻었다는 자랑과 내일부터는 서울 한복판에서 전원생활을 즐길 수 있다는 기쁨을 한시바삐 식구들과 나누고 싶은 마음도 있었다. 그 아름다운 노래를 처마 끝에서 들으면 도회지의 피로가 금시 가실 것이 아닌가.


어린것들의 환영은 과자 봉지를 능가하였다. 지나친 소동을 진압하노라고 잠깐 시간이 지체된 후, 우선 시장할 것이니 당장에 콩을 빻아서 대접한다. 허나 어찌된 셈인지 돌아보지도 않는다. 녹두를 주어도 일반이요, 누구의 말을 듣고 참깨를 사다 주어 보았어도 여전 반응이 없다. 새집도 하나 장만할 겸 불안한 마음을 안고 큰 거리 새 장수 집으로 달려갔다.

역시 전문가의 의견은 달랐다. 꾀꼬리는 본래 곡식 먹는 동물이 아니다. 그 주식은 송충인데 송충이가 없으면 배추벌레도 무방하다는 얘기다. 매우 친절하게 가르쳐 주는 것이 고마워서 달라는 금을 다 주고 새장 하나를 사 가지고 돌아왔을 때는 이미 황혼이 가까웠다.

만약 동란 때 폭격으로 생긴 빈터를 이용하여 손바닥만 한 배추밭을 가꾸는 특지가(特志家)가 이웃에 없었더라면, 전등을 들고서라도 북악산(北岳山)까지 올라갔을 것이다. 그러나 남의 채마전에 함부로 들어갈 수는 없으니, 취지를 밭 임자에게 얘기하고 양해를 구하는 수속은 간단한 듯하면서도 까다로웠다. 큰길가에 엎드려 벌레를 찾는 꼴이 너무나 궁상맞을 듯해서 아이들을 시켰더니, 겨우 서너 마리밖에 잡아 오지 못하였다. 아무리 찾아보아도 그 이상은 없다는 보고였다.

다음 날은 요행히도 일요일이다. 조반을 마치자 바로 깡통 하나를 휴대하고 북악으로 향했다. '입산 금지'를 무시하고 목적지에 다다라 보니, 송충이는 신문지상의 얘기처럼 흔하지는 않았다. 더러 보이기는 하나 대개 손가락만큼씩 굵고 보니 도무지 건드릴 용기가 나지 않는다. 꾀꼬린들 그 흉측한 놈을 먹을 듯싶지가 않다. 자그마한 아기 송충이들로만 골라서 잡으려니 일이 진주를 찾는 해녀의 그것처럼 힘이 든다.

점심때가 지났으나 성과는 꾀꼬리 두 마리의 이틀 양식이나 될지 의심스럽다. 그러고 보니 꾀꼬리 한 마리를 제대로 기르자면 사람 하나는 꼭 붙어 있어야 할 모양이다. 일요일이 매일 계속되지 않는 한, 직장에 사표를 내거나 그렇지 않으면 사람 하나를 전임으로 채용해야 될 형편이다. 벌레를 보기 힘든 겨울 동안은 임시 직원을 추가 채용하거나 애조(愛鳥)를 동반하여 남쪽 나라로 장기 여행을 떠나야 할 것이다. 새를 사랑하는 중국 사람 얘기가 거짓말이 아님을 이제야 깨닫겠다.

중국의 애조가는 자기의 모든 재산이 날아갈 때까지 새에게 정성을 털어 바친다. 명예나 지위는 고사하고 집 한 칸마저 없어져 몸뚱이 하나만 남은 뒤에까지도 새장만은 놓지 않는다. 헐벗은 옷과 주린 창자로 새장을 안고 산으로 올라간다. 멋있게 뻗은 나뭇가지에 새장을 매달고, 사람은 그 아래 누워서 사랑하는 이의 노랫소리를 들으면서 인생의 슬픔과 괴로움을 초월한다. 이 얼마나 아름다운 그림이냐. 아름다운 줄 알면서도, 내 몸과 목숨을 바쳐서 그 한 폭의 그림이 되기를 결심할 수 있도록 시인의 기질이 아님을 뉘우치면서 산길을 내려왔다.

행여나 무슨 좋은 충고라도 들을까 하는 약한 마음에서 만나는 사람마다 누구에게나 꾀꼬리 자랑 아닌 걱정을 한다. 그러나 반가운 소식을 들려주는 사람은 없다.

"꾀꼬리가 그렇게 함부로 사는 줄 아오. 난 아직 꾀꼬리 기르는 데 성공한 사람 못 봤소." 이것은 함경도 태생의 H선생의 단언이다.

"그래도 이건 돈 주고 샀으니 최선을 다해 보시오. 잘하면 사오 일은 연명시킬 수 있을 것이오." 이것은 은근히 사람 잘 골리는 P선생의 충고다.

"도대체 3천 환이라는 값이 가당찮소. 한 쌍에 2천 환씩만 내시오. 내 얼마든지 사다 줄 거니." 이렇게 말하는 사람이 있는가 하면,

"죽기 전에 빨랑 갖다 새 장수에게 넘기시오. 거저 내버리느니 몇백 환이라도 건지는 것이 날 게 아니오." 하는 친구도 있다.

"이 사람아, 그 꾀꼬리 죽거든 새장은 날 주게." 하는 농담까지 나오자, 온 방 안이 와아 하고 웃는다. 농담 기분이 아닌 것은 나 한 사람뿐인 모양이다.

생각다 못해 '새 박사'라는 별명이 붙은 생물학 교수 Y씨를 찾아갔다.

"꾀꼬리라고 키우기가 불가능할 리야 있겠습니까." 하고 Y교수는 강의조로 설명을 시작한다.

"매년 봄마다 서울 장안으로 잡혀 들어오는 꾀꼬리의 수효는 약 3천 마리에 달합니다. 그러나 그것들 가운데서 3분의 2 이상이 사흘 안짝에 죽고, 나머지 3분의 1 중에서 가을까지 살아남는 것은 불과 스무 마리도 되지 않습니다." 통계 숫자로써 사실을 밝히는 자연과학적 수법(手法)에 새삼스러운 감탄을 느끼면서, 다음 질문으로 들어갔다.

"그러면 그렇게 살아남은 꾀꼬리는 집 안에서 노래를 부릅니까?"

"물론 여기에도 불가능은 없습니다. 그러나 꾀꼬리를 울리는 것은 그것을 살리기보다도 더욱 힘든 일입니다." 이러한 서두로 시작된 Y교수의 설명 요지는 다음과 같았다.

대자연의 자유를 잃고 새장 속에 구속된 꾀꼬리는, 다시는 노래를 부르지 않기로 결심이라도 한 듯이 굳게 입을 다문다. 이 닫힌 입을 여는 방법은 오직 한 가지뿐이다. 그것은 꾀꼬리 집을 까만 보자기로 싸 가지고 꾀꼬리들이 많이 있는 산속으로 들어가는 과정부터 시작된다. 캄캄한 조롱(鳥籠) 속에 갇힌 꾀꼬리는 대자연 속에서 자유롭게 부르는 옛 친구들의 노랫소리를 들을 때, 옛 고향을 사모하는 마음 간절하여 침통한 심정으로 귀를 기울인다. 이때 새장을 덮었던 보자기를 확 벗긴다. 이 순간 찬란한 광명과 새장 밖에 보이는 대자연의 모습이 갇혔던 꾀꼬리의 눈을 부시게 하며, 밖에서 부르는 옛 친구들의 노래는 더욱 황홀하게 고막을 울린다. 찰나에 조롱 안의 꾀꼬리는 또다시 해방이 왔다는 착각에 사로잡히며 잃었던 옛 노래를 소리 높이 부른다. 마치 플라톤의 생멸계(生滅界)로 타락된 영혼이 그림자를 보고 이데아를 상기하는 순간과도 같이. 그러나 날개를 뻗쳐 높이 날려던 꾀꼬리가 여전히 갇힌 신세라는 것을 깨닫자, 그는 또다시 굳게 입을 다문다.

한 번 울리기가 그렇게 힘들어서야 감히 엄두가 나지 않는다. 산에까지 가서 노래를 들을 바에야, 구태여 조롱 속의 새소리를 들어야 할 이유도 없을 것 같다. 후련한 뉘우침에 Y교수의 연구실을 나오는 몸과 마음이 거뜬해짐을 느꼈다. 동시에 꾀꼬리의 입을 여는 또 하나 방법이 있음을 깨달았다.

집에 돌아와 보니 다행히도 꾀꼬리들이 아직 살아 있었다. 조롱 문을 조용히 열어 주었다. 믿지 못하겠다는 듯이 꼼짝도 않는다. 끄집어내서 멀리 던졌더니 그제야 훨훨 창공으로 달아난다. 꾀꼬리가 날아간 하늘에는 흰 구름장이 둥실 떴다. 첫여름 훈훈한 바람이 빈 새장을 가늘게 흔든다.

(1957년 5월)

# 경주(競走)

## 1.

팔자를 따라 타고난 두 다리가 유난히 길었다. 이것은 체질이 눈에 뜨이게 약했음에도 불구하고 달음박질에 있어서만은 같은 또래 어린 이들을 대략 물리칠 수 있는 조건 — 이를테면 만사에 공평무사한 신의 섭리의 나타남 — 이었다.

그즈음 '보통학교' 라고 불리던 국민학교의 연중행사에 있어서 가장 컸던 것은 '추계 대운동회' 였던 것같이 기억된다. 대운동회는 대개 10월 말경 혹은 11월 초순에 있었으나, 학교는 9월에 들어서자마자 벌써 그 준비에 바빴다. 학급마다 각 종목의 연습을 하였지만 나에게 있어서 가장 관심 깊었던 것은 '백미도보(百米徒步)' 라고 불린 단

거리 경주였다. 연습 때마다 거의 틀림없이 첫째로 달릴 수 있었던, 이 허약하여도 다리는 긴 어린이에게 저 '대운동회'는 하나의 영광의 날로서 고대되지 않을 수 없었다.

운동회가 열리기 전날부터 우리 남자 어린이들은 흰 러닝셔츠에 검정 팬츠 그리고 홍백의 운동모자를 쓰고 하루 종일 살았다. 그러나 밤에 잘 때는 그것들을 착착 개어서 머리맡에 모셨다.

드디어 운동회가 열리기로 된 날, 천지는 아침 안개로 자욱하였다. "안개가 끼면 비는 오지 않는다"는 아저씨의 기상학적 설명에 안도와 감사를 느끼면서 아침 숟가락을 든다.

"든든히 먹고 가거라. 왼종일 뛸 텐데." 외조모의 노파심이 상머리를 떠나지 않는다.

"괜찮아요. 배도 안 고픈걸요." 두어 번 뜨는지 마는지 숟가락을 놓는 어린이들의 마음은 벌써 만국기 휘날리는 운동장으로 달린다.

"날씨가 제법 쌀쌀하다. 그 위에 옷을 더 입고 가야 한다." 당목 중의적삼을 내놓으시는 어머니를 '아무것도 모른다'고 단정하면서, 동갑의 외사촌과 나는 셔츠와 팬츠 바람으로 안개 낀 골목길로 용약 바람같이 사라졌다.

골목길을 나서면 꼬불꼬불 전답 사이를 뚫고 풀잎 끝에 아침 이슬 가득 찬 소로(小路)가 있으며, 이 소로를 지나면 미루나무 가로수들이 단풍에 시들은 신작로가 나선다. 농민들의 부역으로 주먹 같은 자갈이 빈틈없이 깔린 신작로는 마차 바퀴 지나간 두 줄기 평행선만이 겨우 판판하다. 운동회나 학예회 날 고무신을 신고 가면 틀림없이 잃어

버린다는 상급생의 충고가 있었고 운동화나 양복은 '읍내 애들' 만이 사용하던 시절인지라, 우리 농촌 아이들은 그저 맨발로 저 자갈길 십리를 아무 불평도 없이 달렸다. 어머니와 아주머니 그리고 형님과 아저씨가 점심 식사를 준비하여 뒤를 따른다는 약속에만 태산 같은 희망을 걸면서.

이 하루 대목장을 노리고 모여든 행상인들, 난가게들의 "군밤이요", "홍시(紅柹)가 싸구려" 등으로 주변이 자못 소연(騷然)한 가운데 행사는 프로그램을 따라 진행되었다. 내 관심의 초점이었던 우리 1학년 큰 반(大組) 백미(百米) 경주의 차례가 왔을 때는 나의 '일등' 을 보기 위하여 어머니를 비롯한 집안 어른들이 이미 '부형석' 에 자리 잡고 있었다. 상품은 삼등까지 주기로 마련이다. 결승선 부근에는 고등과(高等科) 학생들이 등수(等數)를 표시하는 기를 들고 기다린다. 흰바탕에 빨간 줄 하나 그은 것이 일등 깃대, 둘 그은 것이 이등 깃대, 그리고 셋 그은 것이 삼등 깃대.

자신만만하게 출발선에 섰다. 그러나 호각 소리를 신호로 내디딘 스타트에 있어서 나는 아차 한 걸음 늦었다. 악과 기를 다 써서 선두를 차지하려 하였으나 결국 뜻을 이루지 못하였다. 그러나 내 스스로의 판단으로 볼 때 분명히 이등은 차지한 듯하여서 나는 이등 깃대를 잡으려 하였다. 허나 고등과 학생은 거절하고 딴 놈에게다 그것을 준다. 그럼 삼등인가 하고 삼등 깃대를 찾았으나, 삼등 깃대도 이미 딴 임자를 만나서 교장석 앞으로 걸어가고 있었다. 어린 마음에도 너무 억울하고 허무하여 그저 울고만 싶은 심정.

이렇게 하여 나의 생후 최초의 경주는 끝났으나 나의 불평은 집에 돌아와서도 그치지 않았다.

"어떤 애들은 호각도 불기 전에 뛰었는걸 뭐." 하고 나는 말하였다. 그것보다도 더욱 나쁜 것은 기를 맡아 보던 고등과 학생들이라고 욕설을 했다. 이때 나보다 열한 살이나 위인 형님은 다음과 같이 말하였다.

"아니다. 고등과 학생이 잘못한 것이 아니라 네가 잘못했다. 너는 흰 석회 가루로 그려진 결승선으로 바로 달리지 않고, 그 근처에 서 있던 깃대를 보고 달렸다. 네 말마따나 너는 둘째로 달려갔다. 그러나 결승선에 들어가기 조금 앞에서 깃대를 잡으려고 옆길로 가는 사이에 뒤를 따르던 다른 아이들이 너보다 먼저 결승선을 지나간 것이다." 이 말을 받아서 엽총장이 아저씨는 이렇게 결론을 지었다.

"깃대를 잡으려고 할 필요는 없다. 그저 앞만 보고 달려가면 차례대로 깃대는 가져다주는 사람이 있다."

나는 물론 이 두 성숙한 사람들의 말이 포함할 수 있는 모든 뜻을 깊이 살피지는 못하였다. 아마 그 말을 던진 본인들도 별달리 깊은 뜻으로 말한 것은 아니리라. 여하튼 그 다음 해 운동회 때는 시키는 대로 앞만 보고 달렸으며 그 결과 '상' 자 도장이 뚜렷이 찍힌 공책 세 권! 저 숙망의 영광을 획득하였다. 그러나 "깃대는 안중에 두지 말고 오로지 앞만 보고 달려라. 기를 가져다주는 사람은 저절로 생기리라"는 말이 인생 전반에 걸친 교훈이 될 수 있다는 생각은 끝내 염두를 스치지 않았으며, 세월과 함께 경주와 깃대는 그대로 기억권 외로 사라지고 말았다.

## 2.

"기는 안중에 두지 말고…" 운운의 지나간 말이 다시 내 기억에 소생하게 된 것은 '해방'이라는 명명을 받은 저 공통의 영예가 우리 앞길에 기쁨과 걱정을 산더미처럼 쏟아 놓은 다음, 다시 말하면 "앞만 보고 달리면 기를 가져다주는 사람은 저절로 있다"는 신조에 의혹을 느끼지 않을 수 없었으며 따라서 교단에서 혹은 가정에서 나보다 젊은 사람들을 대하여 "깃대는 걱정 말고 앞만 보고 달려라"라고 말하기가 주저스럽다는 것을 언젠지 모르게 깨닫기 시작한 다음의 일이다.

플라톤은 일종의 귀족주의를 이상으로서 신봉하였으나, 인물의 평가는 문벌을 따라서가 아니라 실력을 따라서 판정되어야 한다는 원칙을 첨가하기를 잊지 않았다. 하물며 '민주주의'를 표방하는 현대 국가에 있어서랴. 허나 본래의 의미의 '실력'과는 평행되지 않는 성공과 실패가 의외로 현실을 지배하는 곳에 '민주주의'의 마성(魔性)과 역리(逆理)가 있는 것도 같다. 혹은 '민주주의'의 '실력'은 학교 선생님들이 학력이나 품행에 관해서 매기는 저 '성적'의 척도와는 거의 반대에 가까운 딴 척도에 의하여서 결정된다고 정의를 고칠 것인가.

여하튼 처세의 교훈은 달라진 것만 같다. "고지식하게 앞만 보고 달려서는 안 된다. 깃대를 잡아라. 깃대를." 이것이 유언무언(有言無言) 중에 오늘날 우리의 행동을 인도하는 강력한 지침이라고 말하는 사람이 있다면, 그는 어그러진 시선으로 사회의 어두운 얼굴만을 가려보는 편벽(偏僻)의 무리일까. 강직을 생명으로 삼아야 할 청년들이—특히 순박을 자랑으로 삼아야 할 학원의 젊은이들까지도—타산과 요령을 일삼는 경향이 있다고 평언(評言)한다면 그들은 사실에 없는 모욕이라고 반발할 것인가.

오늘날 우리 사회에서 '고지식한 친구' 혹은 '정직하기 짝이 없는 사람'이라고 평하는 것은 반드시 칭찬만을 의미하는 것이 아니다. 고지식하고 정직한 위인을 미워하지는 않으나, 사윗감을 고르는 부모들 혹은 비서를 채용하려는 사장들은 다소 '요령이 놀라운' 사람 또는 '수단이 좋은' 젊은이를 물색할는지도 모른다. '고지식하다', '정직하다' 등이 언제부터 경멸의 뜻을 포함하기 시작하였는지, 그리고 '요령이 좋다', '수단이 비상하다' 등이 언제부터 칭찬의 뜻을 갖게 되었는지는 모르겠다. 그러나 이러한 평가의 언사들이 당초부터 오늘날 쓰이고 있는 그러한 뜻으로 사용되지 않았을 것만은 의심이 없을 것 같다.

미국이라는 남의 나라를 구경하게 된 기회는 나로 하여금 "깃대는 걱정 말고 앞만 보고 달려라"라는 엽총장이 아저씨의 명언을 다시금 생각하게 한다. 물론 미국이라는 나라가 그 바탕에 있어서 깃발을 보고 달리는 사람이 이기는 사회인지, 앞만 보고 달리는 사람이 이기는 사회인지 그 깊은 내막은 알 수 없다. 그러나 피상적인 관찰에 관한 한, 깃대는 걱정 말고 앞만 보고 달려도 어느 정도 안심할 수 있는 사회같이 보인다. 장학금을 타기 위해서는 학업 성적만 좋으면 족하다든가, 취직을 위하여서 친척 가운데 장관을 가질 필요는 없다는 비근한 사례가 나에게 그러한 인상을 주는 것인지도 모른다.

인생이 하나의 경주라는 것은 슬픈, 그러나 불가피한 사실이다. 다

만 이 불가피한 경주가 앞만 보고 달리면 깃대는 저절로 따라오는 경
주가 되기를 오로지 염원한다.

(1959년 2월 11일, 볼티모어 숙소에서)

# 영광(榮光)

1960년 6월 18일. 이날 오후는 Y선생과 동행하여 책방을 돌고 영화 구경을 하는 데 소비되었다. 그것이 주말이라 그랬든지 또는 미국 대통령 아이젠하워 씨가 방문하기로 된 바로 그 전날이라 그랬든지, 거리거리는 더한층 활기를 띤 것같이 보였다. 저녁 식사까지 나누고 집으로 돌아왔을 때는 이미 밤 열 시.

안방으로 들어가 넥타이를 풀고 있노라니 뒤에서 아내 목소리가 들린다.

"당신 집에 없는 사이에 우리 집은 오늘 큰 난리를 만났다우."

"난리라니?"

"글쎄 나 없는 새에 임이 학교에서 연락이 왔다지 뭐요. 네 시까지 오라는 것을 다섯 시나 돼서 갔더니 우리 임이 내일 아이젠하워 대통령 환영 나가는 데 뽑혔다지 않겠어요."

"그게 난리 될 게 무엇 있소. 그것 때문에 학교로 당신을 오라고 했습디까?"

"내일을 위해서 옥색 치마저고리를 새로 만들자면 자모와 상의를 해야 할 것이 아니겠어요. 결국 비용은 각자가 부담해야 할 것이니까요."

"왜 그 미국 대통령이 제복 입은 여학생들을 보면 뇌빈혈을 일으킨답디까?"

"아무리 그럴 리야 있겠소만 역시 우리나라 고유한 한복을 입고 나가는 것이 좋겠지요. 요즘 우리 집의 군색한 사정으로 보면 단 한 번을 입기 위해서 만 환 가까운 돈을 들이는 것은 온당치 않겠지만, 그러나 전교생이 다 나가는 것이 아니고 특히 뽑힌 아이들만 나가게 됐으니 영광이라고 도리어 모두들 치하를 하는걸요."

과연 자세한 얘기를 듣고 보니 '영광' 이라는 말이 꼭 옳다. 첫째 임의 학교에서 그 환영 대열에 참가하게 된 것은 오직 여섯 사람뿐이다. 그런데 그 선출(選出) 절차가 매우 신중하고 또 엄격하였다. 우선 각 반 담임선생님이 자기가 맡은 학급 가운데서 '유망한 후보자' 들을 몇 사람씩 추천하였다. 다음에 그 학교 선생님들 중에서 간부급을 중심으로 구성된 심사위원회 앞에서 수십여 명의 후보자들이 집단 심사를 받았다. 그리고 다시 개별 심사를 거쳐 마지막으로 교장선생님의 접견이 있었던 것이다.

"짧게 말하자면 바로 저 미스코리아를 뽑는 그런 방식 같다 하겠지요." 이렇게 결론을 내리는 아내의 어조는 이미 흥분한 지 오래고 마치 자기 스스로가 그 '미스코리아'의 영관(榮冠)이라도 쓴 듯 만면에 홍조까지 완연하다.

"그래 학교에서 오는 길로 바로 동대문 시장에를 들르려 했으나 어디 돈을 가지고 나갔어야지요. 일단 집엘 들러 다시 시장으로 나가 포목상, 삯바느질 집, 그리고 고무신 집 등을 급히 돌자니 한바탕 곤두박질을 쳤답니다. 그런데 온통 동대문 시장이 발깍 뒤집혔어요."

"왜 또 동대문 시장까지 뒤집혔을까?"

이 물음에 대한 그 풍부한 표현으로 된 답변을—그 제스처까지 섞어 눈앞에 환히 보는 듯한 얘기를—이곳에 그대로 옮기지 못하는 것은 적이 유감된 일이다. 요컨대 각 학교에서 뽑힌 영예의 학생들과 그들의 오늘을 있게 하기 위하여 가지가지 결사적인 노력을 다해 온 자모님들이 옷감 기타를 구하러 일시에 쏟아져 나왔다. 특히 ○○여자중고등학교에서는 전교생이 그 환영 대열에 참가하는 영광을 획득했는데 그들이 모두 색동저고리에 긴치마를 입는다. 그런데 이런 경우에 가장 마땅한 옷감은 '갑사'라는 것이다. 따라서 시장에 갑사가 동이 나고, 있는 것은 장사의 부르는 대로가 값이다. 여하튼 늦게 그 소식을 받았음에도 불구하고 재빨리 치마저고리 한 감을 구득하여 내일 대사에 유감이 없게 된 것은 큰 공로요, 또 여간한 행운이 아니라고 기뻐해야 할 일이다.

임이는 자기 전에 콜드크림과 표백용 크림을 열두 해 묵은 얼굴에 함빡 발랐다. 그러지 않으면 내일 아침에 분을 발라도 제대로 먹지를 않는다. 본래 엄격한 교육 방침을 자랑하는 학교라 평소에는 화장품 근처에도 못 가게 하는 터이지만, 내일만은 우리나라 최고의 귀빈을 맞이할 특별한 날이라 '너무 많이는 말고 그저 약간' 분을 바르고 오라는 분부가 계셨다는 것이다. 만약 그 귀빈이 여자였더라면 남자 중학생들에게 수염을 그려 붙이고 나가게 하는 것이 좋을 뻔했다.

이튿날 먼동이 트기도 전에 임이는 일어났다. 구실은 목욕을 해야 한다는 것이었으나 사실 이런 경우에 늦도록 잔다는 것은 심리학적으로 불가능한 일일지도 모른다. 엄마도 따라 일어나 몇 번이고 라디오의 다이얼을 돌렸다.

"때때로 가랑비가 내릴지도 모른다"고 한 어제저녁 일기예보가 신경에 걸리는 것이다. 모처럼의 새 옷 단장에 비를 맞아서야 그 어찌 통탄할 일이 아니랴.

오늘 등교할 때만은 택시를 타고 가야 한다고 모녀는 단호한 어조로 주장하였다. 합승차 한 번 타려면 세 번은 생각해야 하던 평소의 규모는 그림자도 없다. 어린것이 긴치마에 화장한 꼴로 어찌 대로를 활보하겠느냐는 갸륵한 분별이었다. 대로를 버젓이 갈 수 없는 그 꼴이 가장행렬(假裝行列)도 아닌 환영 마당에서 왜 제일 적절한 차림이 되는 것인지 이해하기에 곤란을 느낀 바 없지 않으나, 택시 값 몇 백 환에 벌벌 떠는 '인색한 아버지'의 딱지가 붙을까 겁이 나서 잠자코 있었다. 다만 사진기를 가지고 아버지도 같이 가서 오늘의 '영광'을 기록에 남기는 것이 어떠냐는 시사에 대해서는 친구와의 약속이 있다는 이유로 적당히 거절하였다. 엄마야 물론 따라가신다.

라디오가 기상대 발표를 전한다. "때때로 비가 내릴지도 모르겠다"던 말은 없어지고 "오후부터는 차차 개겠다"는 말이 대신 들리자, 맞는 일이 드문 천기예보도 오늘만은 고맙다. 오늘의 영광을 차지한 임이는 말할 것도 없거니와 엄마의 기쁨도 형언할 길이 없다. 다만 섭섭한 점이 있다면 그것은 미국 대통령에게 꽃다발을 바치는 최고의 영광이 우리 딸 임이에게 오지 않았다는 사실 정도일 것이다. 그러나 어찌 꼭 백 퍼센트의 '행복'을 기대하랴. 그것도 임이가 어느 모로 보나 그 꽃다발 증정의 소임을 맡은 아이만 못해서 그렇게 된 것이 아니다. 다른 점은 오히려 임이가 나을지도 모르지만, 그저 여섯 명 중에서 제일 키 큰 아이를 뽑는 바람에 아깝게도 기회를 놓친 것이다. 실상은 여자의 키가 너무 커도 멋쩍은 법이다. 이것은 물론 맹목적인 모성애의 자위(自慰)가 아니다. 가사 선생님도 임이가 제일 귀엽다고 말씀하셨고, 또 누구도 그와 비슷한 의견을 말했다. 이 '엄연한 사실'을 몰라주는 것은 오직 '냉담하기 짝이 없는' 아버지 한 사람뿐이다.

임이 동생들도 덩달아 좋아하고 심부름하는 정이 언니의 마음에까지 경사가 났다. 앞집 아주머니도 "어린것들 키우는 재미란 결국 이럴 때 알아보는 것"이라고 단언하셨다. 임이의 학우들도 세 사람이나 찾아와서 축하의 뜻을 나타냈다. "임이는 참 좋겠어요." 하는 그들의 표정에는 부러움조차 섞였다. 어제 학교에서 담임선생님께서도 임이의 당선을 기뻐해 주셨다는 얘기다. 그러고 보니 이 마당에서 이방인(異邦人)은 저 '냉담하기 짝이 없는' 아버지 한 사람뿐인 모양이다.


오후 다섯 시가 가까웠을 무렵, 무료한 마음이 무심코 라디오의 다이얼을 돌렸다. 때마침 아이젠하워 대통령이 김포 비행장을 떠나 미국 대사관저로 향하는 도중의 실황이 방송되고 있었다. 남대문과 시청 사이에 군중이 너무 많이 모여서 길이 막힌 까닭에 아이크를 태운

차가 예정대로 시청 앞을 지나지 못하고 코스를 바꾸어 뒷골목으로 빠진다는 얘기가 들리자, 나는 임이와 그의 긴치마 입은 학우들이 기다리기로 된 곳이 바로 시청 부근이라는 것을 상기하였다. 평생 처음 크림과 분을 바르고 머리에 인두질까지 한 임이가 땡볕에 개기름을 흘리면서 헬쑥하게 서 있다. 사람의 파도가 이리 밀리고 저기 밀릴 때마다 임이는 틈바구니에 끼어 울상을 한다. 임이와 같은 처지에 놓인 다른 어린이들도 모두 울상을 하면서 이젠 빨리 집으로 돌려보내 주기만 고대한다. 아침나절 신이 나서 나가던 때의 화려한 꿈이 무자비하게 깨어져 아이젠하워 씨는 뒤통수도 못 보고 기진맥진 돌아오는 임이 모녀의 모습이 한편 우습기도 하고 또 한편 안됐기도 하다.

황혼이 너웃너웃 다가올 무렵에 임이 모녀의 돌아오는 소리가 대문간에 요란했다. 뜻밖에도 그리 기진맥진한 모습이 아니다.

"너 그래 미국 대통령 만나 봤니?"

"예, 악수까지 한걸요."

물론 시청 앞에서는 허탕을 쳤으나, 그리고 많은 소년 소녀들이 끝내 헛수고를 했으나, 임이 학교에서 뽑힌 소녀들과 그 밖의 몇몇만은 미국 대사관저까지 쫓아가서 기어이 만나 봤다는 것이다. 억척도 이만저만이 아니라고 생각됐으나, 하여튼 실의낙담(失意落膽)하고 맥없이 돌아오는 꼴을 보느니보다는 역시 기분에 해롭지 않았다. 그러고 보니 나도 철두철미 '냉담한' 아버지는 못 되는 모양이다.

(1960년 6월 21일)

# 화장실

엄밀히 따지기로 말하자면, 우리나라의 그것을 '화장실'이라고 부르는 것은 얼토당토않다. 그러나 삼류 중국요리집이나 뒷골목 다방 같은 데 가 보면, 손바닥만 한 거울도 없고 한 방울의 물도 준비하지 않은 곳이 버젓이 '화장실'이라는 표지를 붙이고도 아무런 시비(是非)를 당하지 않고 있다는 우아(優雅)한 사실로 미루어, 우리네 가정의 그것도 '화장실'이라는 점잖은 이름으로 불러서 안 될 이유는 없음직하다.

되지 못하게 깨끗한 척하는 성미를 병적이라고 해도 과언이 아닐 정도로 많이 타고난 나는 어릴 적부터 도무지 그 화장실과는 사귀기가 힘들었다. 내가 자란 산촌 벽지(僻地)의 화장실이란 더욱 말이 아니었다. 그것을 여실히 묘사하자면 셰익스피어 같은 문호(文豪)도 어휘의 부족을 느꼈을, 저 너무나 어지러운 곳에 차마 발을 들여놓기 싫어서, 수수밭이나 콩밭 신세를 진 기억도 한두 번이 아니다.

무슨 팔자에 해외 바람을 쏘인 다음 귀국 여정에 올랐을 때, 옛터로 돌아감이 가지가지 기뻤으나, 그 화장실로의 복귀(復歸)만은 역시 고마움과 더불어 상상되지는 않았다. 정말 목욕도 하고 글자 그대로 화장도 하도록 마련된 명실상부(名實相符)한 화장실을 수삼 년 사용하다 또다시 이름만의 화장실로 돌아옴은 결코 반가운 일이 아니었다.

그래도 "이 없으면 잇몸으로 산다"는 평범한 이치와 한국인에게 일반적인 저 인내심의 덕택으로, 귀국 후 한 달 남짓 동안을 별로 '화장실 노이로제'에 걸리지 않고 그럭저럭 지내게 되었을 때, 이젠 한걱정 지나간 듯하여서 가슴 한구석이 가벼워짐을 느꼈다. 그러나 그것이 사실의 전부가 아님을 깨닫게 된 것은 그 후 불과 수일 이내에 생긴 일이다.

어느 구름이 무겁게 낀 이른 아침, 시청 위생과가 관할하는 청소 작업의 혜택이 우리 집 화장실까지 미치게 된 것은 긴 눈으로 볼 때 고마운 일임에 틀림이 없었다. 그러나 우선 당장으로 말하면, 이 조그마한 사건이 — 수개월마다 주기적으로 생기도록 마련인 이 일상적인 사건이 — 매일 아침결에 화장실을 이용하는 버릇을 가진 나에게 은근한 위협을 가져오기에 충분했던 것이다.

우리네 서민층의 화장실이란 어느 때나 그리 유쾌한 곳이 못 되지만, 청소반이 지나간 직후에는 유난히 괴로움이 더하는 장소다. 그래서 종전에도 시청의 청소반이 작업을 한 그날만은 그곳을 사용하지 않고 근무처의 화장실을 이용하는 것이 규칙처럼 되어 있었다. 그러나 이번만은 마침 그날이 강의가 없는 날이라 사태가 약간 난처하지 않을 수 없다.

한번 용기를 가다듬어 감행하고자 문턱까지 접근한 일도 있으나, 역시 반사적으로 후퇴하고 말았다. 하는 수 없이 측근자의 조언을 듣기로 한다.

"여보, 이 앞 △△국민학교에 잠깐 폐를 끼치면 어떨까. 우리가 아이를 둘씩이나 보낸 학부형이라는 관계도 있으니 그쯤은 무방할 것도 같소만."

"글쎄요. 그런데 교문에서 수위가 일 없는 사람은 못 들어오게 한단 말이 있던데."

"아냐, 엄마, 괜찮아. 아이스케키 장수나 구두닦이 같은 사람은 안 돼도, 신사들은 괜찮을 거야." 이렇게 얘기를 가로채고 나온 것은 올해 그 국민학교에 입학한 경이었다. 부모의 근심스러운 회화를 옆에서 듣다못해 다소나마 도움이 되기를 원했던 모양이다.

"여보, 그럼 아주 넥타이 매고 양복저고리 입고 점잖게 차리고 가시구려. 너무 허술하게 하고 가면 오해받을지도 모르니까."

"그런데 '교사용'이 어덴질 알아야지. '아동용'을 빌린다는 것은 말이 안 되고."

'교사용'을 찾느라고 이리 기웃 저리 기웃 하는 것은 보기 좋은 일이 아니며, 누구를 찾는 것이냐고 묻는 사람이라도 있으면 꼴이 아니리라는 의견이 압도적인 찬동을 받았다. 이리하여 만사에 신중을 기하라는 교훈을 따라 모처럼 채택될 뻔한 '△△국민학교 안'은 부결되고 말았다.

"그럼 ○○고등학교는 어떨까. 거기도 걸어서 5분 이내에 갈 수 있을 텐데."

"허지만 그 학교하고야 무슨 촌수가 닿아야지요. 학부형도 아니고 졸업생도 못 되니."

"그런데 내 친구 한 사람이 그 학교에 교사로 다년간 근무하고 있단 말이지. 그 친구에게 온 것처럼 하고 다녀 나오면 감쪽같을 게 아니오?"

내방인(來訪人) 명부에 허위를 기입하는 자신의 모습을 상상해 본다. 허나 내가 가짜 면회 상대로서 기록해야 할 그 친구의 이름이 얼른 생각이 나지 않는다. 평소의 건망증이 발동한 것이다. 역시 거짓은 피해야 한다는 것을 뉘우치라는 암시같이도 느껴져서 '○○고등학교 안'도 결국 버리기로 작정하였다.

그리고 보니 남은 길이라곤 근무처 M대학으로 찾아가는 수밖엔 없다. 좀 거리는 멀지만 가장 떳떳한 길이다. 일단 결심하고 집을 나서는 마음이 후련히 가벼웠다. 그러나 교문 근방에서 만난 동료나 선배들은 오늘에 한하여 반가움이 덜하다. 그들은 "오늘 강의도 없을 텐데 왜 이리 일찍 출근하느냐"고 물었기 때문이다.

(1960년 7월 9일)

# 유머에 관하여

옷음은 슬픈 때를 위하여 있고
울음은 기쁜 때를 위하여 있다.
이에
인생이 슬프다는 현실은
웃고 살라는 결론을 던져 준다.


## 1. 유머의 의의(意義)

상식은 사회생활에 있어서의 유머의 가치를 어렴풋이 알고 있다. 우리는 유머를 가진 사람이 좌중의 흥을 돋우고, 지성 있는 기쁨을 더해 주는 공덕으로 환영받는 사실을 안다. 우리는 유머가 소설, 희곡, 수필, 기타 문학 일반에 있어서 또는 영화나 연극 같은 무대예술에 있어서 빼지 못할 '양념'이 되고 있다는 사실을 알고 있다. 가슴 깊은 구석으로부터 악의 없는 웃음을 자아내는 유머의 존재는 메마른 생활에 윤기와 부드러움을 주고 절박한 생존에 훈훈한 여유를 준다.

그러면 유머의 덕은 상식이 알고 있는 이러한 정도에 그치는 것일까? 유머의 의미는 어디까지나 양념의 지위를 넘어서지 못하는 것일까? 유머의 본질이 한갓 '웃음거리'에 그치는 것이 아니라 원숙한 인격 심오에 그 근원을 둔 것이며, 나아가서는 전체로서의 '인생관'의 문제와 깊은 연관성을 가졌다는 사실을 밝히고자 함이 이 시론(試論)이 뜻하는 바이다. 우리는 유머의 의의(意義)를 살피는 순서로부터 시작하기로 한다.

'웃음'은 유머의 기본 요건이다. 그러나 단순히 웃음만으로는 유머는 성립하지 않는다. 우리는 남보다 우월감을 느낄 때, 특히 평소 만만치 않은 경쟁자로서 여겨 오던 사람에 대하여 무망(無望)의 우월감을 느낄 때 회심의 웃음을 웃는다. 평소에 거드름이 굉장한 세도가가 납작하게 망신을 당하는 꼴을 볼 때, 또는 항상 잔소리가 심하고 까다롭던 훈육주임 선생에게 골탕을 먹일 장난이 졸업반 학생 간에 계획될 때 나오는 웃음은 이 부류에 속한다. 또 우리는 평소에 눌렸던 감정이나 숨겼던 견문을 기회를 타서 겉으로 내놓을 때 웃는다. 성(性)에 관한 난잡한 설화를 즐기는 경우와 같다. 그리고 반가운 사람을 만났을 때나 잃었던 물건을 찾았을 때와 같이 단순한 희열의 기분에서 오는 웃음이 있다. 그 밖에도 교태를 위한 웃음, 경멸을 의미하는 비웃음, 곤혹을 표시하는 쓴웃음 등 웃음의 종류는 많다. 그러나 위에 든 어떠한 것도 진정한 유머에서 오는 가슴 깊은 웃음과는 크게 다른 것이다.

성격심리학의 권위자인 올포트(G. W. Allport) 교수는 유머를 규정하여 "자기가 사랑하는 것(물론 자기 자신과 자신에 속하는 모든 것이 포함된다)을 웃을 수 있으면서, 그러나 여전히 그것을 사랑할 수 있는 능력"이라고 말하였다(*Personality*, p.223). 유머를 형성하는 한 가지 특질은 '기분의 여유'에서 오는 깊숙한 웃음이다. 사람은 곤경에 빠졌을 때, 공연한 피해를 입었을 때, 또는 부당한 모욕을 당했을 때 자기도 모르게 당황하고 상심하고 또는 분노한다. 만약 이 당황, 상심, 분노 속에 자아의 전 존재가 휩쓸려 들어간다면 유머는 없다. 허나 당황하고 상심하고 또는 분노하는 자기 자신을 잠깐 객관시하고, 자기 밖에 나서서 자기를 바라보는 초연한 태도, 즉 잠시 무대밖에 나서서 자기가 주연하는 연극을 바라보는 마음의 여유, 그리고 허둥지둥하는 자기의 모습을 남의 일처럼 웃어 주는 마음의 여유—이것이 유머를 풍기는 지반(地盤)이다. 이때 웃음의 대상이 되는 것은 좁은 의미의 자아뿐만 아니라 넓은 의미의 자아의 일부로서 느낄 수 있는 것이면 좋다.—예컨대 부모 처자와 같이. 구시대풍(舊時代風)이 가시지 않아 어색하기 짝이 없는 자기 아버지의 풍채를 조롱거리로 삼는 친구들에게 대하여, 오직 분개와 변호만을 일삼는다면 유머는 없다. 친구들과 더불어 아버지의 구풍(舊風)을 웃을 수 있는 마음의 여유를 가질 때 유머의 가능성이 있다.

그러나 단순한 마음의 여유 그리고 이에 따르는 웃음만 가지고도 유머는 성립하지 않는다. 자포자기에서 오는 자조의 웃음도 일종의 여유에서 오는 웃음이다. 그러나 자조의 웃음은 진정한 유머와는 다르다. 자기 아버지의 구풍(舊風)을 마치 이방인의 만풍(蠻風)을 웃듯이 그저 웃을 줄만 안다면, 그것은 유머의 웃음이 아니다. 자기의 곤경을 남의 일 보듯이 웃고 보는 한편에, 역시 자기를 버리지 않는 자애(自愛)의 진실성이 있을 때—자기 아버지를 남의 아버지처럼 웃으면서도 역시 자기 아버지로서 위하고 아끼는 마음이 바탕에 깔려 있을 때 진정한 유머의 발로를 본다.

자아를 오로지 사랑하기는 쉽다. 때로는 자포자기의 웃음을 웃기도 어렵지 않다. 그러나 자기를 웃어 가면서 자기를 사랑하기란 그리 쉬운 일이 아니다. 오직 원숙한 인격만이 이 모순을 능히 자기 안에서 통일할 수가 있는 것이다. 남을 웃길 심산으로 조그만 재간을 애써 짜낸들 유머는 나오지 않는다. 유머는 한고비를 넘어 원숙한 인격에서 스스로 풍기는 무르녹은 향기다. 우리는 원숙한 인격에서 제대로 풍기는 유머의 범례로서 퇴계선생(退溪先生)에 관한 일화(逸話)를 상기한다. 그중에서도, 제사도 지내기 전에 제상(祭床) 머리에 나타나서 차려 놓은 과실을 좀 달라고 졸라대는 부인에게 대한 퇴계선생의 기지와 유머에 찬 태도는 너무나 유명한 이야기다.

퇴계선생 댁에 기제사(忌祭祀)가 든 어느 날 저녁. 명문(名門)의 제야(祭夜)인지라 고위명사(高位名士)들의 제객(祭客)이 운집하였다. 시각이 되어 바야흐로 제례(祭禮)를 시작하려는 순간, 퇴계선생의 부인이 사당(祠堂)에 나타나서 제상(祭床)에 고여 놓은 과실을 달라고 조른다. 좌중(座中)의 분위기는 경악과 비난의 도를 넘어서 그저 아연할 뿐이다. 허나 퇴계선생만은 태연자약하다. 서슴지 않고 생률(生栗) 한 움큼을 부인에게 집어 준다. 일좌(一座)의 표정은 더욱 의아하다. 좌중의 입바른 친구가, 선령(先靈)이 잡수시기도 전에 제물에 손을 댄 퇴계선생의 처사가 부당함을 논란한다. 그러나 선생은 자손이 맛있게 먹는 모양을 보고 인자하신 영혼(靈魂)은 매우 기뻐하실 것이라고 대답한다.

이 이야기 중에서 퇴계선생으로 하여금 그 난처한 입장을 벗어나게한 것은 그의 인격에서 풍기는 유머의 덕택이다. 여기 나오는 퇴계선생의 언행에는 웃음이 표면에 드러나지는 않았다. 그러므로 '유머'라는 말과 첫인상에 썩 들어맞지 않는 점이 있을지도 모른다. 그러나 조금 깊이 살피면 여기에 지극한 유머가 숨어 있음을 알 수가 있다.

첫째로 긴장된 분위기의 초점에 있어서 그 속에 송두리째 빠지지않는 선생의 여유가 통쾌하다. 곤경에 처한 자신의 위상(位相)을 높은곳에서 내려다보는 마음의 여유가 아니었다면 선생이 보여준 바와 같은 기지(機智)는 나오지 않았을 것이다. 기지는 언제나 마음의 여유에서 흐르는 광명이다. 둘째로 웃음이 비록 겉으로 쏟아지지 않았다 할지라도 퇴계선생은 마음속으로 은근히 웃어 준 것이 있다. 그것은 제례(祭禮)에 있어서의 '엄숙한 분위기'다. 다른 제객(祭客)들은 '제례의 엄숙성'을 오로지 절대적인 것으로서 신봉할 줄밖에 몰랐던 까닭에 퇴계선생 부처(夫妻)의 거동에 오직 흥분하고 나무랄 줄만 알았다.그러나 퇴계선생은 제례의 의의가 단순한 '형식의 엄숙성'에 있는 것이 아님을 통찰했기 때문에 서슴지 않고 밤을 집어 줄 수도 있었으며,또 그 행동을 조상을 팔아 변명할 수도 있었던 것이다. 그러나 여기서제례의 형식을 전혀 무시했다면 유머에 이르지 못했을 것이다. 평소에는 형식의 엄숙성도 존중하는 유가(儒家)로서의 퇴계선생의 지반이바닥에 깔려 있기 때문에 이것이 좋은 유머가 되는 것이다.

## 2. 유머와 자기인식(自己認識)

유머는 자기 자신을 객관화하여 바라보는 마음의 여유에서 생기는 것이다. 자신을 객관화한다 함은 자신을 인식의 대상으로 삼는다는 뜻이다. 따라서 유머라는 인격 특질과 가장 깊은 상관관계를 갖는 것은 자기에 대한 인식이다.

자기를 반성할 줄 모르는 사람에게는 유머가 있을 수 없다. 자기를 과대평가하는 영웅주의자는 제삼자가 보기에는 웃음거리가 될지언정 자신으로서는 유머를 이해하지 못한다. 지나친 자애는 항상 자부심과 결합한다. 그러므로 자기변명과 자기선전에 노상 바쁜 자애가(自愛家)들도 스스로는 항상 만화를 그리고 나돌아 다니면서도 그것이 만화임을 절대로 자각하지 못한다. 유머가 자기인식과 가장 밀접한 관계에 있다는 가장 분명한 증좌는 자기통찰이 없는 어린이나 바보에게 유머가 없다는 사실이다.

유머와 자기인식이 현저하게 일치하는 사례로서 우리는 그리스의 옛 철인 소크라테스를 상기한다. 소크라테스가 자기인식의 중요성을 역설한 이야기는 유명하다. 파이드로스(Phaedrus)가 소크라테스와 산보를 하면서 그 지방 전설에 관한 어떤 질문을 던졌을 때, 소크라테스는 다음과 같이 대답하고 있다.

"아니, 나는 그런 문제에 관하여 생각할 여가가 없소. 왜 그런가 이유를 말하리까. 나는 델포이 신전 현판에 새겨 있듯이, 우선 나 자신을 알아야 하겠소. 나 자신에 대하여 아직 무식하면서 나 밖의 것에 호기심을 갖는 것은 우스운 일인 줄 아오."

과연 자기인식에 있어서 출중했던 소크라테스는 유머에 있어서도 또한 탁월한 거물이었다. 아리스토파네스(Aristophanes)가 소크라테스를 웃음거리의 주인공으로 삼은 연극 「구름」을 상연했을 때, 그 관중 속에 섞여 있던 소크라테스는 벌떡 일어서 관중들에게 연극에 나오는 가면의 소크라테스와 실물 소크라테스를 역력히 비교해 볼 기회를 제공하였다. 자기를 객관시할 수 있듯이, 위대한 선철(先哲)은 자기를 조롱한 연극을 남의 일처럼 구경할 수 있었으며, 심지어 관중의 흥을 돕기 위하여 스스로 자기를 웃음거리로 만들 수도 있었던 것이다. 소크라테스의 유머는 그의 가정생활에 관해서도 유쾌한 일화를 남겼다.

바가지 긁기로 유명한 소크라테스 부인은 어느 날도 고함을 치고 푸념을 했다. 허나 소크라테스는 조금도 응수하지 않았기 때문에 부인은 더욱 화가 났다. 그래서 참다못해 부인은 물을 한 바가지 남편에게 뒤집어씌웠다. 소크라테스는 그래도 흥분하지 않고, "고대 우레 소리 요란하더니 이제 소낙비가 내리는가 보다"라고 중얼거렸다.

자기 자신을 객관해 볼 수 있었던 소크라테스였기에 자기 가정의 슬픔을 하나의 만화(漫畵)인 양 바라보고 웃어넘길 수도 있었던 것이다.

유머는 깊은 자기인식에서 우러나는 지성의 웃음이다. 예리한 지성으로 통찰할 때, 가장 엄숙한 것(자기 자신은 자기가 보기에는 가장 엄숙한 존재의 하나이다) 중에도 항상 겉과 속이 들어맞지 않는 불합리가 있음을 본다. 긴장과 흥분 속에서 정성을 다하는 자기의 진지한 노력 중에도 적지 않은 만화가 섞여 있음을 본다. 스스로 목숨을 거는 사랑과 미움의 심각한 마당이 한갓 허무한 연극 장면으로 보이는 찰나가 있다. 일순 번개 같은 기분의 전환이 온다. 이 순간에는 모든 사람들이 우주라는 큰 무대장치 위에서 뛰노는 배우들이다. 그중에서도 자기 자신이 가장 우스꽝스러운 희극 배우일지도 모른다.

자연을 인식의 대상으로 삼은 인간의 능력은 인간 자신을 자연의 일부이면서도 자연을 초월하는 위치에로 올려 밀었다. 자연뿐만 아니라 인간 자신까지도 인식의 대상으로 삼음에 이르러, 인간의 지성은 마침내 유머에로 발전한 것이다. 유머는 인간이 인간 자신을 초극하는 세련된 지성이다. 유머는 마치 영원히 생존할 수 있을 듯이 악착같이 나대던 인간이 자기 생명이 의외로 짧음을 깨달을 때 불현듯 느끼는 달관의 웃음이다. 유머는 마치 전지전능한 듯이 거들거리던 인간이 자기의 무지와 무력을 반성할 때 자신의 불합리를 내려다보는 웃음이다. 인간의 이상과 현실 사이에 가로놓인 아득한 거리의 자각이 빚어내는바 눈물과 웃음의 쌍곡선이다. 유머의 즐거움은 봄날 아지랑이를 타는 종달새의 그것과 같이 단순할 수가 없다. 유머의 입술에는 어딘지 쓸쓸한 가을바람이 분다.

유머의 기분을 에워싸고 유한자가 무한자를 희구하는 갈등이 있다. '상대(相對)' 안에서 '절대(絕對)'를 찾으려는 모순이 있다. 유머는 달관이 고비를 넘어 체념에로 넘어가려는 위기를 숨겼다. 그러나 유머의 기분에는 체념 속에 끝내 자아를 내던지지 않고 다시 긍정의 세계에로 솟아오르려는 기맥(氣脈)이 살았다. 유머에는 절망 직전에서 다시 절대자를 부르는 종교의 심정과도 일맥상통하는 바가 있다.

## 3. 유머와 종교

그저 경건하고 엄숙한 종교가와 만사를 웃음으로 얼버무려 넘기려는 유머리스트, 이것은 뚜렷한 대조를 이루는 두 가지의 인간 유형이다. 그러나 일면 이같이 상반되는 종교가와 유머리스트는 타면(他面)에 있어서 의외로 큰 공통점을 가졌다.

그 공통점이란 양자가 다 현실에서의 초탈(超脫)을 지향하고 있다는 사실이다. 종교적 신앙의 본질은 현실에 불만한 정신이 피안(彼岸)에로의 비약을 기원하는 동경이거나, 그렇지 않으면 속인(俗人)의 입장으로 볼 때 견딜 수 없는 현실을 신불(神佛)의 용어로 다시 고쳐 해석함으로써 새로운 '의미의 세계'를 발견하려는 시도이다. 유머 기분의 기조(基調)에도 습관 내지 전통이 현실 안에 수립한 상식적인 가치의 세계에 대한 회의가 있다. 유머도 현실 밖에서 현실을 방관하려는 부정(否定)의 계기를 품었다.

종교와 유머는 이와 같이 현실에 대하여 일단 부정적인 태도를 취함에 있어서 일맥상통하나, 각각 그 부정적 태도가 지양(止揚)되는 방향은 매우 다르다. 종교의 부정은 이미 새로운 긍정에로 지양되어 있으며, 신앙의 심정은 일정한 방향에로 정착되고 있다. ─ 설령 그 방향이 실없는 허공을 향하는 것일지는 모를지라도. 그러나 유머의 부정은 새로운 긍정에로의 지양을 원하나, 아직 완전한 지양에 도달하지는 못하였으며, 유머의 기분은 아직 안정된 방향을 얻지 못한 채 좌우로 흔들린다. 대체로 종교가 인간의 부정에서 신(神)의 긍정에로 옮겨가는 논리에는 맹목적 비약이 있다. 이 비약의 매체가 되는 것은, '지성'에 대립하는바 '감정'이다. '세련된 지성'으로서의 유머는 바로 이 감정의 맹목적 비약을 좀처럼 수긍할 수가 없다. 종교가 터툴리아누스(Tertullianus)를 따라 "불합리한 까닭에 나는 믿노라!"라는 태도로서 손쉽게 긍정의 방향에로 몰두한 뒤에도 유머는 여전히 믿을 수 있는 '근거'를 찾아서 좌우로 돌아본다. 요컨대 일단 현실을 부정한 다음, 다시 긍정의 세계에로의 지양을 꾀할 때 종교는 논리를 넘어서는 감정으로 이를 해결하나, 유머는 어디까지나 논리에 충실한 지성에 고집하는 차이가 있다고 하겠다. 여기서 우리는, 종교가 감정에 있어 우세한 여성에 의하여 보다 더 수월히 신봉되는 반면에, 유머가 이지(理知)에 있어 우세한 남성 중에 보다 흔히 발견되는 사유를 이해한다. 경건이 여성적인 매력이라면 유머는 남성적인 매력이라고 할까.

종교 중에서도 감정에 휩쓸리지 않고 지성이나 의지가 꼿꼿이 살아 있는 종파(宗派)에 있어서는 경건한 가운데도 항상 유머의 기분이 떠나지 않는다. '냉철'을 자랑하는 선문(禪門)에서 많은 유머의 일화를 남긴 것은 널리 알려진 사실이다.

선승(禪僧) 단하(丹霞)가 목불(木佛)을 불사른 이야기도 그 일례

(一例)이다. 단하가 어느 사원(寺院)을 방문했을 때 한겨울의 날씨가 몹시 찼다. 단하는 본당(本堂)으로 들어가 목불의 본존(本尊)을 끌어안고 나가서 불을 놓고 쪼였다. 이것을 알고 달려온 원주(院主)가 대노질책(大怒叱責)했을 때 단하는 당황한 기색도 없이 지팡이로 불을 뒤적거리면서 "나는 이 부처님을 태워서 사리(舍利)를 찾으려 하오"라고 대답하였다. 우둔한 원주는 이 희롱을 이해하지 못하고 "목불에 무슨 사리가 있단 말이오?" 하고 응수했더니, 단하는 "사리가 없으면 가짜 부처로군. 협시(脇侍) 두 부처마저 태워 버릴까 보다"라고 혼잣말처럼 지껄이고 가가대소(呵呵大笑)하였다.

불교도가 불교의 우상을 장작개비처럼 태워 버렸다. 그러나 그는 불교의 진리 전체를 부인한 것은 아니다. 다만 그 우상을 버렸을 뿐이다. 여기에 '신앙'과 '유머'의 혼연한 일치가 있다.

한 손에 코란을 들고 또 한 손에 창검을 드는 이슬람교의 개조(開祖) 마호메트(Mahomet)도 또한 유머의 일면을 가졌다. "만약에 산이 나에게 오지 않겠다면 내가 산으로 가지"라고 말한 마호메트의 배짱은 유머의 또 하나의 유형이다.

이것은 자기의 신앙과 기도의 힘은 능히 산을 일으켜 자기 앞으로 걸어오게 할 수 있다고 장담했던 마호메트가 무수히 모여든 교도 앞에서 그의 주문의 실험이 보기 좋게 실패했을 때 약간의 무안한 기색도 없이 한 말이다.

## 4. 유머 아닌 유머

훌륭한 유머의 기반이 되는 것은 예리한 지성(知性)과 온후한 덕성(德性)이 겸비된 인격이다. 유머의 기질이 예리한 지성은 있으나 온후한 덕성이 결핍된 인격 위에 발휘될 때는 일종의 유머로도 보이나 진실로 좋은 의미의 유머와는 매우 거리가 먼바 이를테면 '유머 아닌 유머'가 나타난다.

유머 아닌 유머의 하나는 '조롱'이다. 조롱도 하나의 웃음이기는 하나 그 웃음을 받는 것은 자기 아닌 남이며, 여기서 웃는 자는 웃음을 받는 자에 대하여 조금도 사랑을 베풀려는 아량을 보이지 않는다. 심지어는 웃음을 받는 사람에 대한 악의가 노골적이다. 원래 유머에는 웃으면서도 한편으로 그 웃음 받는 것을 아껴 주는 심정이 있다. 본래 유머는 사람과 사람 사이의 어색한 긴장을 풀어 주는 해독제이다. 메마른 생활의 윤기(潤氣)를 마련하는 '악의 없는' 웃음이다. 웃음을 받는 자가 조금도 아낌을 받지 않고, 웃음의 대가로서 웃음 받는 사람의 괴로운 긴장이 강요될 뿐만 아니라 배타적 기색조차 농후한 '악의 있는 웃음' ―조롱― 은 진정한 유머와는 역시 구별되어야 할 요소를 지니고 있다.

그러나 유머와 조롱의 구별이 항상 분명한 경계선을 준비하고 있는 것은 아니다. 표면으로 나타난 것은 같을지라도 그것을 나타낸 사람의 인격 여하에 따라서 혹은 유머로도 보이고 혹은 조롱으로도 보이는 사례가 있다. 붉은 헝겊으로 기운 도포를 입고 조정에 나간 퇴계의 기지는 그 전형적인 것이다.

어느 날 퇴계 부인이 실수로 퇴계의 도포 자락을 태웠을 때 부인은 이왕이면 곱게 하자는 생각에서 흰 도포를 빨간 헝겊으로 기웠다. 퇴계는 이것을 모르고 이튿날 아침에 그 도포를 입고 조정에 나갔다. 백관(百官)이 모여든 조례(朝禮) 마당에 있어서 퇴계선생의 도포는 망신거리가 되었다. 그러나 선생은 조금도 당황하는 기색 없이 천연스럽게 설명하였다. "그런 것이 아니라, 고전비결(古傳秘訣)에 의하면 불에 태운 옷은 붉은 헝겊으로 기워야 액운을 막는다 하오." 백관들은 자기네의 무식을 뉘우치는 동시에 선생의 박식(博識)을 감탄하는 표정으로 고개를 끄덕였다.

세상이 아는 이야기에 있어서 백관들은 조롱을 지나 우롱을 당하고 있다. 그러나 평소에 동료 선배에 대한 경애가 두터운 퇴계선생이기에 이 우롱은 또한 구수한 유머로도 들리는 것이다. 그뿐만 아니라 퇴계선생의 조롱은 이미 자기가 받은 조롱에 대한 '보복'인 까닭에 제삼자에게 정당하다는 인상을 주며 바로 이 '정당성'이 그 조롱을 유머에로 밀어 올리는 또 하나의 조건이 되고 있다.

악취미적인 조롱과 고상한 유머를 구별하는 경계선에 드는 이의 도덕감이 깊이 관련하고 있음은 봉이 김선달의 이야기에서도 여기저기 발견된다. 대동강 물을 팔아먹는 대목으로 말하더라도 거기서 우롱을 받는 자가 부덕(不德)한 수전노인 까닭에 이 우롱은 도리어 선량한 빈민들에 대한 동정을 의미하는 것으로서 역시 유머의 자격을 얻는 것 같다. 쉰 팥죽을 '초친 팥죽'으로 팔아먹는 이야기에 있어서도 장군들이 무던한 조롱을 받고 있으나, 그 뒤에 불쌍한 팥죽 장수를 구하려는 아름다운 인정이 떠받들고 있는 까닭에 이것도 가증한 사기로 보이지 않고 사랑스러운 유머로 보이는 것이다.

'유머 아닌 유머'의 둘째로서 '파렴치'를 생각할 수가 있다. 파렴치는 마땅히 긴장해야 할 장면에서 긴장하기는커녕 유들유들한 그 여유가 유머와 매우 가깝다. 또 수치감에 낯을 붉히는 대신 웃음으로 얼버무려 넘기는 점도 유머와 흡사하다. 그러나 파렴치는 진정한 유머는 아니다. 파렴치에도 웃음이 있다. 그러나 파렴치의 웃음은 마땅히 자기 자신을 웃어야 할 경우에 도리어 상대편을 웃음거리로 삼는 뻔뻔스러움이다. 파렴치에도 부정(否定)이 있다. 그러나 여기서 부정을 당하는 것은 '자기' 또는 '자기가 아끼는 것'의 가치가 아니라 '자기 이외'의 모든 가치이다. 파렴치는 자기의 이익을 위하여서라면 다른 모든 사람의 권리가 유린을 당하여도 조금도 애석할 줄을 모른다.

그러나 파렴치인지 유머인지 얼른 분간하기 곤란한 경우도 드물지 않다. 그것을 분간하는 마지막 근거가 되는 것도 역시 그 사람 평소의 인격이다. 비근한 예를 들어 보자.

윤모(尹某)는 지방 소도시에서 조그만 점포를 벌인 포목상이다. 어느 날 면식이 있는 농부가 이불감을 끊으러 왔다. 윤모는 천을 자질하는 수작이 아주 엉터리다. 여섯 자, 일곱 자, 아홉 자… 하고 중간에 한 자를 슬쩍 떼는 것이다. 이것을 발견한 농부는 목에 핏대를 세우고 항의한다.

"아, 이 사람, 무슨 자질을 그렇게 하나? 믿어라 하고 늘 찾아오는 보람도 없이!" 그러나 윤모는 조금도 무안치 않다.

"허허 참, 속는가 안 속는가 한번 시험을 해 봤더니 역시 안 속는데."

이야기만으로는 윤모의 수작이 악의 없는 장난이었는지 파렴치한 사기 미수였는지 알 수가 없다. 그러나 윤모의 소행을 아는 사람은 그것이 틀림없는 파렴치라는 것을 안다. 윤모로 말하면 물건을 팔기 위하여서는 수단을 가리지 않는 사람이다. 그는 멀쩡한 광목에다 진흙을 발라서 점포 앞에 내놓고 고객들 앞에서 우는 소리를 한다.

"모처럼 특품 광목을 몇 통 떼 왔더니 트럭에서 떨어져 진흙투성이가 됐지 뭡니까. 밑지고 헐값으로라도 팔아야지 별 수 없군요."

우둔한 농부(農婦)들은 광목의 진흙이 빨면 그만이라는 것을 알고 있으나 광목의 품질이나 시세 같은 것에는 매우 어둡다. 부인네는 그것이 '특품'이라는 바람에 큰 매득(買得)을 하고자 하는 욕심에서 특품도 아무것도 아닌 잡표(雜票) 광목을 비싼 값으로 사기를 다툰다.

## 5. 현대와 유머

인간이 절대와 영원을 찾아 헤맨 역사는 오래다. 인간의 유한성과 인생의 무상을 깨닫고 허무감과 절망에 빠진 역사도 또한 길다. 불멸의 가치를 희구하는 인간의 정신은 암초에 올라 절망하고 절망에 빠진 생명은 다시 새로운 광명을 찾아 밖으로 안으로 헤매었다. 인간은 정성을 모아 구세의 우상을 수립했으나 만족하지 못하고 스스로 그 우상을 파괴해 버렸다. 그리고 우상이 파괴된 그 폐허 위에서 또다시 새로운 우상의 수립이 계획되곤 하였다. 우상의 수립과 파괴, 여기에도 변증법적으로 전개된 인간 정신의 족적(足跡)이 있다.

오늘도 우리는 '가치의 현실'을 단념하지 않는다. 생명의 본질이 그것에 고집하기 때문이다. 그러나 우리는 가치의 실현을 기필코 장담하지도 못한다. 문예부흥 이후의 자각은 신불(神佛)의 보증을 회의하며 진화론 이래의 지혜는 '이성'이 갖는 유한성에 대한 인식을 강요하기 때문이다.

더구나 현대의 세계사적 혼란은 운명이 인간에게 허락한 유한한 시간과 역량의 범위 내에서 상대적이나마 보람 있는 것을 이룩하고자 하는 겸손한 희망조차도 거부하고 있다. 예술, 과학, 교육 등의 문화 사업이 과연 영원한 가치를 갖는 것인지 아닌지는 모른다 할지라도, 일시적인 자기의 주관이나마 '가치 있다'고 인정하는 작품, 학설, 육영사업 등을 위하여 어느 정도의 전망과 신념을 가지고 전령(全靈)을 기울일 수 있었던 시대는 그래도 행복스러웠다. 성의와 노력을 바치면 바쳐진 그만큼 좋은 성과가 나타나리라고 기대할 수 있었던 시절은 그래도 어느 정도 마음을 가다듬어 생활의 중심을 잡을 수도 있었다. 그러나 오늘날 예술, 학문, 교육, 기타 어떠한 부문에 있어서도 30년 후의 전망을 포함하는 일생지계(一生之計)를 세운다든지 사필귀정의 성과를 기필하고 성의와 노력을 다한다는 것은 매우 어려운 일일 성싶다. 문화사업이 정치와 경제의 변천에 의하여 희롱되며 개인의 운명이 개인의 역량을 초월하는 전체 조류에 따라 좌우되는 오늘날 어떠한 개인도 이렇게 하면 반드시 이렇게 되리라는 신념을 가지고 생애의 포석(布石)을 궁리할 수는 없을 것이다.

여기서 우리가 자포자기를 공언하고 허무의 개가(凱歌)를 제창한다면 문제는 그것으로 그친다. 그러나 우리는 '생활'에 대한 애착을 영영 버리지는 않는다. 생명을 가진 자에게는 금욕주의도 하나의 '욕망'이거니와 허무주의자도 또한 자기의 허무감 안에서 새로운 가치를 발견하고야 만다. 물론 일시적 관념 안에서는 세상을 깨끗이 등질 수도 있을지 모른다. 그러나 살고 있다는 사실 자체가 현세에 대한 새로운 관심을 재촉한다. 순간적으로는 한갓 방관자로서 사회의 조류를 남의 일처럼 건너다볼 수도 있을 것이다. 그러나 생명을 가진 자는 필경 자기도 모르는 사이에 그 조류 안에 뛰어들어 하나의 방관자로서가 아니라 역사의 일부를 담당하는 주인공으로서 출연한다. 더욱 엄밀히 말하자면 주인공과 방관자는 적극성과 소극성에 관한 정도의 차이를 말함에 불과하다. 우주라는 전체 무대 위에서 관객도 일종의 배역이요, 이 연극에는 순수한 구경꾼이 있을 수 없다. 그러므로 좋든 그르든 운명을 사랑하고, 운명이 부여한 제 조건 내에서 스스로 '건설'이라고 믿을 수 있는 방향으로 최선을 다하는 것은 생명을 가진 인간이 자기에게 충실히 하는 오직 하나의 길이다.

전쟁의 위협과 경제의 불안이 우심한 이 마당에서도 생산자는 생산자의 입장에서, 학도는 학도의 입장에서, 예술가는 예술가의 입장에서, 기타 모든 분야의 인사는 각자의 분야에서 자기의 최선을 다할 것이 요구되고 있다. 통속적 의미의 도덕이라든지 혹은 신성한 '국민의 의무'가 그것을 요구하는 것이 아니라, 바로 우리 자신의 생명이 그것을 요청하는 것이다. 전통은 빈약하여도 예술은 연마되어야 하며, 생활은 빈곤할지라도 학술은 탐구되어야 한다. 기타 어떠한 분야에 있어서든지 현실이 가진 어떠한 악조건도 그 사업 전체의 포기를 정당화하지는 못한다. 인간의 존재의 심오가 그것을 반대하기 때문이다.

그러나 오늘날 아무리 진지한 태도에 대하여서라도 역사적 현실은 결과의 '성공'을 약속하지 않는다. 성의 있는 집무가 도리어 실직을 초래할지도 모른다. 때로는 고아(高雅)한 작품이 비속한 작품에 밀려 도태를 당하는 경우가 없지 않다. 질서의 틀이 잡히지 않은 사회에서는 악화가 양화를 구축하는 현상이 도처에서 일어난다. 오늘날의 노력에는 '실패'를 각오하는 비장감(悲壯感)이 있다.

처음부터 내던진 인생이라면—만사에 처하되 농담으로 대한 것이라면—어떠한 결과에 도달했던들 억울할 것이 없다. 허나 최선의 노력을 다했음에도 불구하고 필경은 실패의 고배를 마시는 '불공정'은 진지한 기질에 대하여 상심(傷心)의 이유가 아닐 수 없다. 원래 기질이 허랑(虛浪)하여 만사에 무성의로 대할 수 있는 사람이라면 문제는 없다. 또 진실한 성품이 경건한 신앙과 결부되어서 아무리 억울한 실패도 신의(神意)에 의한 시련인 줄 감수하고 최후의 심판에서의 영광을 확신할 수 있는 종교인에게도 문제는 없다. 그러나 배덕자가 되기에는 천품과 습성이 너무나 소심(小心)하고('소심'은 '순진'과 더불어 왕왕 '비겁'의 동의어로 쓰인다), 그러나 종교인이 되기에는 너무나 이지적(理智的)인 사람에게도—현대 지식인의 대부분이 속하는 이 가련한 유형에게도—구제의 길은 있어야 할 것이 아닌가.

'포기'에로 가는 길과 '노력'에로 가는 길이 나누어지는 분기점에서 심각한 딜레마에 빠진 현대의 지성에도 만약 구제의 길이 있다면,

그 길은 바로 유머의 문을 통하여 열릴 것만 같다.

유머는 자아를 웃고 바라보는 마음의 여유를 가졌다. 제 딴에는 신념에 충실한 자기와 자기의 심혈이 기울어지는 사업을 남의 일처럼 바라보는 초탈(超脫)의 계기를 품었다. 그러나 자기와 자기의 사업을 아주 내던지지는 않는다. 사랑하는 바를 웃어 주면서도 역시 사랑을 놓지 않는 유머는 자기와 자기의 사업을 웃고 보는 순간적인 기분의 전환이 개재하면서도 전체로서는 자기가 '건설'이라고 생각하는 일에 끝내 애착하는 인내력과 자애심을 가졌다. 유머는 오직 소심한 사람들이 하듯이 자아의 심오가 요구하는 길로 노력하면서도 그 노력이 패배하는 날에는 마치 처량한 풍류객이 하듯이 그 패배의 긴장을 웃음으로 푸는 안전판(安全瓣)을 가졌다. 엄숙주의와 허무주의의 대립이 지양되는 곳에 유머가 있다. 하나의 길을 택한다. 허나 그것이 '신(神)'의 성의(聖意)이기 때문에 그 길을 가는 것은 아니다. '엄숙한 도덕'의 명령을 따라 그 길을 택하는 것도 아니다. 반드시 영광스러운 결실이 있으리라고 믿는 까닭에 그 길에 심혈을 뿌리는 것도 아니다. 오직 하찮은 나의 심정이—하찮기는 하여도 나에게는 가장 귀중한 나의 존재가—그것을 원하기 때문에 그 길을 갈 뿐이다. 그 길의 전정(前程)이 어떠한 구조를 가졌는지도 분명히 알지 못한다. 무서운 고난(苦難)이 대기하고 있는지도 모른다. 고난에 당도하면 웃고 그것을 맞이할 뿐이다. 그 길이 끝까지 뚫렸으리라는 자신이 있는 것도 아니다. 가다가 막히면 웃고 돌아설 뿐이다.

허나 이념으로서의 유머와 체득된 유머와의 사이에는 모든 이론과 실제와의 사이에 가로놓인 저 요원한 거리가 있다. 유머의 '인식'은

즉시 유머의 '실천'을 초래하지 못한다. 유머는 원숙한 인격에서 저절로 풍기는 향기였다. 형성된 인격의 지반도 없이 억지로 유머를 짜내려는 것보다 더 유머에서 멀리 떨어진 만화가 없다.

그러나 이념과 실제의 격리는 그 이념의 부당성을 의미하는 것은 아니다. 풍부한 체험과 심원한 사색과 그리고 좋은 습관을 기르려는 오랜 노력이 합하여도 유머는 체득될 수 없다는 증좌(證左)는 없다. 유머에 있어 현대의 지성은 새로운 종교를 발견할는지도 모른다.

(1955년 여름)

# Ⅱ _ 잡초의 계절

# 유행

우연한 기회에 Q여사를 만났다. 만 일 년 만에 처음이다. 이제는 그럭저럭 30 고개도 넘었을 성싶은데 아직도 젊고 아름답다. 이렇게 어쩌다 한 번씩 만나는 여사의 인품을 나는 그리 잘 안다고 장담할 처지는 못 된다. 그러나 여사로부터 받은 단편적인 인상을 종합하여 나는 언젠지도 모르게 Q여사를 이 나라의 여성 중에서 모범이 될 만한 숙녀라고 보는 평가를 지녀 왔던 것이다.

그런데 오늘 일 년 만에 Q여사를 만났을 때 선뜻 떠오른 감상은 어딘지 좀 달라진 듯한 인상이다. 좋게 말하면 좀 젊어진 듯도 하고 나쁘게 말하면 좀 가벼워진 듯도 하고. 다음 순간에 나는 이와 같은 변화의 느낌을 주는 자극의 초점(焦點)이 여사가 지금 입고 있는 소매 없는 원피스와 드러난 두 줄기의 가냘프고도 하이얀 팔뚝이라는 것을 깨달았다. 그리고 종전보다는 약간 진하게 화장한 얼굴이 새로운 인상을 더욱 강조하고 있음을 보았다. 평범한 회화로 대좌(對坐)의 어색한 시간을 메우고 있는 동안 오래간만에 만난 기쁨을 더는 무엇이 마음 한구석을 차지하는 듯한 느낌이 있었다. 일종의 '불안감'이라고나 말할까. 또렷또렷하게는 형언하기 곤란한 마음의 파문이다. 일반으로 논한다면 요즘에 소매 없는 부인복이나 드러난 어깻죽지는 조금도 신기할 것이 못 된다. 거리를 걷거나 전차, 버스를 타거나 눈에 뜨이는 것이 으레 그런 광경인지라 오히려 그것이 '당연하다'고 느낄 정도이다. 좀 더 털어놓고 말한다면 우리 같은 속인(俗人)의 눈에도 그 현대적인 미(美)가 어렴풋이 보이는 듯한 계몽(啓蒙)조차 있다. 그러나 Q여사가 그런 옷차림을 한 것을 보았을 때는 약간 느낌이 다르다. Q여사는 역시 좀 더 점잖게 차리는 것이 Q여사답다는 선입견이 뿌리 깊기 때문이리라.

작년 이맘때 만났을 적만 하더라도 여사는 유행에 관하여 분명히 부정적인 의견을 표명하였다.

"선생님도 좀 더 '모던'으로 차리시지요. 이 더위에 왜 그런 소매 달린 옷으로 옥체(玉體)를 학대하십니까?" 하고 나의 악취미가 농담을 걸었을 때 여사는 서슴지 않고 대답하였다.

"그야 그렇게 입어서 어울리는 사람들이 있지요. 저에게는 아마 맞지 않을 것입니다. 유행도 역시 연령, 직업, 체격 등 여러 가지 조건을 고려하고 나서 따라가야 할 것이겠지요." 그 어조에는 나의 농담을 무례(無禮)라고 꾸짖는 신경질은 없었으나, 나로서는 솜으로 싼 방망이로 한 대 얻어맞은 느낌이었으며 동시에 여사에 대한 존경심이 새로운 자극을 받았던 것이다. 이제 일 년이 지난 오늘 그 Q여사가 바로 그 소매 없는 원피스를 가볍게 걸치고 앉아 있는 것이다.

"선생님은 지금도 사교댄스를 반대하십니까?" 나는 그렇게 물어보고 싶은 충동을 느꼈다. 그러나 이때 민감한 여사 측에서도 나의 시선에서 무엇을 느꼈는지, 두 번째 그 그림 같은 손으로 자기의 드러난 어깻죽지를 어루만졌다. 나는 '솔직'이 때로는 '실례'가 된다는 상식을 생각하고 말을 도로 삼켜 버렸다.

작년에 옳았던 의견이 금년에도 반드시 옳다는 법은 없다. 유행에 관하여서는 더욱 그렇다. Q여사는 소매 없는 옷을 반대하던 작년에도 옳았고, 소매 없는 옷을 입고 앉은 금년에도 또한 옳을는지도 모른다. Q여사의 뛰어난 식견과 날카로운 센스를 믿고 싶은 나는 경솔히 Q여사의 변화를 자기모순이라고 비난할 용기가 나지 않는다. 그러나 다만 Q여사의 변화를 보고 무엇인지 불안 비슷한 것을 느끼는 것만은 어찌도 할 수 없는 사실이다. 이것이 신시대를 이해 못하는 나의 완명(頑冥)에 기인하는 것이라 할 것인지 또는 Q여사 역시 여성인지라 '허영'이라는 것과 절연(絶緣)할 수 없는 인간적인 약함의 탓이라 할 것인지, 나는 잠시 단정(斷定)을 보류하고 시간이 흘러감을 좀 더 바라보고 싶은 생각이다.

무릇 유행의 근본은 새로움을 선망(羨望)하는 의욕이다. 자기를 '새로운 것', 즉 '보다 나은 것'으로 보이고 싶은 욕망이다. 진정 그 내실(內實)에 있어 새롭지 못하고 보다 낫지 못한 것을 그럴듯이 보이려 하는 곳에 유행이 허영과 상통하는 일면이 있다. 그러나 외형으로나마 새로운 것은 앞으로 정말 새로운 내용을 만들어 낼 준비라는 점에 있어서 유행은 발전과 연결되는 타면(他面)이 있다. 허영과 상통하는 한, 유행은 경멸을 받아도 마땅할 약점을 가졌다. 그러나 한편 발전과 연결되고 있는 한, 유행은 문화의 귀중한 역량이기도 하다. 따라서 유행에 대한 비난에는 대체로 반분(半分)의 정당성과 반분의 부당성이 혼재한다. 세풍(世風)의 경박과 부동(浮動)을 경계하는 한, 유행에 대한 비난은 귀 기울여야 할 충언(忠言)이다. 그러나 그 대의명분이 버젓한 비난 뒤에 미처 시대의 진보를 따라가지 못하는 낙오자의 질투가 숨어 있어서는 안 된다. 새로운 것을 좇는 것은 옛것을 지키려는 것과 마찬가지로 인간성에 뿌리 깊은 충동이다. 변전(變轉)하는 환경 속에서 '자아'를 지키고자 하는 굳센 본성의 발현(發現)이다. 좀 대담하게 말한다면 유행은 시대의 표정이요 역사의 상징이다. 모든 사람이 역사적 시대 안에 연결되어 있듯이 모든 사람은 유행과 여하간에 인연을 맺고 산다. 유행은 그 자체 발전의 내실(內實)은 아니나, 발전을 초래할 전조(前兆)가 될 수는 있다. 사회는 구습(舊習)을 묵수(墨守)하고자 하는 노년에게보다는 유행에로 질주하는 청년에게 더 많은 기대를 건다.

그러나 이론은 그럼에도 불구하고 오늘날 이 나라의 유행풍조에 대하여 선뜻 찬양을 느끼지 못하는 것은 무엇 때문일까?

첫째로 생각할 것은 유행의 신풍(新風)을 자아내는 지반으로서의 우리 사회 전체의 불안정성이다. 정치, 경제의 혼란에 전란의 화(禍)까지 덮쳤고 그 상처가 아물기도 전에 또 새로운 전쟁의 위협이 운위(云謂)되고 있는 현대 우리 사회가 불안정하다는 것은 구체적 설명이 아니라도 자명한 사실이다. 또 이와 같은 불안정한 사회상을 반영한 현대 우리 사회의 일반 사조의 불건전성도 역시 사례(事例)를 지적하여 설명할 필요는 없을 것이다. 그리고 유행이란 그 사회 일반 사조의 첨단이다. 일반으로 논한다면 유행은 발전의 전조라고 볼 수가 있다. 그러나 불안정한 사회를 반영한 일반 사조의 첨단을 의미하는 현대 우리 사회의 유행을 도나 개나 발전의 전조라고 고맙게 여길 수는 없는 것이다.

둘째로 생각할 것은 오늘날의 유행을 빚어내는 사람들이 어떠한 층위(層位)에 사는 이들인가, 즉 오늘날 유행의 파동(波動) 중심이 어디 있는가 하는 점이다. 원래 유행이란 우월한 자가 자기를 나타내기 위하여 창안하고 대중이 이를 모방함으로써 보급되는 것이었다. 우월한 자의 창안이므로 거기에는 항상 발전의 계기가 깃들어 있었다. 그러나 현대에 있어서 유행의 원천은 약간 다른 곳으로 옮겨 가고 있다. 오늘날 유행을 빚어내는 것은 첫째로 상공인의 영리심(營利心)이다. 발달된 공업이 견고한 물품을 염가로 생산할 수 있는 오늘날, 그 물품의 소모를 기다려 새 상품을 판매하려다가는 공장은 문을 닫아야 할 지경이다. 이때 유행은 멀쩡한 물건을 두고도 신형(新型)을 사지 않을 수 없게 함으로써 상공인의 구세주가 된다. 다음에 이 상공인들과 손을 잡고 유행의 중심이 되고 있는 것은 외모의 미를 과시함으로써 생계로 삼는 사람들, 고작해야 할리우드의 영화배우 같은 사람들이다. 그 진가에 있어 사회의 선도자가 될 만한 사람들이 유행을 빚어낸다면 유행은 발전의 지표가 될 것이다. 그러나 우리는 오늘날 유행을 마련하는 사람들을 이 시대의 선도자로 모시기 곤란한 까닭에 현대 유행의 방향이 그리 미덥지가 못한 것이다. 그러나 구태여 애국자연하고 현대의 경박을 개탄하자는 것은 아니다. 몇몇 사람이 아무리 안달을 하여도 유행은 유행대로 자기의 방향으로 흐를 것이며, 역사는 역사대로 자기의 갈 길을 갈 것이다. 다만 유행을 비난하는 사람은 유행 밖에 서 있는 것이 아니라 유행의 흐름 속에 있음을 상기할 때 우리는 유행에 대한 비난이 실은 유행의 '자기비판'임을 잘 안다. 유행이 자기비판을 통하여 그 방향을 시정할 때 유행은 그 원래의 사명을 다하여 발전으로서의 통로를 열 것이다.

(1955년 5월)

# 반장

일제시대의 것이라고 반드시 버릴 필요는 없다. 그중에서도 좋은 것은 살려야 한다. 이 지당한 원칙을 따라서 우리나라에 지금 '반장 (班長)'이라는 제도가 남아 있다.

그런데 옛날에는 반장이라면 대가리를 싸매고 서로 하려고 대들던 사람들이 이제 와서는 서로 안 하려는 것이 신통하다. 아마 일제는 관료주의의 시대였으므로 서로 감투를 탐냈고, 오늘날의 우리나라는 민주국가이므로 서로 감투를 사양하는 것인 모양이다. 본래 민주국가에서는 주권이 국민에게 있다. 구태여 감투를 쓰려고 할 까닭이 무엇이랴. 앞으로는 장관의 자리도 또는 그보다 더한 감투도 서로 사양할 날이 오지나 않을까 도리어 걱정이다.

우리 반에서도 서로 기를 쓰고 사양하는 통에 한동안은 그 자리가 비어 있었다. 마침내 해결책이 났으니, 윤번제(輪番制)라는 민주제도이다. 처음에는 6개월만큼 돌아간다던 것이 점점 줄어서 이제는 두 달만큼 바꾸기로 마련이라 한다.

그 임기 2개월의 감투가 이번 달에 우리 집으로 굴러 들어왔다. 아직 그렇게 될 만큼 세월이 흐른 것이 아니지마는, 주부가 산월(産月)이라고 빠지고, 이사 온 지가 얼마 안 된다고 빠지고, 셋방살이라고 빠지고, 또 무슨 사정으로 빠지고 빠지고 하다 보니 그렇게 됐다는 것이다.

반장의 중책을 맡은 지 사흘 만에 동회로부터 공문(公文)이 왔다. 전쟁고아를 위한 동정금을 모아 오라는 것과 배당된 복권을 책임지고 현금으로 바꾸어 오라는 것의 두 가지 사명이다. 공문에는 대의명분과 조리가 분명한 취지서가 삼척동자도 수긍하지 않을 수 없을 정도로 뚜렷하였다.

그러나 아무리 대의명분과 조리가 뚜렷하더라도 남의 집을 찾아가서 돈을 내라는 것은 그리 유쾌한 사무가 아니다. 서로 거북한 노릇이라고 망설이고 있는 판에 고등학교 다니는 조카가 그 일을 맡아 보겠다고 자원하였다. 그까짓 것쯤은 문제가 아니라는 것이다. 그러나 돈 받으러 나간 지 20분도 못 돼서 되돌아오는 거동은 장담하고 나설 때의 기세와는 딴판이었다. 독일어 배우기보다도 더 어렵다는 이야기다.

한 집에는 갔더니 주인은 아무도 안 계시다고 다음 날 와 보라는 식모의 답변이다. "아주 훈련이 잘돼 있던데요." 하고 조카는 감탄하였다. 다음 집에 갔더니 주부께서 몸이 불편하시다고 다음 날로 미룬다. 또 한 집에는 갔더니 아직 동적부에도 올리지 않았다고 일축(一蹴)이다. 그 다음에는 셋방에 든 댁을 찾아갔더니 자기네는 안댁과 같은 집안이라는 것이다. 그 안댁이란 바로 동적부에도 안 올린 댁 말이었다.

얘기를 듣고 나니 반장을 서로 안 하려고 애쓰는 이유가 반드시 민주주의 사상의 아름다운 발전만도 아닌 것 같았다. 그러나 더욱 모를 일이 하나 생겼으니, 그것은 도대체 반장이라는 제도가 누구를 위해서 있는 것이냐 하는 문제이다. 반장 되는 사람은 억지로 떠맡다시피 마지못해 그것을 하니, '반장을 위한 반장' 이라는 뜻은 없는 듯하다. 다음에 반원들 중에 아무도 반장을 환영하는 사람이 없다는 것과, 또 반장 자리가 공석(空席)이었을 동안에도 별로 불편을 느낀 반원이 없다는 사실로 미루어 볼 때, '반원을 위한 반장' 이라는 것도 좀 어색한 설명이 될 것 같다. 그래도 역시 필요하니까 반장이라는 제도가 남아 있을 것은 사실이다. 다만 그 필요를 느끼는 것이 반원들도 반장 자신도 아니라는 데 흥미가 있다.

(1957년 2월)

# 인사

그것을 바로 '인사(人事)'라고 부르는 것부터가 재미있다. '사람이 하는 일' 또는 '사람이 해야 할 일' 가운데 중대한 것이라는 생각이 어느 한구석에 있으리라. 그리고 나는 동방예의지국(東方禮儀之國)이라는 저 좋은 뜻으로 보아야 옳을지 나쁜 뜻으로 보아야 옳을지 알기 힘든 별명을 연상하는 것이다.

정(情)이 속에 있으면 겉으로 나타나는 것이 자연이다. 반가운 사람을 오래간만에 만나면 저절로 미소가 띠어지고 손목이 잡아지고, 가까운 친구에게 경사(慶事)가 있으면 자기도 기쁘고 불행한 일이 생기면 나도 또한 슬프니, 기쁜 마음 슬픈 마음이 표정과 언사에 나타나고, 알뜰한 성의가 봉투에 담겨 전달되고. 이 어찌 인정의 아름다움이 아니고 삶의 보람이 아니랴.

그러나 우리 동방예의지국의 인사에는 그 아름다움과 그 보람이 적다. 외국 사람들의 말에 의하면 우리나라는 악수가 매우 흔한 나라이다. 악수의 표정은 야단스럽고 "참 반갑습니다"를 세 번 거듭하여도 아직 모자란다. 허나 우리나라 사람들이 그토록 우정이 두텁고 신의가 깊은지는 의문이다. 어느 영국의 생물학자가 그 기행문 가운데 한국인의 성격을 평하여 "내가 본 가장 시기심(猜忌心) 많은 백성"이라고 쓴 것을 읽었을 때 적지 않은 충격을 받았다. 신원조사(身元調査)를 하겠다고 찾아온 어떤 수사기관의 직원이 "이런 것은 제삼자를 통해서 간접으로 알아보는 것이 정확할 것 같으나 반드시 그렇지도 않습니다. 동창생이나 직장 동료들에게 물어보면 은근히 좋지 못하게 대답하는 경우가 적지 않거든요. 실상 알고 보면 그렇지도 않은데…"라고 말했을 때, 나는 그것이 거짓말이기를 원했으나 그럴 리가 없다고 단언하지는 못하였다.

자기 집 주소를 똑똑히 가르쳐 주지도 않으면서 틈이 있거든 놀러 오란다. 할 말이 없거든 차라리 아무 말도 없었으면 좋을 것을, "그래, 재미가 어떠십니까", "그저 늘 그렇지요", "요즘 매우 바쁘시지요", "뭐, 별로 하는 것 없습니다" 따위의 무의미한 회화로 시간을 메꾼다. 참뜻이 없으면 모르는 체하는 것이 도리어 옳을 성도 싶은데, "에이, 또 고지서(告知書)가 왔구나", 상을 찌푸리면서 축하금을 보낸다. 동방의 예의가 본래 허례(虛禮)를 의미했는지는 고전(古典)에 어두운 탓으로 알 길이 없다.

원래 인사니 예의니 하는 것은 하나의 형식이요, 형식은 내용을 담기 위한 그릇이다. 내용을 담기 위해서 형식이 필요하고, 알맹이를 보호하기 위해서 그릇이 소중하다. 모처럼 수돗물은 많이 나왔으나 그릇의 준비가 없어서 받지 못하는 주부가 있으며, 크레용 알맹이는 좋은데 그것을 담는 갑이 허술해서 반도 못 쓰고 버리는 소학생도 있다.

사람과 사람 사이에 있어서도 적절한 예의로 말미암아 아름다운 관계가 길이 유지되고, 알맹이 없는 인사를 주고받는 동안에 마음이 서로 가까워지는 수가 있다. 그러나 형식이 내용을 제약하는 것은 본시 소극적이요, 따라서 그 힘에는 스스로 한도가 있다. 이 한도를 넘어설 때 심리는 흔히 반동으로 작용하며 지나친 형식은 도리어 내용을 좀먹는다. 우리는 인간관계의 개선을 오로지 허례에 기대할 수는 없다.

요즈음 각계에서 도의 교육이 시끄럽게 논의되고 그 여파(餘波)로서 대학생이 선생에게 인사를 안 한다는 이야기가 가끔 화제에 오른다. 심지어는 이것이 당면한 도의 문제 가운데서도 가장 중대한 것처럼 크게 개탄하는 분들도 있다.

과연 같은 교실에서 얼굴을 마주 보던 교사와 학생이 노상에서 만나 서로 못 본 척하는 것은 하나의 섭섭한 현상이 아닐 수 없다. 그러나 이 현상의 책임을 오로지 학생들에게 돌리고 인사 없는 학생들을 '괘씸하다'고 분개할 용기는 없다. 국민학교로부터 중고등학교에 이르기까지 깍듯이 선생에게 경례를 하던 학생들이 대학에 발을 들여놓자마자 갑자기 선생을 본척만척한다면, 거기에는 정녕 무슨 곡절이 있음직하다. 고등학교까지는 선생들이 전부 훌륭해서 존경을 받았는데 대학 선생들은 그렇지 못하기 때문이라고 간단히 생각하고 싶지는 않다. 이것이 하나의 반동 심리에서 나온 현상이 아닌가 생각되기 때문이다. 중고등학교 시절에 마음속으로부터 우러나오지 않는 경례를 어떤 강제에 의하여서 너무 많이 바친 학생들이 이 강제가 없는 대학으로 옮길 때 어떤 반동이 작용한다는 것은 있을 수 있는 일이다. 형식도 형식이지만 그보다도 먼저 내용―교사와 학생이 서로 경애(敬愛)하는 내용―이 충실해야 할 문제라고 생각된다.

봉건시대에 있어서는 아랫사람이 인사를 올리면 윗사람은 앉아서 이것을 받았다. 그러나 오늘날의 인사는 서로 주고받는 것이다. 학생이 절을 하고 선생이 이를 받는다는 것은 이 시대의 젊은이들의 생리와는 맞지 않는다. 누가 먼저 인사를 하느냐고 주판을 들고 따질 문제가 아니다. 먼저 본 사람이 먼저 하는 것이 자연스러운 순서일 것 같다. 대개는 동시에 눈이 마주칠 것이니 동시에 거래(去來)가 있는 것은 더욱 자연스럽다. 다만 선생으로서는 학생들의 얼굴을 일일이 기억하지 못한다는 것을 학생 측에서 계산에 넣어야 할 것이다.


동양의 도덕은 위에서 아래로 내려 민 듯한 인상을 준다. 충의를 강조한 것은 신하들이기보다도 군주 내지 그의 대변인들이었다. 효도를 역설함에 있어서 자식들보다도 부모님네들의 소리가 한결 높았다. 이제 '요구하는 도덕'으로부터 '시여(施與)하는 도덕'에로의 전환이 요청된다. 학교생활에 있어서의 인사가 문제가 된다면 그것은 먼저 학생들이 자진하여 생각할 문제요, 교사들 측에서 들고 나설 문제는 아니다. 마음 바탕으로부터 솟아오르는 예절만이 인생에게 빛을 더한다.

(1957년 6월)

# 애독자 사교실(社交室)

　요즘 대중잡지에 '애독자 사교실(社交室)'이니 '애독자 클럽'이니 하는 간판이 붙은 매우 편리하고도 유익할 듯한 인상을 주는 시설이 있다. 목적은 독자 상호간의 '교제' 내지 '친목'의 기회를 만들자는 것이며, 그 방법인즉 매우 간편하다. 지상(誌上)을 통하여 자기의 성명, 연령, 직업, 현주소 등을 소개한 다음 스스로의 처지나 포부를 간단히 알림으로써 '진실로 뜻을 같이할 수 있는 참된 벗'을 만천하(滿天下)에 구하는 것이다.

　독자들이 실제로 보내온 통신 가운데는 순진한 사람이 읽으면 자연 눈시울이 뜨거워질 만한 것도 적지 않다.
　"그윽한 산골짜기에서 순진하게 자란 이 몸, 외로움에 몸부림치는 이 동생에게 위안이 될 수 있으며 참된 등불이 될 수 있는 진실한 누나를 원합니다." 이것은 20세 된 남학생의 호소였다. "외로운 여성으로서 남녀 불문하고 성실한 벗을 사귀고자 하오니 명랑한 여러분의 기쁜 소식을 갈망하는 바입니다." 이것은 방년(芳年) 21세의 여대생의 경우. "남녀를 불문하고 진실한 형님 또는 누님이 되실 분은 서신을 주시압." 이것은 34세의 공무원이 보내온 솔직한 염원이다. 사진까지 붙어 있으니 물론 농담일 수는 없다.

성의가 모자라서 아직 상세한 통계는 내보지 못했으나 가장 많이 눈에 뜨이는 말은 '외롭고 쓸쓸한'이라는 형용사와 '남녀를 불문하고'라는 부사구이다. 옛날부터 뜻이 높고 감정이 풍부한 사람들은 대체로 고독한 생애를 보낸 일이 많으니 이는 '애독자 사교실'을 활용하는 여러분들의 수준을 암시하는 것으로 보인다. 다만 너무나 탁월했던 까닭에 대중과 거리가 멀어져 숙명적으로 고독했던 옛 위인들이 자기의 입으로 "고독하네", "쓸쓸하오" 하고 외치며 값싼 동정을 대중잡지에 구한 일이 있었는지는 과문(寡聞)의 탓으로 알 수가 없다. 다음에 '남녀 불문하고'라는 것도 당연한 말이다. 참된 벗을 구하는 데 어찌 남녀의 구별이 있으랴. 다만 그 '남녀 불문하고'가 글자 그대로 '남녀 불문하고'를 의미하는 것인지 또는 다른 어떤 심리적 갈등의 표현인지, 오직 정신분석학자들만이 알 수 있는 수수께끼다.

'사교실'에 사진까지 보내고 주소와 성명을 샅샅이 알려 가며 한 줄기 희망을 걸어 보는 이 젊은이들이 진실로 외로우며 참된 벗, 누나, 오빠, 동생들을 구한다는 사연에 의심이 가지는 않는다. 다만 의

심스러운 것은 이러한 잡지의 '사교실'로 얼마나 꽃다운 우정이 실현되느냐 하는 것이다. 자기가 그날그날의 생활의 보금자리로 삼는 학교에서, 군대에서, 관공서에서 혹은 농촌에서 얻지 못한 우정을 대중 잡지의 애독자들 중에서 찾아보리라는 대원(大願)이다. 그러나 그들이 애독하는 잡지의 내용을 떠들추어 보면 적이 맹랑하다. '인기 여배우의 이면 비화(裏面秘話)', '모모 도색행각기(某某桃色行脚記)', '창부의 고백', '궁중염문(宮中艶聞)' 따위가 대부분을 차지하는, 대중잡지 중에도 특히 대중성이 풍부한 잡지인 것이다. 이러한 기사를 다달이 읽고 즐기는 사람들이라고 해서 함부로 인품을 평가할 것은 물론 아닐 줄 아나, 하필 이런 곳이 아니면 참된 우정을 찾을 길이 없는 그 분네들의 처지가 딱하다. 아마 이것은 독단과 편협에서 나온 노파심일는지도 모른다.

다만 잡지사 편집부에게 부탁하고 싶은 말이 있으니, 그것은 이 '애독자 사교실'을 통하여 과연 어떠한 우정의 결실이 있었는지 널리 그 결과를 조사하여 발표해 줍소서 하는 것이다.

난잡한 만화와 야비한 이야기나 팔아먹는 저급한 잡지에 관한 일이니 그까짓 것은 수필거리도 되지 않는다고 일소(一笑)에 부쳐 버릴 사람도 있을지 모른다. 그러나 그 '사교실'에 나오는 사람들의 대부분은 우리나라 사회 형편으로 볼 때 그리 무시해도 좋을 사람들은 아니다. 고등학교 학생이 단연 수가 많고 다음에는 군인, 대학생이 많이 눈에 뜨이며 학교 선생, 은행원까지 끼어 있다. 대중잡지건 학술잡지건 적어도 '책'이라는 명색이 붙은 것을 읽을 정도라면, 우리나라에서는 '지도층'으로 자임할 만한 처지이고 지방에서는 선거 때라면 가만히 있을 수 없는 유지(有志)들이다.

민주주의 사회를 움직이는 것은 주로 대중이며, 소위 대중잡지는 그 사회를 움직이는 대중의 수준을 암시한다. 그 사회의 대중과 호흡이 맞는 것만이 대중잡지로서의 생명을 유지할 수 있을 것이기 때문이다. 현재 우리나라의 정치와 경제를 지배하고 국민의 복리를 좌우하는 것이 소위 대중잡지와 촌수가 가까운 사람들인지 또는 소위 고급 교양잡지에 구미가 당기는 사람들인지는 자세히 알 수 없으나, 야비와 난잡 그리고 난센스가 대중잡지가 되기 위한 필수조건 가운데서 제외될 날이 하루바삐 올 것을 고대하는 것은 한두 사람의 소원은 아닐 것이다.

'사교실'이라도 통해서 참된 벗 또는 참된 사랑을 얻겠노라고 꿈꾸는 사람들에게는 적어도 한 가지 미덕이 있다. '천진난만'이라는 미덕이. 대중잡지를 만들어 내는 사람들에게도 이것이 있는지 없는지 모를 노릇이로되.

행복을 산 너머 저 산 너머로 구하는 것은 벌써 새로운 심리가 아니다. 잔디밭은 옛날부터 먼 곳이 소담스러웠다. 가까운 현실에 불만인 사람들은 자연히 먼 곳으로 희망을 달려 본다. 저 먼 창공에 반드시 기적이 숨어서 기다리는 것만 같아서. 교실에 책상을 나란히 한 학우들이 모두 믿을 수 없는 사람들이다. 군대의 같은 부대 속에서 침식을 같이하는 모든 동료와 상사들이 마음에 들지 않는다. 한 직장의 친구들이, 한 지붕 밑의 식구들이 모두 나를 몰라준다. 그러나 어느 먼 곳에 나를 잘 이해해 주고 나를 진실로 사랑해 줄 사람이 꼭 있을 것만 같다. 그 꼭 있을 이름 모를 사람을 찾아서 대중잡지 '애독자 사교실'로 주소, 성명과 직업을 알리고 사진까지 보내는 심정이여. 그들에게 행복을 내리소서.

(1957년 6월)

# 귀화(歸化)

　이 부근에 머물고 있는 한국인들의 모임이 있었습니다. 전부 스무 명쯤 모인 가운데 약 반수는 학교 공부하는 사람들이요, 나머지 반수는 의사들이었습니다.

　우리나라 음식을 먹었습니다. 부부 살림을 하고 있는 어느 의사 댁에서 주로 수고하시고 다른 여의사들도 조력(助力)한 솜씨랍니다. 어디서 생긴 것인지 고추장, 깨소금, 참기름까지 들여 어지간히 흉내를 낸 요리를 맛보면서 자취 3년 홀아비 생활로 억울한 세월을 보낸 S선생은 "역시 여자의 솜씨라 어디가 달라도 다르다"는 말을 두 번이나 했습니다. 의학 연구에 다사분주한 신세련만 어느 새에 그런 신통한 요리법까지 연구했을까.

　식사가 끝난 다음 잠시 동안은 전원이 동일한 관심을 중심 삼고 소담(笑談)했으나, 어느덧 몇 군데로 나누어져 각각 취미에 따라 즐겼습니다. 춤도 출 줄 모르고 도박은 하면 잃기만 하는 나는 아무 재간이 없어도 한몫 끼일 수 있는 곳, 즉 그저 지껄이는 사람들 틈에 섞였습니다. 이런 얘기 저런 얘기 가운데 귀국 문제가 나오고 여권(旅券) 연기(延期)가 화제에 오르면서부터 회화는 차차 활발해지고 마침내 토론에 가까운 분위기에 이르렀습니다.

여권 연기 기타에 관해서 한국 정부처럼 까다로운 나라는 세계에 다시없을 것이라는 견해에는 모두 동의했습니다. 그러나 "취직 하나 제대로 안 되는 나라에는 돌아갈 의사가 없다는 사람들을 굳이 돌려보내야 할 이유는 무엇이며, 그런 강제의 이론 근거가 도대체 어디 있을까요?"라는, 비록 질문의 형식을 가졌으나 실은 확고한 의견의 표명으로 해석되는 대담한 발언이 솔직하기로 알려진 A양의 입술을 통과하자마자 사람들의 의견이 졸지에 대립되고 말았습니다. 결국 국가론이나 정치철학이 내달아야 할 이 어마어마한 화제에 무슨 알맹이 있는 발언으로 참섭할 수 있도록 유식하지 못한 나는, "그야 한국의 고관들은 국민을 구속하는 일 그 자체에 자기네의 신성한 의무를 발견하며, 이 의무 이행에 따르는 여러 가지 기쁨을 사랑하기 때문이겠지요"라는 농담으로 한몫 끼이려 했으나, "쉬이" 하는 제지를 받고 그만 움찔해서 다시는 입을 열지 못했습니다. 삼촌이 무슨 부 차관까지 지내고 매부가 중앙청 국장급에 있다는 K씨의 "쉬이" 하는 어조에는 저 일제 때 경관의 "다마렛!" 하는 위엄과 압력이 들어 있었기 때문입니다.

귀국과 여권 문제를 둘러싸고 누가 어떤 발언을 했으며 또 누가 무슨 반박을 했는지 자세한 기억은 물론 없습니다. 다만 내가 그때 흥미 있게 느꼈고 지금도 잊을 수 없는 것은, 그 회화 내지 토론의 배후에 두 갈래로 나누어진 이상 또는 인생관이 은연중 엿보였다는 사실입니다.

국가는 국민에게 필요에 따라 귀국을 요구함이 당연한 상식이라고 주장하는 사람들은, 그 배후에 한국인은 한국인과 결혼하여 한국 땅에 사는 것이 마땅하다는 신념을 가진 것같이 보였습니다. 한편 국가가 국민에게 모종의 강권(強權)을 발동함은 현실적인 힘의 관계에 불과한 것이요, 그런 강요의 정당성을 어떤 선천적 도덕론 따위로 근거지을 수 없다는 것을 믿는 사람 가운데도, 그러나 한국인은 한국 땅으로 돌아가는 것이 가장 자연스러운 일이며 설사 국가의 요구가 없다 하더라도 각자가 자진해서 귀국함이 바람직한 일이라는 의견을 가진 분도 있었습니다. 그러나 그분도, 한국 돈을 소비하는 것도 아니요, 재주껏 외국에서 얻는 돈으로 공부하고 돌아가겠다는 사람들을 중도에서 그만두고 직장도 변변치 않은 한국으로 돌아오라고 호령을 하는 처사가 옳다고 인정하도록 '애국적'은 아니었습니다.

정부는 개인의 거주지(居住地)에 관하여 쓸데없이 간섭해서는 안 된다는 견해를 강하게 주장하는 반대론자들 일부의 심리적 배경에는, 가능하면 이 풍성풍성한 미국 땅 위에 영주(永住)하고 싶다는 희망이 진을 치고 있는 듯이 보였습니다. 이런 생각을 가진 이 가운데는 한국인과 결혼하여 몸만 외국에서 살고 싶다는 절충파도 있으나, 이왕이면 논리를 한 걸음 더 내딛어 서양인과 결혼하고 철두철미 팔자를 고쳐 갱생해 보리라는 비장한 결심도 있습니다. 이런 결심이 단연 여자에게 많은 것은 여자를 박대하는 봉건 한국 남성들에게 돌아오는 인과응보(因果應報)라 할는지요.

한국 땅 위에도 간혹 잘난 여자가 탄생합니다. 이런 여자들의 불행은 한국 남자 가운데는 하나도 맘에 드는 작자가 없다는 '한탄할' 사실에 있습니다. 도시 체격부터가 틀렸습니다. 어쩌다 외양이 그럴듯한 남자가 있는가 하면 반드시 교양이나 두뇌가 보잘것없습니다. 몸과 마음이 아울러 쓸 만한 사람이 설령 있다 하더라도 그는 필시 재산이 없습니다. 전후좌우 어디를 돌아보아도 답답한 위인들뿐이랍니다.

사람들이 그따위로 생겨 먹고 보니 그들이 지어 놓은 생활양식도 따라서 엉망이랍니다. "어디 전기냉장고가 있습니까. 어느 집에 아무 때나 할 수 있는 목욕탕이 있고요. 더운물은 고사하고 찬물이나마 맘대로 쓰게 된다면 내 손가락에 불을 켜겠어요. 그리고 저 변소 꼴은 무엇이며 부엌 꼴은 무엇입니까. 외국 사람 만날 때마다 참 창피해 죽겠어요…" 여왕님의 불평에는 끝이 없습니다.

이런 여왕들의 유일한 위안은 자기가 '예외적'인 존재라는 자각 내지 착각입니다. 모든 것이 보잘것없는 삼천리 땅 위에 솟아난 하나의 기적으로서 자신을 우러러보는 반무의식(半無意識)의 만족입니다. 물론 남이 보아서는 어디가 예외적인지 알 수가 없습니다. 얼굴만을 뜯어보나 체격 전체를 종합해 보나 갈데없는 한국 사람입니다. 혹 안으로 어떤 정신적인 탁월(卓越)을 감추고 있을지는 모르나 아직 한국의 수준을 돌파하는 업적을 형태 위에 나타낸 기록은 없습니다. 만약 이런 여왕들에게 정말 예외적인 것이 있다면, 그것은 모든 '한국적'인 것을 예외 없이 미워하고 타박하는 그 철저한 자비사상(自卑思想) 가운데 찾을 수 있을 것입니다. 그리고 이 여왕들 방에도 거울이 걸려 있는지 없는지 아직 조사가 되지 않았습니다.

해방 직후에 미국 어느 기관에 취직이 되어 내외 동반 미국으로 건너와 그대로 머물러 있는 어느 가정을 방문한 일이 있습니다. 그동안에 이곳에서 딸 형제를 생산했답니다. 한국 땅을 다녀 본 일도 없을 뿐 아니라 한국말을 지껄일 줄도 모르는 이 한국인 2세(二世)들은 한국 사람 특히 한국인 남자가 자기 집을 찾아오는 것을 환영하지 않습니다. 왜냐하면 한국 남자는 누구나 — 저희들 아버지까지도 포함하여 — 보기 싫게 생겼기 때문입니다. 그래도 한국인 여자 가운데는 예쁜 사람이 있답니다. 물론 저희들 자신도 그 가운데 포함되고 엄마도 예쁩니다. 저 '예외'의 논리를 한국 여성에게 광범위하게 적용시키려는 이 아이들의 탁견을 간과할 수는 없으나, 근본은 앞서 말한 여왕들의 경우와 같은 심리라 하겠습니다. 그리고 그것은 백인의 씨를 받은 흑인 여자의 딸이 제 어머니를 원수처럼 미워하며 회피하는 어느 영화 얘기와 같은 사연이기도 합니다.

"영의정도 제가 싫으면 그만"이라는 속담이 이르듯이 싫고 좋은 것은 어쩔 수 없는 감정이라 하겠습니다. 아무리 자기가 출생하여 자란 곳일지라도 싫으면 싫은 것이고, 피부 색깔이 다른 사람이 더 마음에 든다면 들 뿐입니다. 자아(自我)의 심오(深奧)가 내리는 이 단정에 대해서 타인이 왈가왈부 말썽을 부릴 여지도 없겠습니다. 그리고 평범한 위인(爲人)들이 자기를 '예외적'이라고 자부함은 그 자체는 어리석은 판단임에 틀림이 없겠으나, 이 어리석음이 도리어 그 본인들의 행복을 위하여 오랜 도움이 된다면 이것 또한 모르는 체 덮어두는 것이 마땅한 일이라 하겠습니다. 그러나 의심을 금치 못하는 것은 자기가 현재 디디고 있는 땅을 떠나 다른 세계에로 자리를 옮기는 사람이 정말 예기한 바와 같은 낙원을 만나게 될까 하는 문제입니다. 그리고 자아에 대한 무지가 참된 행복을 위한 보증이 되리라고는 더욱 믿어지지 않습니다.

현재에 만족하지 못함은 발전성 있는 인간의 특성의 하나라고도 볼 수 있겠습니다. 그리고 현재에 불만한 인간이 그것을 극복하는 과정에는 미지의 세계에로 도전(挑戰)하는 용기, 즉 모험이 흔히 요구된다는 것도, 발을 구르지 않고는 도약(跳躍)이 있을 수 없다는 것과 같은 수준의 상식입니다.

밭 갈기에 흥미를 잃은 농부의 아들이 부모를 배반하고 서울로 도망치는 거동에도 칭찬할 만한 결단성의 꼬투리가 있습니다. 해외에로의 진출이 더욱 과감한 결의를 필요로 한다면, 고국을 등지고 이역(異域)에 새로운 살림터를 희구하는 심사에는 더욱 찬양을 받아도 좋을 요소가 깃들어 있습니다. 다만 여기서 고려돼야 할 것은, 농촌 또는 고국의 운명이 타고난 악조건과 싸워 그 농촌 또는 고국을 보다 나은 고장으로 만들어 보려는 용기가 부족할 경우에도 사람은 농촌이나 고국을 떠날 수 있다는 사실인 듯합니다. 다시 말하면 진취의 기상 그자체보다도 무책임한 도피가 더욱 결정적인 동기가 될 경우도 있다는 사실입니다. 서울로 올라와 보기는 하였으나, 또는 남의 나라로 국적(國籍)을 바꾸어 보기는 하였으나 희구하던 행복은 끝내 붙잡지 못한 사람들의 사례는 이 또 하나의 경우와 멀지 않은 관계에 있을지도 모르겠습니다.

한편 농촌에 남아서, 혹은 고국 땅에 머물러서 그것을 다시 일으켜

세워 보려는 노력에도 용단과 모험은 깃들어 있습니다. 타고난 운명과 정면으로 대결해 보려는 각오에는 도리어 더 장대한 용기가 필요할는지도 모릅니다. 거기에는 중앙 서울로 진출하여 전국적으로 유명한 인물이 되어 보리라는 조그마한 자아가 없습니다. 경제 조건이 유리한 이국(異國)의 백성이 되어 더 호사한 의식을 즐기려는 이기심도 없습니다. 향토에 묻힌 사람보다 전국에 알려진 사람이 반드시 더 위대하고, 국내에서 충실히 일하는 사람보다 세계를 무대로 삼는 야심가의 도량이 더욱 크다는 소견이 하나의 척도(尺度)처럼 확립되고 만 것은 야비한 성공주의의 슬픈 산물이 아니겠습니까.

그러나 한편 고국을 영영 떠나고자 원하는 사람들 가운데도 함부로 반박하기 어려운 깊은 동기가 발견될 경우는 적지 않습니다. 다시 말하면, 냉정한 입장으로 볼 때 외국에 영주하려는 계획에 대하여 반대하기 어려움을 깨달을 경우도 많습니다. 남부럽지 않은 소질을 간직한 젊은이가 학문이나 예술을 마음껏 하기 위하여 해외에 머물기를 원한다 할 때, 한국 가서도 못할 일이 없다고 반박할 용기는 없습니다. 한국에서는 마음의 평화를 얻기 어렵다는 이유로 해외 이주(移住)를 꾀하는 친구가 있다 하더라도, 그의 판단을 전적으로 그르다고 단정하기는 힘들 것 같습니다. 한국은 많은 친구를 갖기에 매우 수월한 나라임도 사실이나, 진실로 고독을 면하기에도 가장 힘든 나라임에 틀림이 없는 것 같습니다. 끝내 한국을 등지겠다는 의견을 들을 때 직각적으로 느끼는 반발은, 내가 한국인이라는 사정에 기인한 주관적 반응에 불과한 것이 아닌가 하고 가끔 뉘우쳐 보곤 합니다.

한국이 가난한 나라이며 학문이나 예술에 있어 뒤떨어졌다는 것은 너무나 뚜렷한 사실이어서 논쟁의 여지조차 없을 것 같습니다. 단군 할아버지를 들추고 화랑도를 내세워 '유구 5천 년'의 '빛나는' 역사를 입버릇처럼 자랑하는 측에도 전혀 이유가 없는 바는 아니겠으나, 어쩐지 말로(末路)가 비참하게 된 예술인이 꿈같은 옛날얘기를 되씹는 심사와도 같아서 그리 심심치가 않습니다. '동방예의지국'의 옛 칭호를 더듬으며, "우리나라가 물질문명에 있어서는 모르되, 도의(道義) 면에 있어서만은 만방(萬邦)의 모범이 될 만하다"는 견해에도 아주 근거가 없지는 않겠으나, 그토록 큰소리치기에는 우리 사회의 혼탁한 측면이 너무나 드러난 것 같습니다.

허나 결점이 많다는 사실은 반드시 그것을 미워해야 한다는 이유가 되지는 않습니다.

백년해로(百年偕老)하여 꾸준한 사랑을 지켜 온 늙은 부부는 반드시 서로의 흉을 모르지는 않을 것입니다. 바다같이 깊고 넓은 어버이의 사랑 배후에는 "뭐니 뭐니 해도 역시 내 자식이 제일이다"라는 불명(不明)이 반드시 달라붙어 있다고는 생각되지 않으며, 효자가 되기 위해서는 부모를 과대평가해야 한다고도 믿어지지 않습니다.

사정은 국가와 국민 사이에 있어서도 마찬가지가 아니겠습니까. 우리가 제 나라를 사랑하자면 반드시 제 나라를 살기 좋고 자랑할 만한 나라라고 믿어야 한다고는 생각되지 않습니다. 가난하고 역사에 오점(汚點)이 많으며 불안과 말썽이 많은 나라인 줄 뻔히 알더라도 역시 제 나라이기 때문에 애착을 느끼는 것이 도리어 보통 인정이라는 것이겠습니다.

내외간에 서로 흉을 알 만큼 알고도 모르는 체 구수하게 사는 사람들을 우리는 무던하다고 칭송합니다. 제 자식이 남의 자식만 못한 데가 있다고 해서 미워하고 구박하는 부모가 있다면 우리는 비난하고 싶어집니다. 문제는 국가에 대한 국민의 태도에 있어서도 마찬가지라고 생각됩니다. 제 나라가 남의 나라만 못하다는 이유로 멀리 달아나려는 심사에 대하여 느끼는 혐오(嫌惡)에는 자연스러운 것이 있는 성싶습니다.

형을 비롯한 여러 사람으로부터 '개인주의적(個人主義的)'이라는 비난을 받았으며, 나 자신 그런 경향이 있다고 자인(自認)해 왔습니다. 그러나 지금 여기 이렇게 객창(客窓)에 기대어서, '개인'이 인간 존재 방식의 전부가 아니라는 것을 온몸으로 느낍니다. 인간은 '사회적 동물'이라고 설파(說破)한 옛 그리스 철인(哲人)의 단정에는 단순히 진부하다고 일소(一笑)로만 처리하기 어려운 깊이가 있는 것도 같습니다. 사람이면 누구나 국적이 있고 부모가 있다는 것, 즉 모든 개인은 어떤 땅, 시대, 그리고 타인들과의 일정한 관계를 지고 출생한다는 것을 알기 위해서는 국민학교조차 필요치 않습니다. 허나 누구나가 알고 있는 이 평범한 관계 속에 실은 누구나 간과하기 쉬운 깊은 근원(根源) — 어느 숙명적인 연결 — 이 있는 것처럼 느껴집니다. 그리고 이와 같은 느낌이 나 개인을 선천적으로 연결하는 땅과 사람들을 떠나 멀리 태평양을 건넜을 때에 비로소 강하게 육박해 오는 것은 또 무슨 역설(逆說)의 희롱(戲弄)입니까. 인연은 끊을 수 없으며 운명에는 거역할 수 없다는 생각 — 진취(進取)의 용기를 꺾어 사람을 보수

(保守)의 구덩이로 몰아넣을지도 모르는 가련한 상념 — 이 이토록 실
감을 동반한 옛 기억은 없습니다. "네 운명을 사랑하라"고 한 니체의
가르침을 제멋대로 해석하는 반야(半夜)입니다.

(1959년 8월 15일)

# 복덕방 있는 거리

문 밖 큰길가에 수양버들 한 그루가 비스듬히 서 있다. 수십 세의 연륜(年輪)으로 슬픈 애기들을 기억하는 굵은 줄기는 가죽이 벗겨지고 알맹이까지 썩어 달아나 반쪽만이 남았다. 그래도 젊은 가지가지에는 새로운 잎이 피어서 가냘픈 그늘을 던진다.

수양버들 중허리에 때 묻은 헝겊으로 된 간판 한 장이 걸렸다. 가로되 '복덕방'. 간판 밑에 긴 나무때기 의자 하나가 가로놓였다. 그러나 그밖에는 아무런 비품도 없다.

나무때기 의자에는 할아버지 두 분이 걸터앉았다. 두 분이 다 당목 고의적삼을 입으셨다. 한 분은 거무튀튀한 파나마모자를 앞이 올라가게 쓰셨고, 또 한 분은 하이얀 맥고모자를 눌러 쓰셨다. 파나마모자는 긴 담뱃대를 들었고 풍덩 품이 넓은 조끼를 입으셨다. 그러나 담뱃대에 연기는 나지 않고 조끼 단추는 꿰어지지 않았다. 맥고모자는 바른손에 부채를 쥐고 왼편에 단장을 기대 놓으셨다. 그러나 부채질은 하지 않으신다. 두 분이 다 흰 고무신을 신으셨고 대님을 매셨다. 두 분은 그림 속의 인물처럼 그저 묵묵히 앉아 계신다.

저녁 햇빛을 받고 버드나무 그늘이 길게 길게 뻗기 시작하자 이곳 한산한 거리에도 오가는 사람들의 수효가 늘어 간다. 열 사람들이 열 가지의 차림차림과 열 가지의 걸음걸이로 지나간다. 그들의 가지가지 모습에는 각자의 성격, 직업 그리고 계급을 밝히는 도장이 혹은 진하게 혹은 흐리게 찍혔다. 기쁨과 슬픔이 같은 길을 나란히 걸어간다. 희망과 근심이 열십자를 그리고 잠깐 소매를 스치더니 천천히 남북으로 사라진다.

흰 블라우스와 감색 스커트로 대조를 꾸민 제복 두 벌이 무엇을 소근대면서 골목길로 들어간다. 까만 바탕에 은빛 테를 두른 승용차 한 대가 먼지를 피우며 소리소리 올려 닥친다. 뒤 칸에 탄 회색 양복의 목덜미가 언저리를 누른다. 땀 찬 러닝셔츠에 검정 바지를 걸친 신문 배달의 바쁜 다리가 기계처럼 움직인다.

어느 연못의 금잉어처럼 살이 그득하게 오른 중년 부인 한 사람이 바다같이 파아란 파라솔을 이고서 하느적하느적 마냥 비탈길을 올라간다. 발걸음을 옮길 적마다 엷은 하늘색 치마폭 사이로 백설 같은 속옷 자락이 보일락 말락 숨바꼭질을 한다.

미색 바탕에 수박색과 밤색 무늬를 굵직하게 놓은 원피스 하나가 놓아먹인 말처럼 미끈하게 자란 젊은 몸집을 갈색 뾰족구두 한 켤레에 의탁하고 음악에라도 맞추는 듯 맵시 있게 걸어온다. 그는 왼손을 들어 밉지 않게 생긴 이마로 흘러내리는 머리카락을 쓸어 올린다. 우유 같은 손이로되 반지는 보이지 않는다. 하반신의 우아한 곡선이 더위와 서늘함이 섞인 해걸음의 공기를 부드럽게 어루만진다. 있는 듯 만 듯 인색한 바람이 수양버들 가지를 약간 흔들었다.

팔다 남은 돗자리와 발짐이 오늘의 장사를 마치고 숙소로 돌아간다. "이 노릇도 이문이 없어 모대먹겠당게유. 이게나 떨이로 팔곤 낼이면 고향으루 농사 지러 갈랍니다. 이거 참 헐값이래유." 하고 일주일 전에 우리 집에서 3천 환의 매상고를 올린 바로 그 행상 같다. 터덜터덜 빈 아이스케이크 통을 멘 십 대의 소년이 아무 소리 없이 비탈길을 내려온다.

복덕방 영감님들은 이직도 그 자리에 앉아 계신다. 전설을 지닌 벽화처럼.

(1960년 6월)

# 고정관념

일부 학설에 의하면, 관념은 본래 인간 생활의 편익을 위한 도구로
발생한 것이다. 그러나 일단 발생한 제 관념은 간혹 그것이 고정화함
으로써 도리어 인간을 지배하는 폭군이 될 수도 있다. 마치 공장의 기
계가 사람을 부리는 주인이 될 수도 있듯이. 허나 여기서 관념의 기원
이나 기능에 관한 골치 아픈 이론을 늘어놓을 생각은 아니다. 다만 현
재 우리 생활 주변에서 우리를 사슬로 묶어 전진을 저해하고 있는 듯
이 보이는 '고정관념'의 한두 실례를 살펴 스스로의 반성으로 삼자는
데 그친다.

## 후진국

한국에서 교편을 잡던 젊은 학도 몇 사람이 미국의 어느 젊은 교수 가정의 손이 된 일이 있다. 미국인 부부는 그들이 으레 하는 버릇으로 한국 사정을 이것저것 물었다. 화제가 우리나라 학계에 미쳤을 때, 우리 가운데서 항상 용감하던 E선생이 또 기염을 토한다.

"미국 인사 중에 한국의 학문이 뒤떨어진 것처럼 생각하는 경향이 있는 모양이나, 이것은 큰 오인입니다. 솔직히 말해서 자연과학 방면은 다소 늦었다고 볼 수도 있지요. 그러나 인문과학 특히 경제학이나 법학 같은 것으로 말하면 결코 손색이 없습니다. 한국에는 우수한 학자들이 많지요. 미국에 오는 한국 교수도 많은데, 이것은 반드시 배우러 온다기보다도 비교와 시찰이 더 주목적입니다."

우리는 속으로 놀랐다. 그러나 그 자리에서 그것을 부인할 처지도 아니었다. 미국인 부부도 고개를 끄덕이고 겉으로는 곧이듣는 듯도 하나, 그 속은 알 도리가 없다. 그 집을 나온 뒤에 같이 갔던 친구들은 E씨가 너무 엉터리없는 소리를 해서 탈이라고 뒷공론을 했다.

E선생이 정말 그렇게 믿고 한국의 학계를 높이 치켜세운 것인지, 혹은 다소 '정치적'인 가감을 한 것인지는 조용히 물어볼 기회가 없었다. 우리가 스스로의 현실을 직시하는 냉철(冷徹)이 없이 무턱대고 자기에 만족한다면 그것은 물론 한탄할 무지에 속한다. 그러나 '후진국'이라는 딱지 아래 덮어놓고 스스로를 낮게 평가하는 그 반대의 경우도 그에 못지않은 고질인 줄 안다.

미국이나 소련 혹은 영국에 비하여 우리나라가 여러 가지 방면에 뒤떨어지고 있다는 사실을 부인할 생각은 없다. 여기서 말하고자 하는 것은 '선진'과 '후진'의 차이는 사적(史的)인 산물이요, 따라서 노력으로써 만회할 수 있는 거리라는 상식에 다시 주목하자는 제언이다. 후진성이 선천적인 결정이 아닌 것쯤을 누가 모를까 봐 무슨 발견이나 한 듯이 떠드는 것이 아니다. 요는 그것을 추상적으로 알더라도, 우리의 후진성을 극복하려는 현실의 노력이 동반하지 않는 경우에는, 그 앎은 이미 죽은 지식이라는 점을 강조하자는 것이다. 이와 같은 죽은 지식의 탄생은, '후진'의 내력이 장구함에 따라서, "우리는 후진국민이다"라는 생각이 차차 화석화해 가는 과정의 이면(裏面)이다.

　약소민족으로서의 우리의 역사는 길다. 이 슬픈 역사는 우리 조상들로 하여금 사대주의에 투신하게 했고 우리의 선대로 하여금 '엽전'의 자비(自卑)를 금치 못하게 하였다. 지금 외세의 혜택으로 독립국의 체모를 갖춘 우리가 겸손하게 '후진국'의 간판을 내거는 것은 어쩔 수 없는 형편이라 하겠으나, 이 새 간판이 결국 칠만 새로 했을 뿐이요, 바탕은 그전 사대주의와 '엽전' 사상을 그대로 물려받은 것이라면 스스로 통탄할 일이다.

　'후진국'의 관념이 '엽전' 사상의 재판(再版)이요, 고정화의 경향을 보인다는 징조는 사소한 언동에도 나타난다. 그것은 "한국 사람은 근성부터가 틀렸어", "한국인이 쓴 책이 좋으면 얼마나 좋을라구", "누가 유치하게 국산 영화를 본담" 따위의 언사에 나타난다. 그것은 "난 그걸 영어론 알아도 한국말론 모르겠네"라는 말을 마치 무슨 자랑처럼 지저귀는 얄미운 입술에 나타나며, 읽지도 변변히 못하는 외국어 잡지나 신문을 들고 오르는 버스 안에도 나타난다. 같은 징조는 좀 더 규모가 큰 행동에도 보인다. 그것은 어느 버젓한 학교에 입학이 된 것도 아니면서 현해탄을 밀항하는 '향학심'이나, 미국 대학이라면 삼류 사류도 좋다는 '유학열'에도 내비친다. 그러나 이 한심한 정도가 가장 뚜렷이 나타나는 것은 국제결혼의 이상(理想)에 있어서이다.

W대학에 재학 중인 어느 한국인 청년은 자기가 백인 여자와 '교제' 중이라는 얘기를 두 번 세 번 거듭했다. 그리고 어쩌면 그와 결혼할지도 모른다는 말을 묻기도 전에 강조하며, 자기보다 7-8년이나 선배 되는 R선생에게 이렇게 부탁을 한다.

"내가 요번 주말에 그 여자와 교외로 놀러 가는데, 같이 와서 사진을 좀 찍어 주지 않으시겠습니까. 선생 카메라가 좋은 것 같아서…"

마치 백인 여자와 교제하는 사진을 찍는 것은 한국인 선배의 영광이나 된다는 듯한 말투다. R선생이 화를 참고 온화하게 거절했더니, 그 청년 약 2주일 뒤에 사진 한 장을 가지고 나타났다. 백인 여자와 함께 찍은 것이다. 물적 증거를 보이자는 심산인 모양이다. 그러나 백인이라면 '찌꺼기'라도 좋다는 굳은 신념은 한국 청년에게보다도 우리나라 일부 신여성에게 더욱 흔하다.

고정화한 '후진국'의 관념이 가져오는 큰 폐단의 첫째는 현재를 초극하려는 패기와 투지의 질식, '후진국' 안에 안주(安住)하려는 단념이다. 그러나 더욱 무서운 폐단은 인격의 가치를 물질의 척도로써 측정하려는 오류와 결합할 때 나타난다. 경제나 과학에서의 후진이 반드시 '인간'으로서의 열등을 의미하지는 않을 것이다. 자가용차를 타는 사람이 보행하는 사람보다 반드시 훌륭한 것이 아님을 우리는 안다. 그러나 이 단순한 상식이 국가와 국가 사이에도 적용된다는 사실에 우리는 의외로 어둡다. 함부로 배타적이요 분수없이 독선적인 '오랑캐' 사고방식을 부활하자는 것은 물론 아니다. 경제나 과학에서 후진인 국민도 노력 여하에 따라서는 정서나 도의심에 있어서, 즉 흔히 말하는 '인격'에 있어서 선진이 될 수도 있다는 뻔한 논리를 강조함에 불과하다. 우리가 후진이면 어느 방면에 후진이며, 얼마만큼 후진이며, 그것을 극복하자면 무엇이 필요하다는 것을 분석적으로 헤아리는 인식이야말로 시대가 우리에게 요구하는 근본적인 것이다. 그리고 한편 우리가 밖으로 안으로 자랑할 수 있는 우리의 정신적인 유산을 간직하고, 긍지를 가져도 좋은 일에 긍지를 갖는 용기를 잃어서는 안될 줄 믿는다. 허나 오로지 단군 할아버지만 들추고 화랑도와 훈민정음에 시종하는 회고주의는 금물이다. 우리가 자랑할 것은 우리의 과거가 우리 현재 안에 살고 있는 범위 내에 있어서요, 우리가 장래 뻗칠 수 있는 소질과 잠재력에 있어서이다.

후진국은 언제나 후진국에 머물러 있으란 법은 없다. 그러나 '후진국'이 하나의 고정관념으로 변할 때 이 고정관념이야말로 우리의 후진성을 화석화하고 말 것이다. 미국인 교수 집에서 한 E선생의 발언이 단순한 자기만족이 아니라 지나치게 자비(自卑)하는 우리나라 일반적인 경향에 대한 식자의 반발이었다면 나는 그의 기개를 찬양하고 싶다.

## 구세대 신세대

우리나라 신진 학구(學究)로서 촉망되고 있는 P씨에게 Q교수의 강의에 참석한 적이 있느냐고 물었을 때, 그의 대답은 지극히 간명했다.

"그분 벌써 한 세대 전 사람인데, 뭐 들어 보나 마나겠지요."

한편 어느 후진의 취직을 부탁하기 위하여 Q교수에게 이력서 한 장을 바친 일이 있다. Q교수의 결정도 매우 간단하였다.

"음, 해방 후 졸업생이군. 아직 약간 젊어서… 좀 더 공부하게 됐다가 다음 기회에 고려하도록 하지."

타기(唾棄)할 고정관념의 또 하나의 예는 신세대와 구세대 사이의 은연한 대립을 온상으로 삼고 싹튼다. 노인들이 신시대의 '천박'을 탄식하고, 옛사람의 '심려(深慮)'를 독백으로 반추하면, 소년들은 노년의 '진부'와 '고루(固陋)'를 냉소로 처리한다. 그러나 그들에게는 서로 접근하여 공통의 언어를 발견하거나 피차의 이해를 모색하는 진지한 노력이 없다. 구세대는 구세대요, 신세대는 신세대이기 때문에, 그리고 시대의 차이는 인력으로 어쩔 수 없는 숙명이기 때문에, 노력해 봤자 소용이 없다는 일종의 단념, 즉 고정관념의 소치리라.

시대사조의 급격한 발전에 따라 새로운 것을 좇는 젊은 세대가 다소간의 압박을 포함하는 '전통'이라는 것에 반발로 대항하는 반면에, 나날이 눈부시게 돌아가는 새것을 미처 못 좇아가는 늙은 세대가 도리어 옛것 속에 잠긴 슬기와 아취(雅趣)에로의 향수를 금치 못하는 것은 한갓 자연스러운 현상이라 하겠다. 따라서 신구 세대 사이에 개재

되는 인생관 내지 가치 감정의 차이는 어느 정도 불가피한 귀추이기도 하다. 다만 문제는 신구의 간격이 피차 끝내 이해할 수 없고 존경할 수 없을 정도로 심각해지는 것까지도 불가피한 현상이냐 하는 점에 있다. 이 점을 무시할 수 없는 사유는, 만약 신구의 간격이 연결 불능의 단절(斷絶)이라면 인생은 필경 한없이 거칠게 될 수밖에 없다는 추론에 있어 밝혀진다. 왜냐하면 부자, 모녀, 사제(師弟) 등은 결국 두 세계로 나누어져 살아야 하며 젊은이들이 늙은이들에게 한 버릇없는 행동은 자기네가 늙어서 똑같은 방법으로 갚음을 받아야 할 것이기 때문이다.

그러나 소크라테스나 플라톤 같은 오랜 옛 사고를 이해한다는 젊은이들이 어째서 바로 자기네 할아버지는 이해할 수 없다는 것일까? 셰익스피어도 괴테도 파악하는 재주들이 어째서 같은 공기를 호흡하는 자기네 아저씨의 생각은 알 수 없다는 것일까?

역사의 과정은 산봉에서 산봉으로 비약하는 것이 아니라 지세(地勢)를 따라 연면히 흐른다고 보아야 할 것이다. 그렇다면 오늘날의 젊은 세대를 준비하고 그것을 지어낸 것은 바로 오늘날의 늙은 세대이다. 그러면 어째서 늙은 세대는 자기네가 준비하여 자기네가 만들어 낸 새 세대를 이해할 수 없다는 것일까? 어째서 그들은 자기네의 소산에 대하여 책임을 질 수 없다는 것일까?

이해하지 않으려는 숨은 의지가 서로 사이에 아마 작용하고 있는 것일지도 모른다. 이와 같은 의지는 신구 사이에 개재하는 이해관계에 동반하는 용렬하고 추악한 감정의 불꽃에 의하여 조장될 수 있다. 그리고 이와 같은 감정의 불꽃은 만인에게 한 가지 공통된 운명이 있다는 것, 즉 누구에게나 조만간 '삶의 끝'이 온다는 평범하나 엄숙한 사실을 망각하는 순간에 그 절정에 달한다.

우리나라의 선배들이 얼마나 진심으로 후배들을 이끌어 올리고자 애쓰고 있는지 의심스럽다는 일반적인 견해에는 사실의 배경이 있다. 우리나라 후배들이 어느 정도 깊은 내심에서 선배를 존경하고 있는지는 더욱 의심스럽다는 또 하나의 견해에도 바탕은 있는 것 같다. 인과 응보라는 것일까. 혹은 '악순환'이라고 불러야 할 것인가. 그러나 속담은 "윗물이 맑아야 아랫물도 맑다"고 말해 왔다. 물론 윗물이 맑아도 아랫물은 흐릴 수도 있는 것이지만.

새것을 추구하는 마음에는 자연스러움이 있다. 새것이 더 값지다는 생각에도 일리(一理)는 있다. 그러나 '더 새로운 것'이 곧 '더 값진 것'이라는 논리에는 비약이 있다. 새로움을 숭상하는 사람은 그 새것이 왜 값진 것인가를 멈추고 서서 반성하는 시간을 가져야 할 것이다. 때로는 그 새로운 것의 근원을 물어볼 필요가 있을지도 모른다. 어떤 새것은 파리의 뒷골목에 그 연원이 있을지도 모르고 또 어느 새것은 돈벌이만 위주하는 영화 제작자나 유행 심리를 악용하는 간상(奸商)의 이욕 안에 뿌리를 두었을지도 모른다. 그러나 더욱 주목할 것은 정신생활의 지주(支柱)를 잃은 패전 일본의 혼란한 사회상이 빚어낸 '새것'들이 아직도 일본을 '선진국'이라고 은근히 믿고 있는 우리나라 '유식층'의 고정관념을 타고 들어오는 직통 루트이다. 역사는 반드시 모든 면에 있어서 앞걸음만 치는 것이 아니다.

옛것에 애착하는 심리에도 자연스러움이 있다. 전통에는 가치가 깃들어 있다는 생각에도 일리는 있다. 그러나 '전통적인 것'이 곧 '정당한 것'이라는 논리에는 비약이 있다. 전통에 고집하는 사람은 그것이 왜 정당한지 멈추고 서서 비판하는 지성을 가져야 할지도 모른다. 전통이 존귀한 것은 그것이 '전통'이기 때문이 아니라 그것이 과거의 사회생활을 이끌어 복리를 조장하고 문화에 비익(裨益)하는 효과를 가져왔기 때문이다. 그러나 역사는 제자리에 멈추어 있지 않고 움직인다. 어릴 적에 맞던 옷이 평생 맞을 리도 없음직하다. 사정이 바뀌면 전통도 버릴 것은 버려야 한다. 역사에 비록 일진일퇴의 측면이 있다 하더라도 전체로서는 그것이 앞으로 향한 운동이라는 것을 믿고 싶다.

우선 나를 안다는 것이 남을 아는 토대가 된다는 소크라테스 이래의 가르침은 지금 우리가 고려하고 있는 신구 상호의 이해에 관하여서도 적용되는 것으로 보인다. 신구 두 세대가 서로 이해하지 못하는 주요 사유의 하나는 양자가 공통으로 가진 독선적인 경향, 즉 자기의 실력을 과대시하는 무지에 있는 것 같기 때문이다. 만약 구세대에 있어서 이 경향을 고취한 것이 '해방'이라는 전환기가 보내 준 선물 '권위자'라는 허명(虛名)과 그에 따른 도취였다면, 신세대에 있어서 같은 무지를 조장한 것은 '권위자'의 의자를 차지한 주인들이 허술하다는 그 점만 보고 비장한 노력의 단계를 거침이 없이 일약 그 의자를 횡탈(橫奪)하려는 당돌한 야망에 있다 할 것이다. 본질적인 문제는 누가 그 의자의 자리를 차지하느냐에 있기보다도 우리나라의 '권위' 수준이 어느 선에 도달하느냐에 있음직하다. "그까짓 한국에서 일등 한들 무엇 하오"라고 피난살이 부산에서 말한 Y형의 명언을 아직도 잊을 수가 없다.

그러나 지나치게 경박한 '이해'는 오히려 완고만도 못하다. 노년 내지 장년층 중에는 자기가 시대의 낙오자가 아님을 입증하기에 초조한 나머지, 신세대에 영합함에 급급하며 분별없이 새것의 앞장을 서려는 경향도 일부에 있다. 이것은 비굴한 '아첨' 이외에 아무것도 아니다.

젊은 세대가 갈망하는 것은 비굴이 타협하는 '늙은 친구'가 아니라, 실은 어느 근거 위에서 자신만만한 '지도자'이다. 젊은이들은 자기네를 때로는 질책하는 용기와 정열을 가진 어른들을 존경할 것이다. 이 정열이야말로 '늙은이'가 늙지 않은 증거이며 신구가 공통의 언어를 발견하여 참된 '친구'가 될 수 있는 소중한 관건(關鍵)이다. 젊은이들 하는 것을 그저 바라만 보고 "너희들 좋을 대로 하려무나"라고 하는 것은 '이해'가 아니라 한갓 '무책임'에 지나지 않는다.

같은 따위의 비굴은 젊은 층에도 있다. "칼자루 쥔 이에게 대항해 봤자 잇속 없다"는 천박한 타산에서, "아, 어른 말씀이 지당하오이다"라고 하는 저 '출세인'의 처세 신조 말이다.

환갑노인과 20세 청년의 차이라 해도 알고 보면 불과 40년의 그것이다. 우주의 유구함은 그만두고 유사 이래의 시간과 비하더라도 그리 엄청난 차이는 아니다. 우리는 결국 동시대인이 아니고 무엇이냐. 노소는 서로 이해할 수 있을 뿐만 아니라 이해해야 하고, 이 이해를 통하여 공동의 목표에로 힘을 모아야 할 것이다. 허나 이 이해와 협력에 요구되는 선행조건은 가장 넓고 깊은 의미로서의 '사랑'이라고 부를 수 있는 저 원초적(原初的)이면서도 세련된 감정 — 인심에 있어서 오직 한 가지 그윽한 것 — 인 줄로 믿는다.

고정관념에 따르는 무시할 수 없는 폐단을 드러내기 위하여 이 이상 많은 사례를 끌어내거나 설명을 붙일 필요는 없을 것 같다. 세계는 제자리에 머물러 있는 것이 아니라 각각으로 유전(流轉)한다. 유전하는 세계를 똑바로 잡으려면 그것을 서술하는 우리의 관념들도 종종 손질을 받아야 할 것이다.

(1959년 10월)

# 신구(新舊)·동서(東西)의 틈바구니에서

우리의 사상계(思想界)가 식민지 상태로 있는 한
우리의 국토도 같은 상태를 벗어나기 힘들 것이다.

주어진 제목 안의 '동서'를 정치적인 의미의 '동서 양 진영'의 뜻으로보다는 '동양적인 전통과 서양적인 전통'에 가까운 뜻으로 해석하여 이하의 글을 엮기로 한다. 여기서는 특히 우리나라 젊은 세대의 세계관 내지 인생관을 염두에 두면서 주어진 문제를 다루어 볼 생각이다.

## 1.

얼마 전에 어느 일간신문 광고란에서 일본 문학 전집의 번역, 출판 계획이 크게 선전된 것을 보았을 때 결코 무관심할 수는 없었다. 그러나 필자가 정말 심각한 충격을 받은 것은 그 번역 소설의 출판 계획 자체에 의하여서가 아니라 그 계획에 대한 우리나라 젊은이들의 반응을 직접 혹은 간접으로 들었을 때였다.

지난 7월 17일자 『한국일보』 석간은 '일본 소설의 번역 계획에 대하여'라는 제목 아래 몇 사람의 지상 토론을 소개하였다. 여기서 소위 '구세대'를 대표한 것처럼 된 다섯 분은(그 다섯 분 가운데는 늦은 30대와 이른 40대도 있었는데 이분들이 벌써 구세대 쪽에 속한다는 점이 주목된다) 예외 없이 그 번역 계획이 적절하지 못하다는 견해를 표명하고 있는 반면에, '신세대'를 대표한 대학생들은 모두 그 계획을 환영하며 앞으로 소개될 일본 문학에 대하여 적지 않은 호기심과 기대감을 표명하고 있었다. 물론 이 지상 토론에 참가한 분들의 수효가 그리 많지 않으니 여기에 나타난 견해만으로 전체를 논한다면 좀 경솔할 듯하나, 필자가 개인적으로 만난 40 전후의 친지들과 학생들의 의견도 대략 지상(紙上)에 나타난 바와 일치하는 경향을 보였다는 사실까지 고려한다면, 위에 언급한 두 갈래의 견해는 각각 구세대와 신세대에 있어서 일반적인 경향을 예시하는 것으로 보아도 좋을 것 같다.

지상에 소개된 구세대나 필자가 개인적으로 얘기한 40 전후의 친지들은 모두 일제 치하에서 교육을 받았을 뿐 아니라 그 대부분은 직접 현해탄을 건너가 일본 본토에서 고등교육까지 받은 사람들이다. 따라서 문제의 일본 소설 번역 계획에 대하여 비판적인 태도를 취한 그분들은 일본 문학의 수준이 어느 정도라는 것도 짐작하며, 그 문학의 배경이 된 일본의 인간과 자연에 관해서도 아는 바 없지 않은 사람들이라고 봐야 할 것이다. 한편 같은 계획에 대하여 환영의 뜻을 표명한 젊은 학생들은 일본어를 해득하지 못하며 일본의 문학이나 그 나라의 일반 사정에 어두운 편이라고 짐작된다.

여기서 필자가 고찰하고자 하는 것은 일본 소설 번역에 관한 찬부 양론 중 어느 것이 옳고 어느 것이 그르냐를 따지자는 것이 아니다. 우리의 관심은 일본을 별로 알지도 못하는 우리나라 젊은이들의 일본 문학에 대한 그토록 강한 호기심이 어디로부터 유래하는 것이며 이와 같은 호기심이 무엇을 의미하느냐는 문제에로 집중한다. 그리고 이 문제를 고찰하기에 앞서서 직각적으로 느끼는 것은, 첫째로, 젊은 세 대로 하여금 그러한 반응을 일으키게 한 책임의 대부분이 오늘날의 이른바 구세대에 있지 않은가 하는 의심이며, 둘째로, 하여튼 새로운 것을 알아보고 싶다는 젊은이들의 호기심은 우리가 현재 가지고 있는 것이 너무나 빈약하다는 것을 암시하는 사실이 아닌가 하는 걱정이 며, 셋째로, 우리의 사상이 현재 이와 같이 빈곤함은 근세에 이르러 한갓 '후진국'으로서의 불리한 출발을 내디딘 우리나라가 그동안 동 서의 선진 사조를 수입하는 과정에 있어서 잘못된 점이 있었기 때문 이 아닌가 하는 반성이다.


## 2.


구세대의 지도층이 일본 소설 번역 계획에 대하여 못마땅하다는 태 도를 취한 것은 결코 단순한 민족적 감정에서 우러난 편견같이 보이 지는 않는다. 거기에는 첫째, 일본과 구미 각국의 문학 수준을 비교하 고 어느 것의 도입이 시급하냐는 고려, 즉 사물의 선후를 따지는 분별 이 있고, 둘째, 번역 도서를 출판하려면 그 선자(選者)와 역자(譯者)가 누구인지를 밝혀야 하며 또 한일 양국의 특수 사정으로 보아 번역 출판권의 획득이 선행해야 한다는 식견이 있다. 한편 그 번역 계획을 환영하는 젊은이들의 반응은 이것이 이렇고 저것이 저러하니까 지금 일본 것의 도입이 필요하다는 추론(推論) 끝의 판단이 아니라, 그것이 어떤 따위의 것인지는 모르되 좌우간 궁금하니 알아보고 싶다는 약간 맹목적인 호기심이 바탕에 깔렸다는 점에 그 특색이 있는 성싶다.

일본을 어느 정도 아는 사람들이 문제의 번역 계획에 반대하는 것은 이해하기 수월한 일이다. 그러나 일본을 모르는 사람들이 일본 것에 대해서 그토록 호기심을 느끼는 것은 무슨 까닭일까?

첫째의 이유로서 우리나라의 현상에 대한 젊은이들의 불만을 생각할 수 있을 것이다. 우리나라가 현재 이대로 가서는 안 되겠다는 것을 젊은이들은 잘 알고 있다. 좌우간 무슨 변동이 와야 하겠다고 그들은 믿는다. 그러나 그 변동이 어떠한 방향으로 어떠한 순서를 밟아서 와야 하는지는 그들도 모른다. 너무나 심한 불안과 혼란에 가득 찬 우리 사회에 있어서 어떠한 노력이 어떠한 성과를 가져오리라고 미리 통찰할 수는 없다고 그들은 생각한다. 어떤 새로운 시험이 옳으냐 그르냐는 우선 그 시험을 해 보고 나서야 비로소 알 수 있는 문제인 것 같다. 따라서 새로운 것이면 무엇이고 한번 해 보는 것이 좋음직하다. 이와 같은 생각에서 이제 일본 것을 좀 알아보자는 젊은이들도 있을 것이다. 그리고 철저한 배일외교(排日外交)는 오늘날 전 국민의 지탄을 받고 있는 이승만(李承晩) 정권 20년이 견지해 온 정책의 하나였다. 따라서 이(李) 정권에 대한 반감도 일본 것을 받아들이자는 방향으로 심리적인 도움을 줄 것이다.

잘 알지도 못하는 일본 것을 덮어놓고 받아들이자는 기세는 좌우간 무슨 변화가 있어야 하겠다는 일반적인 잠재의식이 겉으로 나타난 한 예에 불과하다. 혈기가 왕성한 청년의 견지에서 볼 때 질식할 것 같은 우리나라의 현실은 만사가 견딜 수 없는 것들뿐이다. 모든 것은 싹 갈아 치워야 되겠다. 그러나 무엇을 어떻게 갈아 치워야 좋을지는 견식이 좁은 젊은이들로서는 판단하기 어려운 일이다.

젊은이들의 이(李) 정권에 대한 반감은 기성세대 일반에 대한 반감의 대표적인 것에 불과하다. 오늘날 우리나라의 젊은이들이 미워하고 못 믿는 것은 비단 이 정권과 자유당뿐만이 아니다. 그것은 이 정권과 자유당이 쓰러진 뒤에도 젊은이들은 안심하지 못하고 학원에서 거리에서 '새것'을 모색하여 헤매고 있다는 사실이 증명한다. 젊은이들의 안목으로 볼 때 잘못은 이 정권이나 자유당에만 있는 것이 아니다. 이미 그 실력의 한계가 드러난 '구세대'에게 이 이상 더 기대할 아무것도 없다.

방향에 대한 통찰력과 확신도 없이 그저 무턱대고 변화를 가져와야 하겠다는 생각이나 구세대라 해서 옥석(玉石)의 구별 없이 몰밀어 배척하는 기운 그 자체를 아주 정당하다고 볼 수는 없다. 그러나 젊은이들의 이러한 경향은 심리상으로 볼 때 너무나 자연스러운 것이며 우리로서 충분히 이해할 수 있는 성질의 것이다.

우리나라 젊은이들 가운데 순조롭게 커서 순조롭게 공부하고 순조롭게 취직이 되는 사람은 매우 드물다. 좌우간 학교를 졸업해야 한다는 고정관념이 있다. 그러나 무리를 하지 않고서 중고등학교 하나 제대로 다니기 힘든 것이 우리네 대부분의 경제사정이다. 대학교에 이르러서는 더욱 말할 나위도 없다. 대학을 다닌다는 것은 악을 쓰고 무리한 희생을 바치는 대가로서 겨우 가능하다. "내가 대학을 나오게 된 것은 하나의 기적이다"라고 많은 졸업생들은 회고한다. 그러나 그토록 무리를 거듭해서 대학을 나온대도 아무런 신통한 일이 없다. 취직은 별 따기와 같고 원치 않는 군문(軍門)만이 그들을 기다린다. 이 이상 더 나쁜 사태가 생기려야 생길 수 없다고 그들은 느낀다. 그리고 이와 같은 사태를 빚어낸 것은 구세대 전반의 연대책임이라고 그들은 생각한다. 이와 같이 볼 때 오늘날의 청년들이 변화를 원하고 구세대를 물리치는 심정은 능히 이해할 수 있을 것 같다.

그런데 학생들이 일본어를 배우고자 하고 일본 소설을 읽고 싶어 하는 것은 단순한 호기심만의 장난은 아니다. 자유중국, 인도, 태국 등보다도 일본에 대해서 흥미를 느낀다는 것은 결코 우연한 일일 수가 없다. 이것은 해방 후 15년이 지난 오늘날 아직도 우리 문화가 '일본적 색채'를 완전히 벗어나지 못했다는 한심한 실정에 기인하는 것이라고 생각된다. 과거 15년간 우리는 겉으로 '일본적인 것'을 물리쳤다. 그러나 실상 안으로는 '일본적인 것'을 자라는 새 세대에게 가르쳐 왔던 것이다. 오늘날 우리나라에서 교육을 담당하는 사람들, 언론에 종사하는 사람들의 대부분이 일본어를 통하여 일본 교육을 받은 사람들이며 지금도 일본 서적을 읽고 있는 사람들이다. 아무리 그들이(필자 자신도 그중의 한 사람이지만) 겉으로 일본적인 것을 벗어나려 하더라도 한번 깊이 박힌 것은 좀처럼 완전히 빠지지 않는다. 우리는 자기도 모르는 사이에 일본적인 것을 젊은이들에게 가르쳐 주고 있다. 영리한 학생들은 자기네를 가르치는 선생들의 지식의 원천이 일본 서적에 있다는 것을 안다. 간혹 일본 서적에 전혀 의존하지 않는 교사가 있다 하더라도 학생들은 그 사실을 믿지 않는다. 학생들 눈에는 일어의 지식이 강력한 무기처럼 보일지도 모른다. 일본어만 충분히 해득한다면 한국 학계의 수준쯤은 바로 따라갈 성도 싶다. 일본어를 못하면 일본 책의 번역이라도 읽는 것이 저 미덥지 못한 한국 교사의 매개를 통해서 배우느니보다는 나을 것 같다. 이와 같은 생각의 틈을 타서 일본이 선진국이라는 관념은 부지불식중에 굳어진다. 따라서 일본 것을 직접 알아보고 싶은 호기심도 정부의 반일(反日)정책에 역행하여 점점 높아 갈 수밖에 없다. 이와 같이 볼 때 오늘날 젊은이들이 일본 것에 무비판적인 관심을 보내는 또 하나의 이유가 구세대의 자주성 없는 교육 실천에 있다는 결론이 생긴다.

3.

일본의 것을 배우고 그것을 또 새 세대에게 가르쳐 주었으니 잘못이라는 뜻이 아니다. 잘못은 일본의 문물을 정당하게 비판하고 평가할 만한 안목이 부족했다는 점에 있다. 대체로 말하면 우리는 일본을 좀 주책없이 과대평가해 온 것 같다. 일본을 함부로 욕하고 배척한 것도 실은 그 나라를 높여 보는 열등감의 반동에 의하여 조장되었는지도 모른다. 진실로 자신이 만만한 자는 남에 대해서 그토록 감정적인 반응을 하지 않는다.

오늘날의 '일본 문화' 라는 것은 다분히 서양화한 그것이며 아직도 서양의 문물을 흡수, 소화하는 단계에 있다. 그들은 거의 모든 분야에 있어서 우리나라의 문화보다 우월하며, 몇몇 특수 분야에 있어서는 고유한 것으로서 자랑할 만한 것이 있고 또 세계적 수준에 달한 방면도 있다. 그러나 전반적으로 볼 때 일본은 아직도 세계 문화를 선두에서 영도하는 처지에 있지 않으며 우리가 일본으로부터 무엇을 배울 때 그 결과는 구미 문화를 한 다리 건너 수입하는 내용의 것이 되기 쉽다. 물론 일본의 고유한 것 가운데도 우리가 본받을 만한 것이 있을 것이고, 또 일본에 있어 동양화된 서양 문물을 재수입하는 것이 도리어 유리한 경우도 있을 수 있다. 그러나 하루바삐 후진성을 극복해야 할 우리의 처지를 일반적으로 논한다면 일본보다도 앞선 나라들의 것을 직접 들여오는 것이 원칙상 타당할 것이다.

해방 이래 우리는 미국을 위시한 서양 각국으로부터 문물을 직접 수입한 바 적지 않다. 그러나 그동안 들여온 것이 구미에 있어서 가장 좋은 측면이었는지, 그리고 들여온 것을 우리의 피와 살 속에 무르녹도록 잘 소화시켰는지는 의문이다. 예컨대 최근 15년간 남한에 가장 많은 영향을 주었다고 볼 수 있는 미국의 풍조로 말하더라도 미국에 있어서 가장 배울 만한 점보다는 오히려 그들의 생활양식의 표면에 뜬 것이 주로 흘러들어 왔다는 인상이 있다. 미국 군인이나 미국 영화를 통해서 미국화한 사람들은 말할 것도 없거니와 미국 유학을 통해서 미국화한 한국인 가운데도 미국인 일반보다 훨씬 더 '미국적'인 사람들이 있다. 그리고 전통과 조건이 다른 남의 나라의 문물을 그저 막연하게 끌어들인 우리나라의 풍습과 제도에는 어딘지 '갓 쓰고 자전차 탄 것' 같은 어색한 일면이 있다.

돌이켜 보건대 옛날부터 강대국 틈에 끼어 정치적 예속을 거듭 당한 우리나라는 문화 일반에 있어서도 유독 남의 나라의 영향을 받아 왔다. 조선 말엽에 이르기까지 중국 대륙의 사조가 결정적인 영향을 미쳤다는 것은 만인이 아는 사실이거니와 그때까지는 대략 같은 계통의 사조가 계속하여 들어온 관계로 우리나라의 사조도 일종의 통일성과 안정성을 갖게 되었다. 뭐니 뭐니 해도 유교적인 교리는 우리 조상들에 있어서 명백한 진리였으며 부동하는 지침이었다. 일본의 지배를 받게 되자 좀 색다른 사조가 전해 들어오기 시작하였다. 근세 서양의 철학과 과학 사상이 일본을 통해 들어오고 일본의 고유한 사조도 전체적인 배척을 받는 가운데 틈을 타서 스며들었던 것이다. 따라서 공자나 주자의 교리를 '낡은' 것으로 보는 '개화'의 바람이 그 당시의 젊은 세대 사이에 불었으며 국민 사상의 통일성과 안정성이 차차 무너져 가는 방향을 잡은 것도 사실이다.

그러나 일본을 통해 들어온 새 사조는 우리나라의 전통적인 인생관 내지 윤리관을 송두리째 뒤집어엎도록 새로운 것은 아니었다. 그 당시 신격 천황제를 표방한 일본의 정체는 충과 효의 덕을 가장 숭상하는 유교를 국민도덕의 기본으로 삼았으며 그들이 받아들인 서양의 사조도 대체로 온건하고 보수적인 것들이 국책을 통하여 선택됐을 뿐 아니라, 그들이 특히 식민지 조선에 주입하기를 꾀한 사상은 권위의 절대성을 신봉하고 복종을 무조건 '미덕'으로서 찬양하는 따위의 보수적인 것이었기 때문이다. 물론 뜻있는 사람들은 일제의 교육정책에 반발하였다. 그러나 여기에 반발한 사람들은 민족애와 '조국의 광복' 이라는 공동의 목표에 의하여 묶였던 까닭에 그들의 자각도 결국은 민족사상을 통일과 안정의 방향으로 이끄는 데 일조가 되었다.

그러나 8·15의 해방을 맞이하면서 우리나라의 사상계는 졸지에 그 중심을 잃기 시작하였다. 이질적인 여러 사상들이 어떻게 들어왔고 어떠한 혼란을 일으켰나 하는 것은 이 시대 안에 살아온 우리가 너무나 잘 아는 사실이기 때문에 구태여 조목을 따져 들춰낼 필요는 없다. 우리가 여기서 살펴야 할 것은 현재 우리나라의 사조가 아직도 자주적인 방향을 잡지 못하고 이도 저도 아닌 혼돈 상태로 우왕좌왕하고 있다는 사정이다.

우리나라에는 전통을 달리하는 가지각색의 사조가 흘러들었고 현재도 흘러들어 오고 있다. 우리나라 봉건적인 사상의 줄거리로 화(化)한 아시아 대륙의 고전적인 사조들, 일제 반세기를 통하여 침투된 일본적 사고방식, 일본을 거쳐서 들어온 19세기적 서구의 사조, 패전 후의 사회적 혼란을 반영한 일본의 새 사조, 주로 피상적인 이해를 통해 들어온 아메리카니즘, 지성보다도 감정을 통하여 이해된 좌익 사상, 주로 귀동냥과 간략한 해설서를 통하여 어렴풋이 알려진 실존주의 철학, 그 밖에 악정(惡政) 20년의 체험이 빚어낸 가지가지 관념들이 이 조그마한 땅 위에서 뒤범벅이 되고 있다.

여러 가지 사조가 들어와 있다는 상황 그 자체는 앞으로의 발전을 위한 소재로서 환영할 일이다. 그러나 그것들이 건전한 사상 발전에 이바지하려면 그 여러 가지 사조 가운데서 좋은 요소들만을 가려 그것들을 자주적인 원리 밑에 종합함으로써 '하나의 우리 것'으로 만들 수 있는 비판력과 구성력이 우리에게 있어야 한다.

즉, 각 조류 가운데서 우리 사정에 맞는 요소들을 하나의 도가니 안에서 녹이고 우리 자신이 마련한 틀(模型)에 부어서 우리 자신의 사상으로서 재생시키는 힘이 필요한 것이다. 그런데 이 가장 필요한 힘이 현재 우리에게 부족한 것 같다.

우리에게는 여러 가지 사상의 요소가 있으나, 이것이 '우리의 사상'이요 '나의 사상'이라고 내놓을 만한 일관된 '구성물'이 없다. 금방 먹고 죽은 병아리 모이통처럼 우리의 사상 주머니는 그저 혼잡하다. 우리에게는 공통된 이상이 없고 통일된 여론이 없다. 입으로는 같은 이상과 같은 여론에 참여하는 듯이 말하는 사람들도 실지 행동은 가지가지 방향으로 길을 나눈다.

사회 전체는 그만두고 한 개인의 인격 안에서만이라도 사고의 윤리가 시종일관한 경우는 드물다. 미국에 건너가 미국인과 결혼하는 것을 꿈꾸고 있는 사람이 때로는 매우 열렬한 좌익 같은 발언을 한다. 지껄이는 말은 꼭 다방파(茶房派) 실존주의자인데 실제 행동은 매우 상식적이요 현실주의적인 친구가 있다. 한마디로 말하면 사상의 줄거리가 서지 않았다.

우리가 산적(山積)한 악조건을 극복하고 앞으로 힘찬 건설을 이룩하려면 공동의 목표를 위하여 협력해야 하며, 공동된 목표 아래 협력하려면 적어도 근본에 있어서는 일치하는 사상으로 무장되어야 한다. 우리의 사상계가 식민지 상태로 있는 한, 우리의 국토도 같은 상태를 벗어나기 힘들 것이다.

4.

우리나라의 희망은 이 나라의 젊은 세대에게 달렸다. 따라서 이 나라 젊은 세대가 건전한 방향으로 일관된 사상에 의하여 무장된다는 것은 백만 대군을 양성함에 못지않게 중요한 과업이다. 이 나라의 젊은 세대는 그 혈기와 감정에 있어서 장한 것을 가졌다. 그러나 그들의 사상이 아직 투철한 지성으로 정리된 것 같지는 않다. 그들에게는 좋은 뜻이 있다. 그러나 그 뜻을 어떻게 하면 이룰 수 있을 것인지 확실한 방법은 알려지지 않았다. 방법이 확립되지 않았기 때문에 그들은 이렇게도 해 보고 저렇게도 해 보는 우회(迂廻)의 길을 달린다. 때로는 그것이 우회의 길인 줄도 모르고 환상을 그리며 기적을 바란다. 잘라서 말하자면 긍정적인 면에 관한 한 이 나라 젊은 세대의 생각도 아직 하나의 중심에로 뭉치는 단계에 이르지 않았다.

오늘날 젊은이들의 사고(思考)에 한 가지 통일된 점이 있다. 즉 구세대는 이미 썩었다는 반항과 불평에 있어서이다. 그러나 우리의 현 단계는 젊은이들에게 반항과 불평 이상의 것을 기대한다. 반항이니 불평이니 하는 것은 본래 약자나 피지배자에 알맞은 짓이다. 그것은 쥐에게 반항하는 고양이나 졸병에게 불평하는 장군을 상상할 때 더욱 분명하다

오늘날 대학생들을 중심으로 한 이 나라의 젊은이들은 국가의 주인공으로서 자중해야 하며 또 그렇게 자처하고 있다. 주인공인 까닭에 반항과 불평의 선을 넘어서 개조의 사업에 긍정적으로 참여하는 소임을 진다. 이미 일부 젊은이들이 '계몽운동', '신생활운동' 등을 통하여 이 적극적인 소임에 투신하기 시작한 것은 기쁜 일이다. 젊은 세대 전체와 그리고 국민 전체가 이에 호응함이 다음에 와야 한다.

젊은이들도 인간이면 그 힘에는 스스로 한계가 있다. 동서양의 가

지가지 사조의 틈바구니에서 극도로 혼잡한 이 땅의 사조를 어떤 주류 아래 정돈한다는 과업은 연소자들만에 기대하기에는 너무나 벅찬 일이다. 여기에 경험이 많고 학식이 넓은 선배들의 할 일이 있다.

그리고 이 사회의 청년들이 일관되고 건전한 사상 아래 뭉칠 수 있으려면 우선 사회 환경의 객관적 조건이 어느 정도 개선되어야 한다. 사상이란 단순한 결심이나 지성의 논리만으로 지어낼 수 있는 것이 아니라 생명 전체가 참여하는 삶 그 자체 안에서 우러나는 것이다. 배가 고프고 잠자리가 불편한 사람들은 그 불우한 사정이 자연적으로 고취하는 사상에로 기울어진다. 재능과 뜻이 있어도 공부의 길이 없고 자격이 충분해도 일터를 얻을 수 없는 청년들에게 반항과 불평을 말라고 충고해 보아야 실은 관념론적 공론(空論)에 불과한 것이다. 시급한 것은 젊은이들의 환경을 정상화시키는 일이다. 여기에 또다시 현재 정치와 경제 활동을 제일선에서 맡고 있는 기성 인물들의 할 일이 있다.

신세대와 구세대가 마치 어떤 선천적 절대적 경계선으로 나누어진 두 개의 세계처럼 생각해서는 안 된다. 신구 두 세대가 사랑과 이해로써 뭉침이 없이 행복된 사회가 건설된다는 것은 생각하기 어려운 일이다. 부모와 자식, 선배와 후배, 선생과 제자가 필연적으로 적대시해야 된다고 상상해 보라. 거기에 무슨 행복이 있고 건설이 가능하랴. 나이가 10년이나 15년만 달라도 벌써 서로 세대가 다르다고 생각하는 그 관념 자체가 동서의 틈바구니에 끼어서 제대로 발전한 사상을 갖지 못한 우리들의 기구한 운명의 산물이다.

(1960년 7월)

# Ⅲ ─ 정열 · 고독 · 운명

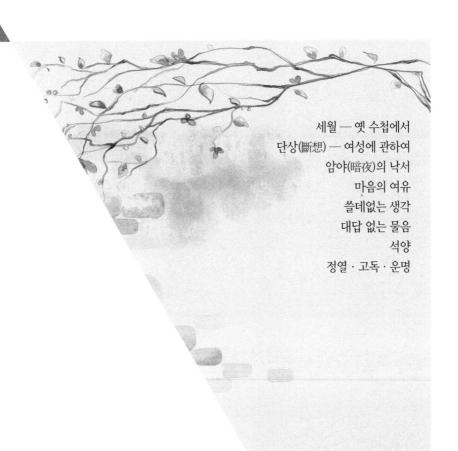

# 세월
## ― 옛 수첩에서

여기서 창문으로 내다보면 성균관의 전경(全景)과 비원(秘苑)의 일부가 한 폭의 그림처럼 바라다보입니다. 매일같이 이 방에서 생활하는 제(弟)이지만 이 풍경을 나날이 감상할 마음의 여유는 없었습니다. 오늘 오래간만에 우거진 수목과 고색창연(古色蒼然)한 건물을 조용히 바라보고 즐길 수 있는 것은 멀리 떠나가신 형을 문득 그리워하는 마음이 고갈(枯渴)한 정서에 입김을 뿜어 준 덕택인지도 모르겠습니다.

모르는 사이에 풍치(風致)는 매우 달라졌습니다. 홍엽기(紅葉期)를 앞둔 나뭇잎에는 벌서 조락(凋落)의 기색이 은연(隱然)합니다. 비원 안전지대를 즐기던 두루미 떼도 찬 바람이 싫어서 멀리 날아갔습니다. 월동준비가 바쁘다는 듯이 까치 두 마리가 분주히 숲 속으로 달아

납니다. 누릇누릇한 나무 끝을 이렇게 넋을 놓고 건너다보면 나의 존재 전체가 저 우거진 숲 속으로 흡수되는 것도 같습니다. 수개월 전 아물아물한 아지랑이 저편에 만개(滿開)한 벚꽃을 꿈같이 바라보던 그때가 바로 어제와도 같고 또 아득한 옛날이야기와도 같습니다.

나는 때의 흐름을 느낍니다. 이 순간 새삼스레 그것을 느낌에 나의 온 신경이 동원되고 있습니다. 그리고 이 느낌은 나의 생각을 현재에서 과거에로, 과거에서 미래에로 바삐 달리게 합니다. 또 이같이 가로세로 달리는 생각에는 한 줄기 적막한 곡조의 반주가 따릅니다. 무한히 흘러가는 시공(時空) 안에서 유한자(有限者) 인간이 느끼는 적막입니다.

감상(感傷)에도 가까운 이 말을 적으면서 나는 형의 충고를 귀 가까이 듣습니다. "너무 생각하지 말라"는 늘 하시던 충고 말씀입니다.

나는 '너무 생각하는 사람'의 불행을 압니다. 생각만 하는 사람은 실제 행동으로써만 극복할 수 있는 인생의 모순을 관념 안에서 해결하고자 헛수고를 하는 동안에 스스로 심신을 괴롭히고 생존경쟁에서는 낙오자가 됩니다.

나도 요 몇 해 동안 생각하지 않을 것을 힘써 왔습니다. 바쁨이 가장 효능(效能) 있는 신경약이라는 교훈을 좇아서 일부러 바쁜 일을 찾아다녔습니다. 이래서 나는 "생각을 말리라"는 나의 의사를 실천함에 있어 어느 정도 성공을 보았습니다. 그러나 나는 '너무 생각이 없는 사람'에게도 불행이 있음을 깨달았습니다. 너무 생각이 없는 사람은 하찮은 단편적(斷片的) 생존에 희로애락(喜怒哀樂)하는 동안에 온갖

정력을 소모하고 하나의 묶인 생활을 영위하므로 관조(觀照)할 겨를이 없습니다. 나는 하찮은 일에 슬퍼하거나 기뻐하지 않기 위해서, 대수롭지 않은 것을 미워하거나 사랑하지 않기 위해서, 인생이 봉착하는 가지가지 사건을 한눈에 훑어보기 위해서, 그리고 과거에서 미래에로 걸쳐 가냘프나마 한 줄기 줄거리 있는 삶을 갖기 위해서 때로는 생각도 필요하다고 믿습니다.

나는 '영원(永遠)'이라는 것을 믿지 않습니다. '절대'라는 것도 믿지 않습니다. 그런 것을 믿을 수 있었던 옛사람들이 부럽습니다. 그리고 역사가 전해 준 종교나 도덕에 불가불 의심을 품지 않을 수 없게 한 현대의 자연과학이 원망스럽습니다. 그러나 영원과 절대에 대한 회의(懷疑)는 영원과 절대에 대한 갈망 그 자체를 없애 주지는 않습니다. 영원이나 절대가 의심스러우면 의심스러울수록 그것을 갈망하는 심정에는 더욱 심절(深切)한 것이 있습니다.

영원한 영원이나 절대적 절대의 무가망(無可望)을 깨달은 사람은 '순간적인 영원', '상대적인 절대'라도 찾아볼 수 없을까 하는 모순된 생각에 사로잡힙니다. 나는 옛사람들이 물려준 화려한 우상(偶像)들이 기초부터 타도(打到)된 폐허에서 새로운 우상을 찾아 헤매는 치자(痴者)입니다.

인간 밖에 초월한 절대자를 부인한 르네상스의 사상가들은 인간 안에 새로운 절대자를 발견함에 성공한 듯이 보였습니다. 즉 인간 밖에 외재(外在)하는 신불(神佛)을 부인한 그들은 인간 안에 내재(內在)하는 새로운 절대자를 인정했던 것입니다. 그러나 이들 인본주의자(人本主義者)들의 낭만(浪漫)에 가득 찬 우상도 오래 지속되지는 못했습니다. 그것은 진화론자를 비롯한 생물학자들이 그들의 단꿈을 여지없이 깨뜨렸기 때문입니다.

"인간도 하나의 동물이다." 간단한 이 일구(一句)는 인간 안에 신성(神性)을 인정하며 인간을 우주왕좌(宇宙王座)에 모시려 한 희망에 찬 프로그램을 수월히 무너뜨렸던 것입니다.

옛날이나 지금이나 인간은 영원과 절대를 희구하기로 마련인가 봅니다. 그것은 인간이 '죽음을 면치 못할 자'이며 삼라만상이 유전불이(流轉不已)하다는 사실의 필연적 귀결인지 모르겠습니다. 인간 자신의 무력과 무상(無常)을 체험으로 깨달은 옛사람들이 인간 밖에 전령(全靈)을 의지할 절대자를 구했던 것은 자연스러운 일이었습니다. 그리고 인간 밖에 전 생명을 내맡길 만한 절대자가 있을지 의심스럽다는 것이 판명되었던 날 우리의 선철(先哲)들이 인간 안으로 새로운 우상을 구한 것도 역시 자연스러운 움직임이었습니다. 그런데 이제 인간도 한갓 동물에 불과하다면 — 인본주의자들이 절대자로서 받들어 오던 인간의 이성이 한갓 허상(虛像)이라면 인간에게 광명을 보내줄 모든 길이 끊어진 셈이 아니겠습니까.

인간의 지성(知性)은 생명이 귀의(歸依)할 절대자를 갈망합니다. 동시에 지성은 절대자가 인간 밖에도 인간 안에도 존재할 수 없다는 것을 통찰합니다. 지성이 스스로 갈망하는 바를 스스로 부인하지 않을 수 없다는 이 모순은 '지성'과 '고민'을 필연적으로 연결시켜 주는 유대(紐帶)입니다. 그리고 이 사실은 바로 이 시대의 비극의 모태(母胎)가 아니겠습니까.

H형, 나는 나 자신이 이 시대의 지성의 한 사람이라는 외람된 생각을 하고 싶지는 않습니다. 허나 나에게도 마음을 의지할 만한 무엇이 있어야 한다는 것을 절실히 느끼고 있습니다.

개인의 마음이 발전한 과정은 인류의 정신 전체가 거쳐 온 세계사적 과정의 축도(縮圖)와도 같습니다. 나도 처음에는 외재하는 신에게 절하고 매달린 적이 있습니다. 그 다음에는 인간 안에 내재하는 보편자─이른바 '선천적(先天的) 이성(理性)'에 희망을 걸었습니다. 그러나 필경은 나 역시 '인간도 동물'이라는 진화론자의 견해를 슬픈 마음으로 받아들이지 않을 수 없었습니다. 이래서 나에게도 밖으로나 안으로나 광명의 길이 모조리 끊겨졌습니다. 나에게 있어서도 허무감은 꼬부라진 영웅 심리와 결탁(結託)하였습니다. 허무주의가 자랑인 것처럼 과장되었습니다. 회의(懷疑)를 위한 회의에 쾌재(快哉)를 부르짖었습니다. 함부로 현실을 비웃음으로써 우월감까지 느꼈습니다. 한 말로 하면 나는 허무를 극복하려고 애쓰는 대신 허무감에 도취했습니다. 나는 한때 악(惡)의 찬미가(讚美家)가 되었습니다. 용기가 부족한 탓으로 그것이 외부 행동에까지는 나오지 못하였습니다마는.

허나 허무감과 회의가 주는 이지러진 쾌감은 내가 진정 원한 것은 아니었던가 봅니다. 나의 내면생활은 나 자신에 대한 조소와 증오를 계기로 다시 한 번 회전해야 했습니다.

H형, 나는 형의 쓸쓸한 비웃음을 예상하면서 하나의 고백을 드립니다. 나에게 우상을 찾아 또 한 번 헤매고 싶은 어리석은 충동이 상금(尚今) 남아 있다는 치기(稚氣)에 가득 찬 고백을. 그래도 생을 긍정하고자 하는 본연의 생리가 냉혹한 지성에 반기를 들고 일어섭니다. 인생에 대하여 새로운 각도에서 새로운 희망을 걸어 보고 싶어 하는 '논리를 넘어선 요구'가 있습니다.

　현대의 지성 일반이 이미 실망을 느꼈고, 나 개인에게도 실망을 거듭 준 '인간'에게 다시 한 번 희망을 걸어 봅니다. 허나 인간을 '영장(靈長)' 또는 '성스러운' 무엇으로 올려다보는 중세기적 허망을 되풀이하고 싶지는 않습니다. 성스럽지도 착하지도 아무렇지도 않은 '동물 인간'에게 새로운 기대를 던져 봅니다. 현존하는 인간에게 '신성(神性)'이라는 상표를 붙이는 것이 아니라 장차 발전할 인간성에 대하여 마지막 희망을 거는 것입니다. 현재의 인간은 그대로 숭상을 받을 존재가 아니라 마땅히 극복되어야 할 무엇입니다. 극복의 탈피(脫皮)를 거쳐 새로이 형성될 '가능한 인간성'에 마지막 희망이 걸려 있습니다. 인간이 스스로를 극복하여 보다 나은 것으로 향상할 수 있다는 희망은 어떤 과학적 사실에서 풀려 나온 논리적 귀결은 아닙니다. 그것을 희망하지 않고는 못 배기는 곳에 논리를 넘어선 논리가 있고 생의 슬픔과 기쁨이 엉켜 있습니다. 나는 인간의 현재에 구토를 느끼면서도 한편 "네 운명을 사랑하라"고 외치면서 인간의 새로운 유형 '초인(超人)'의 탄생을 고대하던 고독한 철인 니체의 심정을 어렴풋이나마 이해할 수 있는 것 같습니다.

'정열'이란 원래 '인간'에로 향하던 불길이었습니다. 끔찍한 정열이 바쳐진 예술이나 과학 뒤에는 항상 그 예술, 그 과학을 감상하고 이해해 줄 인간들이 있었습니다. 독자를 예상하지 않는다면 문인은 글을 쓰지 않을 것이며, 동시대나 후세의 공명(共鳴)을 기대하지 못한다면 학자는 진리를 탐구하는 기맥(氣脈)이 풀릴 것이 아닙니까. 이미 인간으로 말미암아 신산(辛酸)을 맛본 사람들에게도 정열이 남았다면 그것은 역시 또 한 번 인간에게로 향하는 정열이겠습니다.

인간도 하나의 자연이라고 볼 때 인간은 가장 아름다운 자연의 하나입니다. 인간은 원경(遠景)으로 보면 누구나 귀여운 존재입니다. 지금도 이곳에서 건너다보이는 교정 풀밭에서는 웅기중기 휴게(休憩) 시간을 즐기는 학생들이 한바탕 떠들어 대곤 깔깔거립니다. 이렇게 자연 안에 자연스러운 사람들을 멀찍이서 바라볼 때는 인간 안에서 '천사'를 발견한 옛 시인들의 느낌에 공명도 느낍니다. 그러나 멀리서 바라보고 마음 끌리는 대로 바싹 가까이 가 보면 온통 딴 모습이 드러나지 않습니까. 만약 인간에게 자연 이상의 것을 기대하지 않았다면, 인간을 원경으로만 바라보고 더 가까이 다가가서 보고 싶은 욕구가 아니었다면, 문제는 매우 간단했을 것 같습니다. 그러나 우리는 인간에게 단순한 자연 이상의 무엇이 되기를 기대합니다. 멀리서 보고 아름다운 인간에게 더 접근하고 싶은 충동을 금치 못합니다. 우리는 인간이 현재를 극복할 것을 열망(熱望)합니다. 인간의 탈피(脫皮)를 고대합니다.

중추(仲秋)라 고요한 정열을 숨긴 푸른 하늘이 무한한 저편으로 뻗

칩니다. 하찮은 인간의 마음까지도 끝없이 달아나고 싶습니다. 유회
색(黝灰色) 엷은 구름이 두어 장 북악(北岳)을 향하여 흘러갑니다. 한
동안 멈추었던 시간이 다시 흐르기 시작합니다.

(1955년 가을)

# 단상(斷想)
## — 여성에 관하여

　여성에 대하여 찬사(讚辭)를 바친 사람들은 말할 것도 없거니와 그들에 대하여 비난을 퍼붓는 남자들도 대개는 여성에 대하여 보통이 아닌 경의를 가진 경험이 있는 사람들이다. 여성에 대한 가혹한 비평이란 거의가 여성에 대한 과대한 숭배 내지 기대의 반동이었다. 만약 여성들에게 분개할 일이 있다면 그것은 그들을 나쁘게 말한 사람들보다도 오히려 여성에 대하여 아무 말도 아니 한 사람들에 관한 일일 것이다. 묵살(默殺)보다 더 큰 모욕은 없다.

　역사는 여성에 관하여 두 개의 독단(獨斷)을 빚어냈다. 그 하나는 대체로 지나간 시대에 속하는 것으로서 여자는 그 기능, 사명 등에 있어 남자와는 선천적으로 판이하게 다르다는 신념이다. 독단의 또 하나는 여자의 할 수 있는 일과 해야 할 일이 남자와 덮어놓고 같다고 주장하는, 현대인들에게 많은 신념이다. 여자와 남자는 전자가 믿듯이 다르지도 않으며 후자가 단언하듯이 같지도 않다. 현실에 있어서 남자와 여자 사이에는 약간의 차이가 있다. 그러나 그 차이의 대부분은 절대로 변통 없는 선천적인 것이 아니라 인류의 오랜 역사를 통해 내려온 여자와 남자의 생활조건의 차이, 즉 사회적 차이에 기인하는 것이다. 따라서 현존하는 남녀의 차이란 이론상으로 극복할 수 있는 차이다. 그러나 이 차이를 형성한 역사가 장구하니 만큼 이 차이를 극복하는 과정도 상당한 시일을 예정해야 할 것이다. 일조일석에 남녀가 모든 면에 있어 똑같아질 듯이 외치는 사람은 남녀의 선천적 차이를 과대시(誇大視)하는 구시대 사람들과 마찬가지로 관념론적 독단에 빠져 있는 것이다.

여자가 가진 보배 중에 으뜸가는 것은 그 아름다운 정서이다. 정서는 예술을 통하여 가장 효과적으로 표현된다. 나는 노래하는 여자, 춤추는 여자보다 더 아름다운 것을 모른다.

겉과 속이 다르기로 말하면 여자는 남자를 못 당한다. 여자는 속마음을 겉으로 표시함에 있어 남자보다 솔직하다. 그러나 그 속이 쉽게 변화함에 있어서는 남자가 여자를 못 당한다. 남자란 제가 진심으로 한 약속에 대하여는 비교적 신의를 지킨다. 만약 여자가 좀 더 마음의 항구성(恒久性)을 유지한다면 여자는 남자보다 훨씬 값진 존재가 될는지도 모른다.

여자를 이해하려면 우선 두 가지 심리를 알아야 한다. 허영 그리고 질투. 허영과 질투는 약자의 특징이다. 진실로 실력이 있는 자는 허영으로써 꾸밀 필요가 없다. 진실로 강한 자는 질투하는 대신 분노하고 더한층 강하면 용서한다. 여자가 얼마만한 시일 내에 이 불리한 성질, 즉 허영과 질투를 극복하느냐 하는 것은 여성이 얼마만한 시일 내에 남성과 동등한 사회적 지위를 향유하느냐 하는 문제를 결정하는 시금석(試金石)의 하나가 될 성싶다.

학교 교사란 대체로 취임 당초에는 매우 열성을 보이나 시일이 지남에 따라 차차 식어 가는 것이 보통이다. 특히 여자 학교의 경우에 있어서는 처음의 열이 유달리 높은 반면에 그것이 식는 속도는 남자 학교의 경우에 비하여 훨씬 빠르다.

다음 일구(一句)를 토로(吐露)한 사람은 남자가 발견한 사실 중 가장 불행한 사실의 하나를 체험한 사람이다. "여자를 대하는 가장 현명한 처세술은 너무 가까이 가지 아니함이다."

여권운동자(女權運動者), 어떤 이는 여성의 단결을 부르짖되 남성을 공동의 적처럼 몰아댄다. 그러나 나는 남성이 결속하여 여성을 배척한 역사를 모른다. 봉건사회에 있어서 여성에게 불공평한 대우를 한 것은 남이 아니라 그 부모 특히 어머니와 그 남편들이었다. 생존경쟁으로 말하면 남성 대 여성의 대립은 남성 대 남성의 그것에 비하면 훨씬 부드러운 것이다.

(1953년 6월)

# 암야(暗夜)의 낙서

거친 꿈이 단잠을 쫓은 밤. 놀란 신경은 캄캄한 허공에
낙서를 쓰고 또 썼다. 날이 새어 백지(白紙) 위에 옮겨
베끼려 하니 거의 모두 사라지고 흔적만이 남았더라.

1.

사람들은 대개 남을 이해하는 능력에 있어서 스스로 탁월한 소양을
가졌다고 믿는다. 그러나 이 자신(自信)을 정당화하는 어떤 확실한 근
거를 발견한 사람들은 매우 드물 것이다. 이 근거 없는 자부심이 거의
누구에게나 스며들게 된 첫째 사유는, 남의 심정에 관한 자기의 추측
이 그릇되었다는 것을 깨달을 기회가 매우 적다는 사실인 성싶다. 심
정이란 그 본질에 있어서 형태 없는 '내면의 사건'이며, 그 진상(眞
相)은 흔히 영원한 안갯속에 잠겨 있다. 따라서 남의 심정에 대한 자
기의 추측이 틀렸다는 반증이 확연히 나타나는 경우는 드물다. 그리
고 사람들은 일단 어떤 판단을 내린 이상 그 판단의 잘못됨을 지적하

는 확고한 반증이 보이지 않는 한 그 판단에 고집하는 버릇이 있다.

남의 심정이란 직접 내 지각의 대상이 될 수 없다. 따라서 타인에 대한 이해는 결국 유사추리(類似推理)의 범위를 벗어나지 못한다. 다시 말하면 우리는 표정, 몸짓, 말 따위의 밖으로 나타난 남의 행동을 관찰하고 이를 자기 스스로가 체험한 내성(內省)의 세계와 대조함으로써 그 사람의 내면적 세계를 추측하는 것이다. 따라서 우리가 남의 인격을 이해할 수 있는 한계는 나 자신의 인격이 내성적(內省的)으로 체험한 바의 기록을 능가할 수는 없다. 홍곡(鴻鵠)은 연작(燕雀)의 뜻을 알 수 있을지 모르나, 연작은 끝내 홍곡의 뜻을 알 길이 없다. 대(大)는 때로 소(小)를 겸할 수도 있으나, 소(小)는 결코 대(大)를 겸할 수 없기 때문이다.

내면적 체험으로 말한다면 남자의 세계와 여자의 세계는 피차 환산할 수 없는 이질적 요소를 포함하고 있다. 따라서 이성 간의 이해는 동성 간의 그것보다도 몇 곱절 어려운 제약을 받고 성립한다. 여기서 필연적으로 생기는 귀결은 남녀 간의 우정이 엄밀하게는 무가망(無可望)하다는 단념이다. 만약에 깊은 연애가 참된 우정을 필수조건으로 삼는 것이라면 깊이 있는 연애란 좀처럼 있을 수 없다는 계론(系論)이 여기에 보태진다.

남자들의 체험담은 여자에게 당한 모욕이 유달리 깊은 상처를 준다는 의견에 있어서 일치한다. 이와 같은 심리는 남자의 여자에 대한 기대의 수준이 지나치게 높았다는 사실을 입증하는 것으로 보인다. 그리고 높은 수준의 기대를 가졌다는 것은 남자와 여자가 원래 이질의 내면세계를 가진바 상호간에 이방인이라는 사실을 망각했다는 좌증(左證)이다.

남녀가 서로 대하는 가장 현명한 길은 저 생물학적 착각을 극복하고 남녀가 본래는 서로 이방인이라는 사실을 재확인함으로써 출발점을 삼는 일이다. 이 확인은 피차간의 기대의 수준을 낮출 것이며 낮은 상대편의 허물을 양해하는 '아량'을 준비할 것이다.

## 2.

'아량'이라 함은, 자기가 상대편의 입장에 서 있다고 가정하고 상대편의 행위나 성격을 평가해 보려는 마음의 여유를 의미하는 것으로 이해된다. '사랑'이라 함은 본시 '나'의 입장과 '너'의 입장을 보다 높은 제삼의 입장에로 지향시켜 보려는 염원이다. 따라서 아량 있는 인격만이 남을 정말 사랑할 수 있는 소질을 가졌다는 견해도 성립할 수 있음직하다.

그러나 우리는 상대편의 입장에 섰다고 가상(假想)할 수는 있으나 현실에 있어서 그의 입장 위에서 볼 도리는 없다. 너와 내가 동일한 입장으로 지향되기를 염원할 수는 있으나 엄밀히 너와 내가 같은 자리를 차지할 길은 없다. 여기에 '아량'과 '사랑'에 관한 안타까운 한계가 있다.

술 못하는 사람은 술 잘하는 사람을 남김없이 이해하지 못하며 술 잘하는 이는 술 못하는 이의 심정을 충분히는 이해하지 못한다. 너와 나는 사랑의 지극한 순간에 있어서도 강물을 사이에 두고 마주 서 있다. 아리스토텔레스도 말했듯이 과연 인간은 '정치적, 사회적 동물' 이다. 그러나 궁극을 따지고 본다면 인간은 끝없이 고독한 존재이기도 하다.

사고(思考)의 원리나 추리의 형식은 만인에 있어서 거의 공통됨에도 불구하고 현저한 '의견의 차이'가 생기는 것은 실생활의 이해와 관계되는 '입장의 차이' 때문인 성싶다. 갑의 입장에서 볼 때 '정당한' 견해는 그와 반대되는 을의 처지에서 본다면 같은 사고의 형식을 따라 판단한다 하더라도 '부당할' 수가 있다. 이때 '공정한 견해' 라 하는 것은 갑을 쌍방의 입장을 모두 떠난 제삼자의 견지에서의 판단을 가리키게 된다.

따라서 '공정한 견해'는 갑을 어느 입장에서 보더라도 불만족한 것이 되기 쉽다. 생존경쟁을 둘러싸고 이해를 다투는 싸움판 중간에 서서 섣불리 화해를 붙여 보려는 호인(好人)들이 그 '공정한' 노력에도 불구하고 왕왕 진퇴양난의 궁지에 빠지는 결과에 이르는 것은 조금도 놀라운 일이 아니다.


## 3.


'절대' 라는 것은 인간의 정열과 필연적으로 연결되어 있는 형이상학적 개념이다. 따라서 인격 안에 정열의 잔재가 가시지 않는 동안 우리는 자유의 생명을 기울일 수 있는 어떤 부동의 의지처(依持處)를 구하여 헤매기로 마련이다.

부동의 의지처를 '종교'에서 구하는 사람들은 섣불리 '과학'이라는 유행어에 호기심을 느끼지 않는 동안 행복될 수도 있다. 영원한 가치를 '예술'에서 구하는 사람들은 재산이나 지위 같은 세속적 성공에 맛을 들이지 않는 한 행복을 누릴 수도 있다. 그리고 '사랑'이라 불리는 것 안에서 절대나 영원을 모색하는 청년은 그가 어떤 이를 영원히 과대평가할 수 있도록 충분히 우둔한 경우에만 행복될 수가 있다.

이 세상 모험 중에 가장 엄청난 모험은, 어떤 선택된 한 사람에게 생명을 걸고 땅재주를 넘어 보겠다는 어리석은 시험이다. 이 세상 기이(奇異) 가운데 가장 놀라운 기이는 국가도 못 믿고 천지(天地)도 못 믿겠다는 사람이 시시각각으로 기분에 휘날리는 어떤 개인—특히 어떤 여인—의 마음을 믿겠다는 안타까운 신앙이다.

그것이 못 믿을 것이라는 일반 통칙을 뻔히 알면서도 하나의 '예외'를 찾아 헤매는 미련(未練) 가운데, 등잔불에 스스로 몸을 불사르는 날벌레의 비극이 맺혀 있다.

용모가 선천적으로 사람의 성격이나 운명을 결정하는 것이 아니라 용모가 주는 사회적 인상이 그 사람의 성격과 따라서 운명에 지대한 영향을 미치는 것이다.

미모는 대체로 매우 유리한 밑천인 듯이 보이기 쉬우나, 그러나 내실(內實)에 있어서는 본인에게도 불리한 조건이 되는 경우가 많다. 만약 클레오파트라의 얼굴에 소님터가 있었더라면 그는 보다 유덕(有德)한 여왕이 되었을지도 모르고 따라서 좀 더 행복된 생애를 보냈을지도 모른다.

미모가 경원해야 할 보배라고 경고하는 것은 경험 위에 자라나는 지성의 통찰이요, 미모에 그래도 매혹을 금치 못하는 것은 태생(胎生)에 뿌리 깊은 감성의 충동이다. 그리고 인생에 있어서 이론을 작성(作成)하는 것은 대체로 지성의 반성이나, 인생에 있어서 보다 심각한 실천을 좌우하는 것은 대체로 감성의 격정이다.

(1955년 4월)

# 마음의 여유

## 1.

낭만주의(浪漫主義)는 흘러갔다. 아직도 이상주의의 폐허에서 순진한 잠꼬대에 열중할 수 있는 것은 오직 소수의 어리석은 사람들뿐이다.

변변히 가꾸지도 못하면서 그저 해마다 하던 버릇으로 화분에 꽂아 놓은 국화 가지가 그래도 가을을 짐작하고 알뜰한 꽃을 보여 준다. 허나 그것을 조용히 바라볼 마음의 여유는 없다. 단풍이 한창이니 교외로 소풍을 간다. 그러나 거기에서도 술 마시기와 노래하기와 교제하기에 바빠서 산수(山水)를 정말 즐길 여유는 없는 것이다. 북두칠성과 은하수며 그 밖의 큰 별 작은 별들을 우러러보고 '무한(無限)'을 뼛속 깊이 느껴 보던 것도 흘러간 시인들의 옛이야기가 되고 말았다.

그저 보고 싶어서, 만나 보고 싶어서 친구를 찾아가는 일은 극히 드물다. 항상 '용건(用件)'이 앞에 있어야 한다. 그 때문은 용건이 오늘날 인생에서 가장 귀중한 가치의 담지자(擔持者)들이다. 줄여서 말하면 용건은 우리 사회에 있어서 생활의 전부와도 같다. 종로에서 또는 대학 부근에서 친구를 만난다. 인습에 젖은 악수를 흔들고 표정에 넘치는 미소가 교환된다. 때로는 유행에 따라서 차 한잔을 나누기까지 한다. 허나 마음속 깊이 그 친구와의 해후(邂逅)를 반기고 즐길 마음의 여유는 없다. '용건'이 없기 때문에 따라서 화제도 없는 지루한 시간을 어색한 '인사'가 겨우 메운다.

## 2.

이 마당에서 누가 감히 인간다운 '사랑'을 희구하랴. 사랑을 단념한 사람들은 다만 인간다운 '이해'라도 있기를 희망한다. '이해'란 정조(情操)의 고갈을 지성으로 보상(補償)하려 드는 현대인의 마지막 희망일는지도 모른다.

그러나 사람을 이해한다는 것은 물리학자가 물리 현상을 인식하는 것과는 사정이 다르다. 물리 현상에 대한 인식은 몰가치적(沒價値的)인 판단이며 따라서 순수한 지성의 과업이다. 허나 사람을 이해한다 함은 그 사람의 행위에 대한 가치론적 시인(是認)을 의미하며 그 동기에 대한 공명을 포함한다. 이해(利害)를 타산(打算)한다면 자기에게 불리한 남의 행위, 또는 직각적으로 나의 반감을 일으키는 남의 행위에 대하여, 그것이 불리하고 불쾌함에도 불구하고 그 행위 안에 '도리

(道理)'가 있음을 발견해 줄 때, 우리는 남을 '이해'했다고 말한다. 남을 이해한다 함은 남의 입장에 서서 사물을 고찰할 때에 비로소 가능한 것이요, 그것은 필연적으로 '마음의 여유'를 요청하는 것이다. 마음의 여유가 없는 곳에서 남을 이해한다는 것은 남을 사랑하기에 못지않게 어려운 노릇이다.

남의 입장에서 남을 생각해 보는 마음의 여유가 없는 세상에서 사람에 대한 이해란 때로는 엉뚱한 방향으로 비뚤어진다. 사람은 자기 자신의 인격의 척도로 남을 본다. 불공정(不公正)이 상식같이 되고 있는 세상에서 누가 가령 공정하게 행위한다 할지라도 사람들은 그의 공정을 액면대로 인정하지는 않을 것이다. 고인(古人)은 지성(至誠)이면 감천(感天)이라 하였으나, 무성의한 인심에 대하여 성의는 결코 통할 길이 없다. 겸손은 비굴로 오해되고 강직은 무례로 곡해된다.

### 3.

원래는 '학원'이라면 세속적인 탁류(濁流)로부터의 거리를 자랑하였다. 학원에는 꿈이 있었고 사랑이 있었고 젊은이다운 순진과 정열이 있었다. 허나 오늘날 누가 감히 학원을 꿈과 사랑의 동산이라고 장담하느냐. 종전에는 동경(憧憬)을 아는 마음이 '여유'를 찾아서 학원으로 모였다. 학원에서 희구하는 '진리'란 메마른 사실에 대한 메마른 파악만을 의미한 것은 아니었다. 그러나 오늘날 누가 감히 학원을 '마음의 고향'이라고 부르느냐. 우리가 오늘날 학원에서 발견하는 것은 오직 용건과 그리고 또 용건뿐이다. 교수가 볼 때에 학원은 한갓 '직장'이다. '노동과 보수'— 이것이 학원이 의미하는 것의 전부인 것도 같다. 학생에 있어서도 학원은 생활의 중심이 아니다. 학생들은 학창 생활을 인생 그 자체의 가장 중요한 한 토막이라고 보는 대신 다른 무엇을 위한 수단 또는 장래를 위한 준비 과정이라고 본다. 따라서 졸업은 하루라도 빠르기를 원한다. 교수와 학생은 다 같이 용건을 보러 학교에 나오고 용건이 끝나면 학교를 물러간다.

일부의 예외를 제외한다면 교수와 학생 사이에 깊은 내면적 관계는 별로 없다. 어떤 학생들은 교수에 대하여 자기가 느끼는 은연(隱然)한 대항 의식을 영웅적(英雄的)이라고 자부한다. 일부 학생들이 보기에는 시간강사쯤은 지식의 소매상(小賣商)에 불과하다. 이러한 분위기 속에서 교수와 학생들이 발견하는 유일한 공동 이익은 행사로 인한 '휴강'이다.


4.


'건설'은 오늘날 우리의 공통된 목표이다. 토목건축, 생산 등 물질생활에 있어서의 건설도 초미(焦眉)에 시급하거니와 정신생활에 있어서의 건설도 그만 못지않게 갈망(渴望)되고 있다. 건전한 정신생활은 풍부한 물질생활과 아울러 고금을 통한 인류의 과제였다. 그러면 '건전한 정신생활'이란 무엇을 표준 삼고 말하는 것일까? 여기서 우리는 그 근본 기조(基調)로서 '마음의 여유'를 생각해 본다. '건전한 정신'을 '여유 있는 마음'이라고 규정한다 할지라도 그리 상식에서 벗어나지 않을 것 같다.

　식자(識者)들이 절규하는 정신생활의 재건이란 그 근본에 있어서 잃어버린 마음의 여유를 도로 찾자는 제언인 것도 같다. 그러면 우리는 이 잃어버린 마음의 여유를 사회의 어느 구석에서부터 찾을 것인가? 그것은 응당 자유의 전통을 자랑하고 사상의 전당을 자임(自任)하는 학원, 특히 최고 학부의 대학에서부터 시작되어야 할 것으로 생각된다. 오늘날 우리의 학원이 가지가지 악조건 하에서 그 본래의 광채를 떨치지 못하고 있다 하더라도, 학원은 우리 사회에 있어서 의연히 최대의 희망이 아닐 수 없다.

　낭만주의는 흘러갔다. 아직도 이상주의의 폐허에서 순진한 잠꼬대에 열중할 수 있는 것은 오직 소수의 어리석은 사람들뿐이다. 그러나 오늘도 인간 정신의 심오한 바탕은 그 '어리석은' 옛사람들이 간직했던 '마음의 여유'에 끝없는 향수(鄕愁)를 느끼는 것이다.

(1955년 10월)

# 쓸데없는 생각

오래간만에 노상(路上)에서 만난 사람에게 반가운 표정을 못했다고 반드시 반갑지 않았던 것은 아니다. 감정의 노골적인 표현을 체면의 손상으로 여기는 그릇된 '교양'이 반가운 표정을 누르는 경우도 있다. 너무 가까운 척하는 것이 '예(禮)'가 아닐까 주저되어 반가운 표정을 지워 버리는 수도 있다.

손아귀가 아플 정도로 악수를 하며 없는 주머니를 털어 찻잔을 나누었다고 해서 반드시 진실로 반가웠던 것도 아니다. 그것이 하나의 습관일 수도 있다. 한갓 처세술일 수도 있다.

아무런 볼일도 없지만 그저 보고 싶어서 한번 찾아가고 싶은 친구가 있다. 그러나 차일피일 미루는 동안에 달이 가고 해가 바뀐다. 용무라는 것은 전혀 없지만 안부의 편지나 한 장 보내고 싶은 사람이 있다. 그러나 무엇이 그리 바빴던지 성탄이 지나고 원단(元旦)이 지나도 카드 한 장, 연하장 한 잎 보내는 실천은 없다.

사람에 대하여 정이 끌리는 것은 아니지만 아침저녁으로 방문한다. 활기 하나 없이 '제번(除煩)…'으로 시작되는 편지를 어제도 쓰고 오늘도 쓴다. 용무가 그것을 요구한다. '생활'이 그것을 불가피하게 한다.

어느 기숙사 화장실 벽에 낙서(落書)가 있었다. "사랑이 없다면 어찌하리." 다음날 다시 가 보았더니 낙서는 정정(訂正)되어 있었다. "사랑이 없음을 어찌하리." 세 번째 가 보았을 때 낙서는 또다시 고쳐져 있었다. "사랑이 있다. 주라."

"사랑이 있다. 주라." 종교적인 달관에서 무조건 '주는' 사랑이면 좋다. 그러나 '받으려면 우선 주라'는 타산이라면 현명하지 않다. 사랑이란 줌으로써 받을 수 있는 것이 아니기 때문이다. 사랑에는 '공정(公正)'이란 것이 없다.

세심하게 화장하고 새 옷 다시 갈아입고, 거울을 열 번 들여다보았다. 방문 도중에 땀이 흐르지 않도록 옷맵시가 구기지 않도록 조심하였다. 그러나 남자의 얼굴을 보자마자 그녀는 이렇게 말하였다. "그저 지나는 길에 잠깐 들렀어요."

사람의 얼굴은 때에 따라서 매우 다르게 보인다. 평소에 보잘것없던 사람이 놀랄 만큼 아름답기도 하고, 평소에 아름답던 사람이 아무렇지 않기도 하다. 이러한 변화의 원인은 보이는 사람의 건강, 정서 등의 변화와 밀접한 관계에 있다.

만나는 사람마다 또 만날 적마다 악수를 청하는 사람이 있다. 좀 주책은 없다 할지 모르나 해롭지 않은 성격이다. 반대로 여간한 경우가 아니면 악수를 청하지 않는 사람도 있다. 약간 괴벽스럽다고 할지는 모르나 또한 해롭지 않은 성격이다. 가장 딱한 것은, 아는 사람 만날 때마다 악수를 할까 말까 망설이는 성격이다.

남들이 악수하는 광경을 방관할 때마다 무엇인지 과장된 듯하여 부자연하고 어색함을 느낀다. 다만 나 자신이 악수할 때만은 이를 방관할 여유가 없는 것이 불행 중 다행이다.

"요즈음 재미가 어떠십니까?"
"네, 그저 그렇지요."
이따위 싱거운 얘기라도 역시 안 하는 것보다는 나을 것인가. 도대체 "오래간만에 만났으니 화제가 있어야 한다"는 상식부터가 매우 애매한 것이다. 오랫동안 서로 안 보았으니 그동안 공통된 생활이 없었고 따라서 공통된 화제도 없는 것이 도리어 당연할 것도 같다.

(1956년 5월)

# 대답 없는 물음

1.

"무엇 때문에 우리는 사는가요?" 중학생 시절에 이렇게 물었을 때, 질문을 받으신 아버지의 표정에는 약간 놀라움이 섞여 있는 듯이 보였다. "네가 벌써 그만큼 컸느냐"는 뜻이었으리라. 그러나 아버지의 대답은 엉뚱하였다. "너는 아직 모른다. 더 크면 저절로 알게 될 것이다. 우선 공부나 잘해라."

이것이 동문서답이라고 비판할 정도로 당돌하지는 않았으니 이 대답으로 만족할 수는 없었다. 무엇 때문에 더 커야 하는 것이며 무엇 때문에 공부를 잘해야 하는지 바로 그것이 알고 싶었던 것이다. 그러나 그 이상 더 캐물을 여유가 없는 데 이 대답의 묘미(妙味)가 있었다.

그 후 아버지의 말씀대로 클 만큼 컸다(공부는 잘하지 못했지만). 과연 요즈음은 무엇 때문에 사느냐고 자문(自問)하는 일이 별로 없다. 아무리 살펴보아도 인생의 깊은 진리를 터득한 것 같지는 않으나, 하여튼 아무 말 없이 살고 있으니 이 의문 때문에 괴로움을 느끼던 중학생의 문제는 해소된 셈으로도 볼 수가 있다. "더 크면 저절로 알게 된다." 하신 아버지 말씀의 뜻이 어렴풋이 짐작되는 듯한 느낌이 있다.

일전에 어느 학생으로부터 편지를 받았다. 그 가운데 "삶이 도대체 무엇입니까?"라는 말이 있었다. 답장을 않고 묵살해 버리는 것은 내 습관 내지 취미에 어긋나는 짓이다. 아버지의 본을 떠서 "더 크면 저절로 안다"고 쓰고 싶은 유혹이 없지도 않았으나, 그 학생이 이미 선거권을 가진 청년이라는 것을 생각하니 그것도 어색하다. 생각다 못해서 이렇게 썼다.

"서신으로 간단히 무어라 말하기에는 너무나 벅찬 문제 같습니다. 두고두고 생각해 봅시다. 혹 한자리에 조용히 만날 기회가 있으면 화제가 되지 않겠습니까?"

시골 사는 그 학생이 일부러 나를 찾아올 리 없는 이상 '한자리에 조용할 기회'는 좀처럼 없을 것이요, 그러는 동안에 그도 세파(世波)에 시달려 정열을 차차 잃게 되면 인생이 무엇이냐고 묻지 않게 될 것이다.

봉투가 우체통에 떨어지는 소리를 듣던 순간, 요령 좋게 피했다는 안도감보다도 오히려 스스로 무책임하다는 뉘우침이 컸다. 십 수 년 동안 잊어 오던 문제가 새삼스럽게 머리에 무겁다. 인생이… 인생이…

## 2.

산비탈에 선 소나무를 두고 무엇 때문에 사느냐고 묻지 않는다. 저절로 나서 저절로 살고 있을 뿐이라고 생각한다. 사람도 역시 그런 것일지도 모른다. 무엇 때문이 아니라 그저 살고 있으니 살고 있는 것이라고 생각하면 그뿐이다. 어째서 살고 있게 되었는가 하는 것은 생물학자가 연구할 문제일지는 모르나, 자연과학자들은 문제에 목적론이나 가치론을 끌어들이지는 않는다.

사람이기에 무엇 때문에 사느냐고 묻는다. 꼭 무엇 때문에 살아야한다는 법이 있어서가 아니라, 그것을 묻지 않을 수 없는 심정이기에문제가 있다.

감정의 소유자 '인간' 이라는 입장을 떠나서 본다면 인생에 무슨 두드러진 목적이 있다는 증거가 없다. 그러나 감정과 욕망에 사는 인간이기에 우리의 생활에는 일순간도 목적 관념이 떠나지 않는다. 주어진 목적을 갖지 않은 인간은 스스로가 작정한 목적을 위하여 살아가기로 마련인 것도 같다.

일찍이 '해탈(解脫)'의 경지라든가 '완성된 인격' 따위의 추상(抽象)된 가치를 필생의 목표로 삼은 철인들이 있었다. 허나 그들이 결국실현한 것이 무엇인지는 분명치 못하다. 범인(凡人)이 섣불리 그따위것을 지향했다가는 멀쩡한 위선자가 되기 알맞을 것도 같다. 그보다는 차라리 값진 예술품의 창작, 새로운 학리(學理)의 발견, 또는 사회의 개조 등 구체적인 목표를 지향하는 것이 상책일지도 모른다.

그러나 인생이 예술 작품이나 학문 혹은 개조된 사회 등의 단순한 수단에 그쳐서 좋은 일일지 의심이 없지도 않다. 무릇 내일을 위해서 오늘을 수단으로 바친다는 것 자체가 실없는 오산(誤算)인 것도 같다. 항상 내일을 위해서 오늘을 수단으로 제공하는 생활은 필경 죽음을 위해서 살았다는 결과에 도달할 수도 있음직하기에.

인생은 인생 그 자체를 위해서 살아야 할 것이 아닐까 생각해 본다. 오늘은 오늘을 위해서 보내야 할 귀중한 순간인 것도 같다.

이 순간에서 과거의 체험이 기억과 습성을 통하여 살아 있고 장래를 위한 맹아(萌芽)가 목적 관념을 통하여 싹튼다. 이 순간을 자신의 가장 심오한 정열이 지시하는 바를 따라서 차근차근히 보낼 수 있다면, 그리 화려하지는 못할지도 모르나 생의 괴로움을 헤치고 한 줄기 은근한 즐거움이 고요히 솟아오를 것도 같다.

인생의 목적이 무엇이냐고 묻는 사람에게 인생 자체가 그 목적이라고 대답한다면 결국 아무 대답도 아니 했음에 가까울 것이다. 그러나 본래 객관적인 대답이 있을 수 없는 이 물음에 대해서 구태여 확실한 대답을 주고자 한다면 우선 독단의 철학을 먼저 체계 세워야 할 것이 아닐까.

(1957년 4월)

# 석양

미국 사람들은 자기 나라 대소 각 도시에 많은 공원이 설치되어 있음을 자랑거리의 하나로 삼는 기색이다. 한번 훑어보기만 하려도 자동차 바퀴가 피곤할 정도로 규모가 큰 것도 있는 반면에, 파고다 공원을 넷으로 가른 것만도 못한 꼬마 공원들도 곧잘 눈에 뜨인다. 번화한 큰길가에 조그마한 빈터를 발견하여 잔디밭을 만들고, 나무 몇 그루와 허름한 나무때기 긴 의자 몇 개를 마련한 따위의 보잘것없는 것들도 한결 가로의 풍경을 부드럽게 만든다.

크고 작은 공원들이 여러 가지 사람들에 의하여 가지가지로 이용되고 있는 가운데 특히 소규모의 공원들을 가장 많이 이용하는 것은 그 지방의 노인들이라고 말한다면, 이것을 이야기로만 듣고 그 광경을 상상 속에 좋도록 그려 보는 사람들 가운데는 미국 노인들의 유유자

적(悠悠自適)한 늦팔자를 복되다고 부럽게 여길 이도 있을지 모른다. 그러나 공원 의자 위에 우두커니 앉아 있는 노인들의 고적한 모습을 직접 목격하는 이들은— 특히 이것을 보는 외국인들은— 미국 노인들의 쓸쓸한 만년(晩年)을 동정과 연민의 눈으로 바라본다.

'은퇴'라는 말은 미국 노인들 귀에 매우 심각한 어감을 가지고 울려온다.

"은퇴라니? 내가 아직도 젊은데 왜 은퇴를 하우?" 미국을 처음 방문한 어느 한국 청년의 물음에 이렇게 대답하는 식료품 도매상의 70넘은 주인 P씨의 어조에는 감정조차 숨어 있었다. 은퇴를 계기로 활동인으로서의 생애는 일단 끝나고 사회라는 무대 뒷방으로 물러앉아 의무도 권리도 없는 자리에서 움직여 가는 연극을 그저 바라만 보아야 하는 처지를 노인들은 단순히 안락하다고만 평가하지는 않는다. 우리나라 같은 가족제도에서라면 할아버지, 할머니가 손자나 손녀를 벗 삼고 자기 스스로 다시 어린이의 나라로 돌아가는 편의도 있다. 허나 원칙적으로 자식과는 떨어져 살기로 마련인 이 나라에서는 좀처럼 그러한 기회조차 주어지지 않는다.

"왜 아드님들이 계시다면서 이렇게 적적하게 따로 사십니까?"라고 물으면 대개는 "자식들에게 폐를 끼치고 싶지 않다"고 대답한다. 대답하는 어조는 매우 단호하고 자기의 의연한 독립에 스스로 만족하는 듯도 하나, 듣는 이의 귀에는 역시 쓸쓸할 뿐이다. '사회적 동물'이라고 단언한 인간의 규정은 가정 진부한 견해 가운데 항상 새로운 지혜가 깃들어 있다는 사례(事例)의 하나이다. 어느 철학자는 "우리가 생각할 수 있는 가장 가혹한 고문은 아마 아무도 상대를 해 주지 않는 일일 것이다"라고 말하였다. 과연 사회로부터 전혀 망각 혹은 매장된다는 것은 전기로 지지는 것보다 더욱 괴로울는지도 모른다. 미국의 노인들을 사회로부터 전혀 망각된 존재라고 말한다면 좀 지나칠 것이다. 그러나 사람들의 관심의 중심으로부터 아물아물한 먼 거리에 떨어져 있다는 것만은 부인하기 어려울 것 같다.

그래도 백년해로(百年偕老)의 복을 받고 두 늙은이가 함께 의지하여 주거니 받거니 소싯적 얘기라도 되풀이해 가며 시간을 보내는 노인들은 걱정이 적다. 또 돈이라도 많아서 같은 노인들이나 또는 외국 학생들을 가끔 초대하고, 자식들, 사위들이 찾아오면 잔돈푼이라도 보태 줄 수 있는 형편의 노인들의 경우도 그토록 딱할 것은 없다. 가장 가긍한 것은 그것도 저것도 없이 홀로 남아서 자기만의 세계 안에서 여생을 보내야 하는 노인의 처지이다. 불행 중 다행으로 사회보장제도가 잘돼 있어서 이런 이들도 의식주(衣食住)의 최저 생활은 보장되어 있는 모양이다. 대개는 아파트나 방 한 칸을 빌려서 다달이 받는 돈이 허락하는 범위 내에서 먹고 입는다. 이러한 노인들에 있어서 가장 큰 걱정거리는 시간을 어떻게 보낼 수 있느냐는 문제이다. 그리고 이 문제를 비교적 손쉽게 풀어 주는 장소를 그들은 집 근처 공원 의자 위에서 발견하는 것이다.

고적한 사람들은 대체로 변화를 구하는 사람들이다. 사회로부터 망각된 노인들에게 가장 괴로운 것은 그 생활이 너무나 단조로움에 있다. 방 안에 틀어박힌 자기를 찾아 줄 사람도 없거니와 부르지 않은 사람의 집을 찾아갈 염치도 없다. 이곳저곳 거리거리를 헤매기에는 너무나 체력이 쇠약하다면, 결국 공원 의자 정도가 알맞은 적소(適所)임직도 하다. 공원에서인들 무슨 그리 신통한 변화가 있을 리 없다. 그저 지나가는 사람들, 달리는 수레와 수레 그리고 흐르는 구름장들을 시름없이 바라보는 것쯤이 고작이다. 때로는 굵고 긴 다리를 송두리째 내놓은 젊은 여자가 남자와 껴안다시피 비비고 걸어가는 거동을 보고 상을 찡그리기도 한다.

"아이, 어림이나 있습니까. 우리가 젊었을 시절에는 손도 맞잡고 다니지 못했지요." 하고 일흔이 넘은 어느 노파는 정말 해괴하다는 듯이 혀를 차고 말한 적이 있다. 말세는 동서양의 구별 없이 모든 노인들의 눈앞에 보이는 것일까. 하지만 이런 광경이라도 바라보고 시간을 보내는 것은 방 안에서 졸고 앉았느니보다는 다소 괴로움이 덜한 것이다. 진종일 같은 자리에 우상(偶像)처럼 우두커니 앉았다가 석양이 서쪽 지평선으로 넘어갈 무렵, 곤한 몸을 서서히 일으켜 가족 없는 집 혹은 방으로 돌아감으로 그날의 일과가 끝난다.

보스턴에서 숙소를 정하고 있던 같은 집에 방 하나를 빌려 사는 어느 팔순 옹(翁)의 방 안을 구경한 일이 있다. 침대는 깨끗이 손질돼 있었고 무질서하게 흩어진 잡지와 신문과 아울러 큰 돋보기 화경(火鏡) 하나가 놓여 있었다. 탁자 위에 꽂힌 연분홍 장미꽃은 어느 식당에서 만났던 초라한 차림의 노인이 보여 준 장면을 연상시킨다. 그 노옹(老翁)은 붉은 카네이션 두 송이를 들고 들어와, 식당에서 빈 그릇을 모아 나르는 늙수그레한 여급에게 바쳤던 것이다. 애교라는 것을 부리기에는 너무나 낡아 빠진 여급은 그래도 받은 꽃을 가슴에 꽂고, "잇츠 원더풀" 하고 표정을 제법 크게 한다. 초라한 노옹은 만족스럽다는 듯이 잇몸으로 웃었으나 어딘지 어색하다.

앞서 말한 팔순 옹의 방 가운데에서 가장 나의 주목을 끈 것은 체경 앞에 진열된 십여 종의 화장품이었다. 기생이나 배우의 화장실을 구경하는 영광을 가진 일은 없으되, 가정부인이 그 정도의 화장품을 가졌다면 여학교 적 친구라도 찾아와 보아 주지 않으면 억울하다고 생각할지도 모를 정도로 즐비한 화장 세트다. 나는 팔순 옹의 만사가 끝나 버린 혈기 없는 얼굴과 울긋불긋 화려한 화장품 병들을 번갈아 본다. 아, 대체 무엇을 위한 화장이며 누구를 위한 치장인고. 어머니는 예순이 되시자 빗접에서 거울을 치워 버리셨다. 늙어 시든 얼굴을 차마 보고 싶지 않으시다는 것이었다. 젊어서 아름답다는 말을 듣던 여인이 늙어서 거울을 보고 싶지 않은 심정도 알 만하며, 여든이 넘어서도 화장품에 대한 애착을 버리지 못하는 미련도 이해할 수 있음직하다. 다만 동양적인 체념(諦念)과 서양적인 집념(執念)의 대조가 여기에도 있다 할까.

얼마 전만 하여도 길에서 또는 집에서 노인들을 만날 때면 멀리 서울에 계신 어머니를 생각하였다. 허나 이제는 그 어머니도 세상을 떠나셨다. 공원 의자 위에 맥없이 앉아 있는 노인들의 모습은 삶이라는 것 자체의 덧없음을 똑바로 보기를 강요하는 것만 같다.

20년 전 혹은 30년 전이 바로 어제 같다. 20년 혹은 30년이 앞으로도 또 번개같이 흐를 것이다. 이 세상에서의 볼일이 거의 끝난 듯이 보이는 늙은이들에게도 젊었던 날이 있었으며, 지금이 한창이라고 날

뛰는 젊은이들에게도 머지않아 늙을 날이 오리라는 가장 평범한 상념 (想念)은 그것이 평범함에도 불구하고 이것을 반성하는 사람의 마음을 아득한 어둠 속으로 몰아넣는다.

젊은이들은 늙은이들이 떨어져 남은 뒤를 돌아볼 여가도 없이 앞으로 앞으로 달린다. 그러나 머지않아 내일의 젊은이들이 오늘의 젊은이들을 뒤에 남겨두고 앞으로 앞으로 달릴 것이다. 그리고 그 앞에는 다시 새로운 젊은이들이 내일의 젊은이들을 늙음 속에 버려두고 앞으로 앞으로 달릴 것이다. 이들은 결국 어디로 가는 것일까?

숙소로부터 존스홉킨스 대학으로 가다 도중에 와이만 파크라는 공원이 있다. 이 공원의 의자를 점령하는 것도 대체로 우리가 화제로 삼은 따위의 노인들이다.

오늘도 석양을 등지고 시름없이 앉아 있는 노인이 있다. 아침에 갈 때 보던 그 모습으로 마치 나무나 돌로 만든 부처님처럼 묵묵히 앉아 있다. 그는 시간이 가기를 기다리는 것이다. 시간이 흐르면 무슨 좋은 일이 있을지도 모른다는 막연한 기대가 있다. 과거는 아름다웠고 미래에는 희망이 있다. 오직 괴로운 것은 현재. 이 현재가 빨리 사라져야 한다. 이렇게 현재가 사라지기를 재촉하면서, 그리고 인생에는 과거도 미래도 없이 오직 현재만이 현실적이라는 사실에 눈을 감아 가면서, 그는 70년 혹은 80년을 살아온 것인지도 모른다.

그는 지금도 시간이 흐르기를 고대한다. 시간이 흐르고 나면 결국 무엇이 자기에게 올지도 그것을 반성할 때마다, 그는 잠시 슬픔에 잠긴다. 시간이 가기를 원하기는 하나, 죽음이 오기를 원치는 않기 때문이다. 그래도 그는 마치 본능과도 같이 시간이 흐르기를 원한다. 시간

의 흐름이 아름다운 미래를 불러 줄 것을 막연히 기대한다. 석양을 등
에 지고 자기도 모르게 그것을 기대한다.

(1958년 11월)

# 정열 · 고독 · 운명

## 젊은이의 편지

여러 번 망설이던 끝에 쓰는 글월입니다. 꼭 해답을 주시리라고는 기대하지 않습니다. 끝까지 읽어만 주신대도 제 마음이 후련해질 것 같습니다. 아마 이렇게 쓰고 있는 가운데 스스로 위안을 받자는 것인지도 모르겠습니다.

선생님이 제 이름을 기억하고 계실지 안 계실지, 그것조차 짐작이 가지 않습니다. 선생님의 강의를 들은 것도 벌써 여러 해 전 일이니까요. 그러나 그런 것은 아무래도 좋습니다. 무슨 인연을 따져서 선생님을 괴롭히자는 심사(心事)는 아닙니다. 미지의 젊은이로부터의 편지라고 생각하시며 읽어 주셔도 좋습니다.

'신경이 과민하다' 또는 '감수성이 강하다' 따위의 평판을 들어 가며 자라던 제가 고조된 자아의식에 달한 것이 어느 때부터였던지는 기억이 나지 않습니다. 하여튼 저의 자아의식이 제법 뚜렷한 지경에 달했을 때, 저는 한 가지 슬픈 사실에 직면하고 있음을 깨달았습니다. '자아'는 고독하다는 사실입니다. 만인이 자기를 위하여 분주한 이 세상에서 '나'와 진실로 맺어진 '남'은 하나도 없으며, 주위에 사람들이 허다하기는 하나 모두가 나와는 인연이 먼 딴 나라의 존재처럼 보였습니다. 나를 무던히 위해 주는 부모님이 계시고 동기도 있으나, 그들과 나와 사이에도 완연한 경계선이 가로놓여 있습니다. 소위 '거룩하다'는 행위들도 사실은 가면과 허위에 싸여 있는 것 같았습니다. 나를 진정으로 위해 주는 남이 없을 뿐만 아니라, 나를 정말 이해해 주는 남도 없었습니다. 나의 겉을 알아주는 사람은 많았습니다. 그러나 누가 나의 속을 똑바로 알아주었겠습니까. 헤르만 헤세의 시가 아름답게도 표현했듯이[1] 인생은 깊은 안개에 잠긴 듯 아무도 이웃 사람을 알지 못합니다. 사회는 여러 사람이 각각 떨어져 사는 곳으로 보였습

---

1) **Im Nebel** — Hermann Hesse
Seltsam, im Nebel zu wandern!
Einsam ist jeder Busch und·Stein,
Kein Baum sieht den andern,
Jeder ist allein!
...
Seltsam, im Nebel zu wandern!
Leben ist einsam-sein,
Kein Mensch kennt den andern,
Jeder ist allein!

니다. 저는 벌판에 홀로 서 있는 저를 발견했습니다. '나'라는 것이 끝없이 외로웠습니다.

고독을 느낀 자아는 그 고독을 타파해 줄 타아(他我)의 존재를 희구했습니다. 너와 나의 구별을 초월할 수 있는 우정을 염원했습니다. '나'를 진실로 이해해 줄 또 하나의 인격이 갈망된 것입니다. 고독을 느끼는 마음과 우정을 염원하는 마음은 같은 청년 심리의 겉장과 뒷장이었는지도 모르겠습니다.

그러나 아무나 함부로 저의 벗이 될 수 없음은 이미 판명된 사실이었습니다. 저를 참으로 이해해 줄 사람이 그리 흔치 않으리라는 것은 벌써 뼈저리게 체험한 바였습니다. 오직 특수한 인물만이 나의 우인(友人)이 될 수 있고 지기(知己)가 될 수 있을 것 같았습니다. 인간 일반에 실망한 고독한 자아가 그 고독을 극복해 줄 새로운 희망을 미지의 특수한 인물 위에 걸었다고 할는지요.

자아를 고독으로부터 건져 줄 참된 벗을 저는 먼저 공상 안에 그려 보았습니다. 공상 속의 벗과 저는 시간의 흐름을 잊고 이야기했습니다. 그러나 공상 속의 우정은 결국 흐뭇한 만족을 주지는 않습니다. 저는 현존하는 인물과의 체온이 마주치는 우정을 원했습니다.

마침내 하나의 선택이 이루어졌습니다. 나날이 접촉하는 수많은 사람들 가운데서, 온 생명을 서로 교류하여 자타의 구별을 초월할 수 있는 상대로서 벗 한 사람이 선택되었습니다. 그것은 중학교 3학년 때 일이었다고 기억합니다.

믿을 수 있는 '비범한' 인물로서 최초의 선택을 받은 벗은 같은 학급에서 공부하던 동성(同性)의 친구였습니다. 독실한 신자(信者)를 부모로 가진 저는 어릴 때부터 엄격한 가정 분위기 속에서 자랐던 관계로 이성과의 접촉이 무슨 나쁜 짓이라는 관념에 어린 마음이 사로잡혔고 따라서 자연 아무런 갈등 없이 가까이 갈 수 있는 동성의 벗 한 사람에게로 저의 미숙한 정열이 우선 기울어진 것이겠습니다.

그 학우와의 동성애에 가까운 관계를 계기로 저의 고독은 한때 구제되었습니다. 온 누리가 새로운 광명 아래 밝아 옴을 느꼈습니다. 그러나 그 축복된 상태는 그리 오랫동안 계속되지는 않았습니다. 제가 비범한 인격으로 믿고 선택한 벗도 결국 알고 보니 아무 데서나 볼 수 있는 평범한 사람들의 족속이라는 것을 차차 깨닫게 되었습니다. 그와 저 사이에도 메울 수 없는 틈이 벌어져 있음이 발견되었습니다. 사람들은 제각기 자기를 위하여 자기 안에서 살고 있다는 일반적 경향이, 이 경향을 벗어나 '예외적'이라고 믿었던 저희들의 관계까지도 지배하고 있다는 실망에 잠겼습니다. 싹터 오르던 긍정과 신념의 철학은 중도에 시들어 버리고 부정과 회의의 어두운 철학이 다시금 가슴을 덮었습니다.

그때 나이 어린 저에게는, 많은 벗들과 널리 사귀지 않고 단 한 사람이나 두 사람에게만 정열을 기울인다는 것이 성격적인 결함의 소치라는 것을 반성할 만한 지혜는 없었습니다. 따라서 제가 선택한 벗에 대한 지나친 애착이 어떤 병적인 현상이라는 것을 깨닫기는 고사하고, 그것이야말로 참된 우정이라고 굳게 믿었으며, 또 상대편도 저와 꼭 같은 정열로써 저에게 대해 주기를 기대했던 것입니다. 따라서 저에게는 관용이라는 것이 있을 수 없었으며, 저희들의 우정이 멀리 가기 전에 깨질 필연성도 제가 준비하고 있었던 것 같습니다. 그러나 그 때의 저로서는 그러한 반성의 여유가 없었으며, 잘못된 것은 모두 저 쪽의 책임이라고만 믿었습니다.

물론 단 한 번의 교우(交友)의 실패로써 간단히 우정의 가능성을 부인한 것은 아닙니다. 고등학교에 다닐 때도 친구에게 빠지다시피 된 일이 두어 번 있었고, 대학에 들어온 뒤에도 그와 비슷한 일이 한 번 있었습니다. 그리고 번번이 희망으로 시작되어 환멸(幻滅)로 그치는 과정의 되풀이였으며, 하나도 제가 꿈에서 그려 본 바와 같은 우정은 실현되지 않았습니다. '너'와 '나'의 구별을 초월하는 우정이라는 것 이 있을 수 없다는 결론을 내리게 된 것은 적어도 4, 5차의 환멸이 거듭된 다음의 일이었습니다.


염세란 그 근본에 있어서 염인(厭人), 즉 인간에 대한 증오감이 아 니겠습니까. 그리고 인간에 대한 증오는 인간에 대한 애착의 반동인 것 같습니다. 제가 온 정열을 기울일 상대로서 선택한 벗들에 대한 애 착은 도리어 그들에 대한 증오로 변하고 드디어 염세적인 경향이 저 의 생각을 지배하기에 이른 것은 자연스러운 귀추였던 것 같습니다.

저의 인간에 대한 증오는 처음에는 타인에 대한 증오에 그쳤습니 다. 우정이 제대로 맺어지지 않은 것은 오로지 저쪽의 정의(情誼)와 신의가 부족했기 때문이라고 믿었습니다. 인간이란 이기적이요 추악 한 존재라고 한탄했으나, 그것도 처음에는 타인에 대한 비난에 지나 지 않았습니다.

그러나 독선적인 자기평가로써 스스로를 기만할 수 있는 상태가 그리 오랫동안 계속되지는 않았습니다. 나 자신도 필경은 다른 사람들에 못지않게 이기적이요 추악하다는 반성에 도달한 것은 대학에 입학하던 다음 해 일이었다고 기억합니다. 벗들과의 관계가 원하는 경지에 도달하지 못한 책임의 태반이 저에게 있다는 것을 뉘우치며 자신이 무척 미워졌습니다. 매사에 옹졸하고 야비한 저 자신이 정말 한심했습니다. 그리고 자신에 대한 미움은 남에 대한 그것보다도 더욱 괴로웠습니다.

"인간은 필경 유한한 존재다"라는 저 평범하고도 진부한 결론에 도달한 것에 불과한 것이었습니다마는 저로서는 심각한 자각이었습니다. 인간은 육체에 있어서 뿐만 아니라 정신에 있어서도 유한한 존재라는 체념은 한때 저의 관심을 신앙의 세계로 이끌었습니다마는, 저는 끝까지 종교 안에 안식처를 얻지는 못했습니다. 어릴 때부터 저를 철저한 신도로 만들려고 애쓰신 부모님의 간섭이 도리어 청년기에 든 저의 반항을 유발한 것인지도 모르겠습니다. 저는 인간도 초월자도 못 믿는 불안한 심경으로 얼마 동안 침체한 나날을 보냈습니다.

인간이 유한자라는 자각은 어느덧 무한에 대한 동경으로 변했습니다. 그러나 그 무한을 어떤 신학적 원리 속에서 발견하지 못한 저는, 그래도 희망을 걸어 볼 곳이 있다면 역시 인간밖에는 그곳을 생각할 수 없다는 이념에 사로잡히곤 했습니다. 인간에 실망하고 인간을 심리적으로 멀리 떠나 사는 동안에, 다시금 인간에 대한 그리움이 움트는 것은 시간의 흐름을 타고 스며드는 망각의 덕분이라 할는지요. 세속을 피하여 십 년, 산중(山中)에서 고독한 세월을 보낸 후 또다시 사람을 찾아 마을로 향하는 차라투스트라처럼, 우리는 결국 사람에게로 돌아가기 마련인지도 모르겠습니다. 아니 그것보다도, 사람들과 함께 있으면 사람이 싫어지고 떨어져 있으면 도리어 그리워지는 것이 저의 비뚤어진 성격에게 주어진 종착점 없는 길이라고 보는 것이 더 정확하겠습니다. "고독은 산에 있는 것이 아니라 거리에 있다"고 말한 어느 철학자의 단상은 적어도 저의 경우에는 사실에 가까웠습니다.

인간에 대한 동경은 되살았으나, 그러나 인간이 현재 낮은 상태에 있다는 저의 인식이 뒤집히지는 않았습니다. 저는 인간을 이기적인 동물이라고 단정하면서 여전히 그것을 그리워하는 저 자신의 태도에 모순을 느꼈습니다. 이 모순을 풀기 위하여 저는 하나의 묵은 학설을 빌렸습니다. "인간은 현재 낮은 상태에 있으나, 그 속에는 장차 높은 곳으로 발전할 가능성이 포함되어 있다"는 학설입니다. 인간은 그 현실성에 있어서 유한하나, 그 가능성에 있어서 무한하다는 형이상학이 비위에 당긴 것입니다. 사람이 그 유한성을 자각하고 무한을 그리워하는 것 그 자체가 인간 안에 무한한 장래가 깃든 증거라고 믿으려 했습니다. 인간이 존귀하다는 것은, 그것이 높은 현재를 가지고 있기 때문이 아니라, 높은 장래를 감추고 있기 때문이라는 이론을 들고 나섰습니다. 그리고 지금의 낮은 현실을 극복하여 보다 높은 인간성으로 지향하는 것은 인류의 공통된 과업이라는 결론까지 내려 봤습니다.

이와 같이 실망 끝에 새로운 희망을 발견했다고 믿은 저의 생각이 어떤 객관적 사실에 근거를 두었던지, 또는 그것이 한갓 '믿으려 하는 의지'의 발로에 불과했던지, 지금도 저의 지식으로는 헤아리지 못합니다. 아마 낙심에 끝내 사로잡히지 않고, 또다시 희망을 안아 보려는 것이 자라나는 생명의 본성인지도 모르겠습니다.

인간의 낮은 현실에 실망한 저의 넋이 장래의 높은 가능성에 기대하고 이상의 나라를 머릿속에 그렸을 때, 그 이상의 핵심이 된 것은 '인격'이었습니다. 저를 실망과 환멸 속으로 몰아넣은 바로 그 '인간'이 어째서 새로운 광명을 약속한다고 믿을 수 있었는지 생각할수록 희한한 심리입니다. 하여튼 저의 이상 속에는 새로운 타입의 인간에 대한 꿈이 있었습니다.

그 당시 제가 읽은 어떤 심리학 책 가운데 "인간이란 본래 사회적 존재이며 인격은 사회 안에 반영되는 개성적 특질의 총칭"이라는 말이 있었습니다. 이 말을 수정 없이 받아들여 제멋대로 해석한 저는 "새로운 유형의 인간이란 구체적으로는 새로운 유형의 인간관계를 의미한다"는 엉성한 추론을 내리고 무슨 진리라도 발견한 듯 만족했습니다. 이어 사회와 격리된 인격이란 현실성 없는 추상에 불과하다는 견해가 강조되며, 인격은 사회 안에서 자타의 교섭을 통하여 형성된다는 생각이 하나의 신조로 화했습니다. 따라서 선미(善美)한 인격을 형성하려면 우선 선미한 인간관계가 수립되어야 한다고 생각했습니다. 훌륭한 인간관계를 떠나서 훌륭한 인격은 생각할 수가 없었습니다. 인간관계는 인격의 구현이며 인격은 인간관계의 침전물이라는 생각이 든 것입니다.

행복의 핵심이 '인격' 안에 있다는 생각이 인격의 향상을 희구했을 때, 다른 누구의 인격보다도 저 자신의 그것이 관심의 초점이 된 것은 사실이나, 인격이란 타인과의 교섭을 통해서만 향상도 될 수 있고 저하도 될 수 있다고 믿었기 때문에 자아의 인격을 높이기 위해서도 그것을 가능케 할 타아(他我)의 존재가 필요하다는 생각이 절실했습니다.

솔직하게 말씀드리자면 인격의 향상을 위하여 필요하다는 생각에 앞서서 타아에 애착하는 마음이 소생한 것인지, 타애(他愛)에 대한 애착이 선행한 다음 이 새삼스러운 애착을 정당화하기 위하여 되지 못한 이론을 끌어다 붙인 것인지는 지금도 알 수가 없습니다. 다만 확실한 것은 일단 단념했던 자타의 결합을 다시금 희망하는 미련이 되살아났다는 사실입니다.


이리하여 사람에게로 향하는 정열이 또다시 고개를 들었습니다. 그러나 이번에는 그 정열이 동성에게로 향하는 대신 이성에게로 쏠렸다는 점에서 다소의 변화가 일어났습니다. 아마 동성과의 관계에 있어서 누차 실패한 과거와 그때 제 나이 벌써 20 고개를 넘었다는 사정이 그와 같은 방향의 변화를 초래한 것 같습니다.

남녀관계에 대한 저의 생각은 현대 청년답지 않게 보수적이었습니다. 부모님을 따라 독실한 신도가 되지는 못했으나 종교적인 가정환경은 저의 도덕관념에 결정적인 영향을 미쳤나 봅니다. 소위 전후파의 사조가 절대 진리처럼 청년의 심리를 지배하는 가운데서도 저는 "사랑의 본질은 정신적인 결합에 있다"는 견해에 고집했습니다. 연애의 핵심은 생리적인 성충동이 아니라, 고독한 정신이 인간을 그리워하는 마음, 즉 보다 아름다운 인간관계에 동경하는 윤리적인 심정이라고 믿었습니다. 짧게 말하자면, 저는 사랑을 통하여 낮은 현재를 극복하고 구제에 도달할 것을 기대했습니다. 애인은 저에 있어서 우상이었습니다.

사랑, 그것은 이상에 대한 정열이요, 선미(善美)에 대한 사모였습니다. 그것은 영원을 부르는 갈망이요, 절대를 찾는 염원이었습니다. 그것은 유한한 자가 무한을 희구하는 꿈이었습니다.

애인이라는 우상이 생기던 당시에 저는 안으로 생명의 충실을 느꼈습니다. 인생의 지평선이 새로운 광명 아래 밝아 옴을 의식했습니다. 인격은 푸른 날개가 돋쳐 무한히 날 것만 같고, 생애는 부귀가 아니라도 풍족할 듯싶었습니다. 제행무상(諸行無常)한 인간 세계에 영원불멸한 가치가 조성되는 것 같았습니다.

그러나 이 복된 상태는 겨우 약 3년 동안 계속됐을 뿐입니다. 현대의 청년 남자들이 '사랑'이라고 부르는 흔해 빠진 관계를 '추악한 속사(俗事)'라고 단정한 저는 우리의 사랑만은 하나의 '예외'라고 믿었습니다. 그러나 저희들의 '예외'인 로맨스도 언젠가 모르는 사이에 항간에 흩어진 속사의 하나로 전락되고 있었습니다. 성실과 신뢰와 희생심만으로 가득 찼던 가슴속에 기만과 질투와 이해타산이 스며들었습니다.

이와 같은 전락이 어째서 생겼는지 저로서는 영영 모를 수수께끼입니다. 저로서는 성의를 다한 줄 아는데, 어찌하여 그 성의가 통하지 않는 것인지 이해할 수가 없습니다. 정말 훌륭하던 사람이 나중에 평범한 속물로 변한 것인지, 실제로는 평범한 속물을 처음에 훌륭한 사람으로 잘못 본 것인지 그것조차 알 수가 없습니다.

사랑을 통하여 인간은 낮은 현재를 극복하고 높은 인격으로 향상될 수 있다고 믿었던 저의 신념은 보기 좋게 무너졌습니다. 젊은 남자와 여자는 이해를 초월하여 결합하기 쉬운 매우 유리한 조건을 가지고 있는 것 같습니다. 기질과 뜻이 맞아서 서로 선택한 두 사람의 경우에는 더욱 그렇습니다. 그럼에도 불구하고 사실에 있어서는 젊은 남녀도 결국 한 사람이 될 수는 없습니다. 너와 나를 구별하는 경계선은 끝까지 남아져 둡니다. 이성끼리 서로 이해한다는 것은 동성의 경우보다도 도리어 더 어려운 것 같습니다. 이성 간의 우정은 동성 간의 그것보다도 더욱 어렵습니다. 그러나 그것이 왜 그런지는 알지 못합니다.

저는 행복의 첫째 조건이 아름다운 인간관계에 있다고 믿어 왔습니다. 그리고 이 믿음을 따라서, 어릴 때부터 제 딴에는 노력도 하고 헤매기도 했습니다. 그러나 제가 꿈꾼 바와 같은 아름다운 인간관계는 동년배의 동성 간에도 이성 간에도 실현되지 않는다는 것을— 적어도 저의 기질과 인격의 힘으로는 불가능하다는 것을— 체험을 통하여 배웠습니다.

저에게는 지금 인생이 하나의 암흑으로밖에 보이지 않습니다. 이젠 아무 데도 광명을 구할 곳이 남아 있지 않습니다. 이런 경우에 사람들은 종교에게 끌린다 하나, 무슨 고집인지 저는 아직도 어떤 초월자에게 구제를 애원하고 싶지는 않습니다. 선생님, 저는 이제 어느 방향으로 가야 합니까?

만일 인간이 선천적으로 이기적인 동물이며 그의 낮은 본성은 앞으로도 벗어날 수 없는 것이라면, 인생의 가치는 고작해야 짐승의 세계가 갖는 그것과 대동소이할 것이 아니겠습니까. 사회라는 것이 개인의 집단이고, 그것을 구성하는 개개인이 결국 자기를 위해서 웃고 우는 경쟁자들에 불과하다면, 그리고 너와 나의 구별을 초월하는 사랑의 축대가 우리를 연결하는 것이 아니라면, 인생은 한없이 거친 과정이 아니겠습니까. 우리는 인생에서 무엇을 바라고 살아야 합니까?

'허무'라는 말은 제가 가장 미워하고 두려워해 온 말입니다. 그러나 냉정히 생각할 때 삶이 허무하지 않다는 근거를 발견하기에는 매우 힘들 것 같습니다. 우리가 그것을 지향해야 할 목표가 제시되지 않는 한, 그리고 선택된 목표에 대한 노력이 뚜렷한 성과로서 보고되지 않는 한, 인생에는 우리가 그것을 위해서 살 아무런 보람도 없는 것이 아니겠습니까.

될 대로 되라는 생각이 가끔 머리에 떠오릅니다. '가치'라는 것, 그 자체를 부정하고 싶은 충동이 있습니다. 꼭 이렇게 해야 하고 저렇게 해서는 안 된다는 법은 없는 것도 같습니다. 우리는 아무렇게나 살아도 좋은 것이 아니겠습니까. 우리는 정말 자유로운 존재가 아니겠습니까.

그래도 역시 우리가 해야 할 일이 있고 해서는 안 될 일이 따로 있습니까? 있다면 그것을 무엇으로 구별할 수가 있습니까? 우리가 해야 할 일은 그러면 무엇입니까?

선생님, 저의 주위에는 지금 모종의 유혹이 있습니다. 그때그때의 충동을 따라서 멋대로 살아 보고 싶은 유혹입니다. 모든 전통을 무시하고 도덕을 부인하라는 유혹입니다. 이제까지 배척해 온 전후파적인 데카당스의 길로 합류하여 새 세대의 젊은이다운 젊은이가 되고 싶은 충동입니다. 저의 마음 한구석에서 "너의 낡은 성도덕을 버려라"라는 명령이 소리를 칩니다.

선생님, 저는 어느 길로 가야 하겠습니까? 아직도 저는 행복에 대한 미련을 버리지 못합니다. 아직도 저는 옳은 길을 걷고자 하는 의욕을 버리지 못합니다. 그러나 어느 방향에 행복이 숨었는지, 어느 길이 옳은 길인지 전혀 짐작도 가지 않습니다.

### 회답(回答)

주신 글을 인상 깊게 읽었습니다. 생각해 가며 살고, 삶에 포함된 문제를 곰곰 풀어 보려고 애쓰는 당신의 노력이 당신에게 행복을 가져올 것을 비는 마음으로 회답 비슷한 것을 엮어 보려 합니다.

당신의 문제는 당신의 개성 혹은 기질과 떼어서 생각할 수 없는 것이며, 따라서 어느 편이냐 하면 개인적인 문제에 가깝다 하겠습니다. 아시다시피 개인적인 문제에 마지막 해답을 줄 수 있는 것은 그 본인입니다. 내가 여기 보내는 회답은 우선 예의적인 뜻을 갖는 것이며, 타산지석 이상의 것이 될 수 없는 개인적 의견입니다.

당신의 수기는 두 가지 점에서 읽는 이의 주목을 끌었습니다. 첫째로, 당신의 기질은 현대 청년들의 일반적인 그것을 대표하는 것 같지 않으며, 둘째로, 당신을 괴롭히는 문제가 현대 청년의 대다수를 괴롭히는 저 가장 현실적인 문제와 일치하지 않는 것 같습니다. 그리고 이

두 가지 특색은 물론 밀접한 내면적 관련을 가진 것으로 보입니다.

보내 주신 수기만으로 이러한 판단을 내리는 것은 혹 경솔한 짓일 지도 모르나, 대체로 내향적인 당신의 성격은 현대의 20대보다도 20년 전 혹은 30년 전의 20대에 흔하던 성격이 아닌가 생각이 듭니다. 당신의 이상주의적인 경향이나 절대적인 것을 구하는 마음, 또는 대인관계에 있어서의 로맨티시즘 등을 고려하여 이러한 말씀을 드리는 것입니다. 모든 일에 현실주의적이요 물질주의적인 것이 현대 젊은이들 사이에 널리 퍼진 경향이 아니겠습니까.

나는 여기서 어떤 성격이나 사상 경향이 좋고 나쁜 것을 평가하려는 것은 아닙니다. 다만 이 시대의 젊은이들과 기질적인 거리를 가졌다는 사실이 당신으로 하여금 '고독'을 느끼게 하는 원인의 일부가 아닌가 하는 추측에 언급하고 있는 것입니다.

그러나 나는 당신의 개성을 버리고 시대적인 경향에 영합함으로써 당신의 고독을 벗어나라고 권고하는 것도 아니며, 반대로 당신의 색다른 기질에 우월감을 느껴 당신의 고독을 고고(高孤)라는 이름으로 자위하도록 암시하는 것도 아닙니다. 내가 여기서 말하고 싶은 것은 당신 스스로와 당신을 둘러싼 남들을 냉철한 각도에서 더 깊이 이해함이 당신의 문제를 풀려는 시도에 있어서 우선 필요하리라는 의견입니다.

다음에 당신의 고민은 오늘날 이 나라 젊은 세대의 대부분을 괴롭히는 그것과는 다른 것 같습니다. 오늘날 대부분의 젊은이들은 진학과 취직의 어려움을 비롯한 가지가지 생존 문제로 고민하는 것으로 보입니다. 당신에게도 그 일반적인 고민이 있으면서 나에게는 말하지 않은 것인지도 모르겠습니다. 그러나 당신의 경우와 같이 이를테면 '철학적'인 고민을 가질 수 있는 것은 대체로 물질적인 걱정이 그리 심각하지 않은 사람들의 특전이라 하겠습니다. 만약에 내 추측이 들어맞아, 당신의 어느 정도 안정된 생활환경이 당신으로 하여금 조용히 사색할 수 있는 여유를 갖게 한 것이라면, 우선 그 점에 있어서 당신은 축복받은 처지에 놓였다고 말씀해야 할 것입니다. 물론 이 말은 당신의 고민이 진정한 고민이 못 된다는 뜻이 아니며, 당신의 괴로움이 사치스러운 것이라고 빈정대는 것도 아닙니다. 여기서 내가 언급하고자 하는 바는, 당신의 처지를 당신보다도 더욱 불행한 사람들과 비교하고 시선을 멀리 사회문제 일반으로 돌릴 때, 당신의 문제를 극복할 수 있는 새로운 지평선이 보이게 될지도 모른다는 가능성입니다. 당신의 문제도 참되게 살아 보리라는 아름다운 동기에서 우러난 것임에 틀림이 없으며, 그 해결을 위하여 노력을 바칠 만한 값이 있는 문제라고 생각이 듭니다. 그러나 어떤 문제를 풀려고 애를 써도 써도 안 풀리는 경우에는 그 애쓰는 관점이 잘못됐을 경우가 있습니다. 안 풀리던 기하 문제가 새로운 각도에서 다른 보조선 하나를 그을 때 석연히 풀릴 수도 있듯이, 우리의 내면적인 문제도 관점을 바꿔서 생각할 때 간혹 풀리는 경우가 있습니다. 당신은 내가 보기에는, 이제까지 어느 편이나 하면, 자기중심적인 관점에서 사물을 보고 가치를 '내면의 세계'에서만 찾아보려는 주관적인 태도를 고집해 온 것 같습니다. 이제 시선을 돌려 '사회'로 관심을 보내는 동시에, '외면의 세계'에까지 가치 탐구의 영역을 넓혀 보는 것도 무의미하지는 않겠습니다. 그렇게 하면 반드시 당신의 문제가 풀리리라고 장담하는 것은 물론 아닙니다마는.

　개인이 고독하다는 당신의 견해는, 사람들이 대체로 결국은 저 자신을 위하여 살고 있다는 일반적인 현상에 의하여 지지되고 있는 것 같습니다. 두 사람 사이의 경계선이 아주 완전히 없어진다는 것은 바라기 힘든 일이라 하겠습니다. 따라서 당신이 생각하듯이 '너'와 '나'를 구별하는 경계선이 남아 있는 동안 사람은 고독하다고 봐야 한다면, 우리는 각각 모두 고독한 존재라는 결론이 생기겠습니다. 그러나 이 결론을 받아들이기 전에 몇 가지 고려해야 할 점이 있을 것 같습니다.

　첫째로, 당신은 '너'와 '나' 사이의 경계선이 완전히 무너지지 않는 한, 인생은 슬프다고 생각하시는 모양인데, 그러나 이 생각이 절대적인 진리로서 확립된 것은 아닙니다. 물론 사람들이 개인의 경계선을 완전히 철폐하고 헌신적인 사랑으로 한 덩어리가 될 수 있다면, 틀림없이 인생은 매우 아름다워질 것입니다. 그러나 그와 같은 절대적인 사랑이 아니고서는 인생은 어둡고 괴롭다든가, 또 그와 같은 사랑만 있으면 그것만으로 인생이 행복의 나라가 될 수 있다는 생각은, 당신의 개성으로 물들어진 가치 판단인 것 같습니다. 사랑이 아니고서는 인생이 행복될 수 없다는 생각에 사람들은 찬동할 것입니다. 그러나 절대 완전한 사랑이 드물다는 것과 사랑이 전혀 없다는 것은 구별되어야 할 두 가지 사실이며, 보통 사람들은 우리가 현실에서 가질 수 있는 정도의 불완전한 사랑 안에서 행복을 발견할 수도 있습니다. 한편 오직 사랑만 완전하면 그것만으로 인생이 행복될 수 있다는 생각도 의심스러운 판단입니다. 인생에는 사랑 밖에도 필요한 것이 많이 있습니다.

둘째로, 당신은 모든 것을 주는 동시에 모든 것을 받는 사랑만이 참된 사랑이라고 믿으시는 모양이나, 이 생각에도 재고의 여지는 있을 것 같습니다. 물론 주기만 하고 받음이 없다든지 받기만 하고 줌이 없는 관계는 공정하지 못한 관계이며 제삼자의 입장에서 볼 때 원만하지 못한 관계입니다. 그러나 사랑을 주는 사람의 입장에서 볼 때는 주는 것만으로 자기의 일이 일단 끝난 것으로 생각해야 할 것입니다. 주는 사람이 받기를 원하는 것은 매우 자연스러운 심리이기도 하나, 그 받기를 기대하는 그 심정 속에 이미 당신의 사랑이 깨질 요소가 숨었습니다.

사람들은 반드시 자기를 사랑하는 사람을 사랑하지는 않습니다. 받기는 부모로부터 받고 주기는 자녀에게로 주듯이, 갑으로부터 받은 것을 갑에게로 돌리지 않고 엉뚱한 병에게 주는 경우는 사랑에 있어서 흔한 사실입니다. 그것이 불공정하다고 따지고 덤벼도 소용은 없습니다. 사랑이란 지성과 의지만으로 좌우할 수 있는 도덕적 행위가 아니라 나도 내 마음대로 못하는 정서의 발로이기 때문입니다. 받는 사랑이 도리어 반갑지 않은 수도 있고, 나에게 온 정성을 바쳐 주는 사람이 바로 그 헌신적인 태도로 말미암아 평범하고 매력 없는 인간으로 보이기도 합니다. 사랑이란 합리성을 바탕으로 삼고 이루어지는 공정한 거래의 일종은 아닙니다. 만약 당신이 지성과 의지가 요구하는 도덕적인 사회를 이상으로 삼으면서 한편 사랑의 최고의 가치를 인정하신다면 아마 당신은 자기모순에 빠져 있는 것일지도 모르겠습니다.

셋째로, 당신은 '자아' 라는 것이 일정한 한계를 가진 존재처럼 생각하시는 모양이나, 즉 '나' 라는 것이 고정된 범위를 가진 개체처럼 믿으시는 모양이나, 그것이 그리 단순하지 않다는 것은 조금만 살펴도 알 수 있는 일입니다. 어디서 어디까지가 당신의 '자아' 입니까? 당신의 몸뚱이로 그 경계선이 그어진다고 믿으십니까? 그러면 왜 당신의 옷차림에 그토록 신경을 쓰십니까? 당신의 부모님은 당신의 자아의 일부입니까, 아닙니까? 당신의 작품은, 당신의 과거는, 그리고 당신의 명예는 당신의 자아의 일부입니까, 아닙니까?

생각건대 자아란 그 범위에 신축성이 있는 개념 같습니다. 당신의 의식의 상태 여하에 따라서 당신의 자아는 커졌다 작아졌다 하는 것이 아니겠습니까. 참된 사랑이란 타인의 존재를 완전히 자아 안에 동화시키는 심리 작용이라고 볼 수도 있을 것입니다. 만약 당신이 어떤 벗을 완전한 당신의 일부로서 의식할 수 있다면, 비록 그 벗이 당신을 자기의 일부로 생각하지 않더라도, 당신의 입장에서 볼 때는 당신과 그와의 사이에 경계선이 없는 것입니다. 경계선은, 사랑을 받고도 갚지 않는 저쪽에 의하여 만들어지는 것이 아니라, 갚음을 기대하고 갚음이 없을 때 섭섭함을 느끼는 당신의 의식에 의하여 그어지는 것입니다. 당신은 당신의 자아를 키우고 연마함으로써 '너' 와 '나' 의 구별을 초월하는 인간관계가 창조될 수 있다고 생각해 보신 적은 없습니까? 그러나 이렇게 말함으로써 나는 무리하게 위대한 인격, 즉 '위선자' 가 될 염려가 많은 길을 당신에게 암시하는 것은 아닙니다. 다만 이상주의자인 당신에게 한 가지 가능성을 시사(示唆)하고 있을 뿐입니다.

넷째로, 당신은 끝까지 불변하는 사랑만이 진정한 사랑이라고 생각하십니다. 그러나 만물이 유전하는 이 세상에서 어찌 사랑이 불변하기를 바라십니까. 변하는 것은 변하는 것으로서 바라보는 체념이, 주어진 운명 속에 사는 유한자 인간에게 요구되는 지혜라 하겠습니다. 한편 나는 변동하는 것을 참되지 못하다고 보는 우리의 관념이 불변을 희망하는 우리의 욕구에 기인하는 독단이 아닌가 의심해 봅니다. 다만 한시라도 진실로 사랑했다면 사랑한 것이고 미워했으면 미워한 것이 아니겠습니까. 어젠 사랑하고 오늘은 미워한다면, 어제의 것은 사랑으로서 참되고 오늘의 것은 미움으로서 참된 것이 아니겠습니까. 어제 붉던 꽃이 오늘 시들었다 하더라도, 어제 붉었다는 그 역사적인 사실이 거짓으로 변하지는 않을 것입니다. 당신은 벗이나 애인의 마음이 후일에 달라졌다는 이유로 아직 참된 우정이나 사랑을 가져 본 적이 없다고 말씀하십니다. 그러나 당신은 이미 참된 우정과 사랑을 가진 일이 있고 또 앞으로 가질 것이라고 나는 생각합니다. 물론 같은 사람과의 우정이나 사랑이 변하지 아니함을 소원하는 것은 인간의 상정이라 하겠습니다. 그러나 일시적으로나마 참된 것을 정말 참된 것으로 간주하고 그것 가운데 삶의 보람을 발견함이, 온갖 것이 쉬지 않고 변동하는 이 세상에 생을 받은 우리에게 허락된 기쁨의 전부가 아니겠습니까. 우리는 우리에게 허락되지 않은 것을 헛되이 바람으로써 우리의 불행을 더욱 크게 만들 필요는 없을 것입니다.

'사랑'이라는 것이 인생 안에서 차지하는 위치를 과소평가할 생각은 없습니다. 그것 없이는 인생이 견딜 수 없이 메마르리라는 것을 짐작하기 위하여는 매우 빈곤한 상상력만으로도 충분할 것입니다. 그러나 이 문제에 관한 지나친 이상주의나 또는 사랑만이 인생에 있어서 중요한 것이라는 생각이 과연 우리를 행복에게로 이끌는지는 매우 의심스럽습니다.

현실의 인간 생활이 너무나 야박하고 보잘것없다는 자각으로부터 도리어 이상주의로 달리는 심리는 족히 이해할 수가 있습니다. 그러나 현실의 극복도 역시 현실을 토대로 삼고서만 가능한 일입니다. 현실 위에 발을 디디고 현실이 허락하는 이상을 추구함이 좋은 의미의 이상주의라고 생각됩니다.

인간관계에 관한 당신의 이상주의는 인간성의 현실과 우리를 둘러싼 생활 조건을 깊이 고려하고 있는 것 같지 않습니다. 당신은 당신이 소원하는 아름다운 인간관계를 그저 머릿속에서 그려 보았습니다. 그러나 우리로서 이룩할 수 있는 인간관계의 한계를 우리가 현재 있는 상태에 비추어 냉정히 고찰한 것 같지는 않습니다. 당신은 당신이 이상으로 삼는 인간관계가 실현되지 아니함을 알았을 때 그저 낙심하고 비관하였습니다. 그러나 어째서 당신의 이상이 실현되지 않았는지 조용히 그 이유를 탐구하지는 않은 것 같습니다.

물론 당신은 인간성이 가진 제약을 알며, 우리의 현실을 형성하는 불리한 조건들을 이해하고 계십니다. 우리의 현실이 너무나 낮다는 것을 충분히 잘 아는 까닭에 도리어 하나의 '예외'를 실현해 보고자 원하십니다.

그러나 인간이 사회 안에서 역사의 흐름을 타고서 산다는 평범한 사실은 우리에게 좀처럼 예외를 허락하지 않습니다. 사회는 사람들이 조직하는 것이며 역사도 주로 사람들이 만들어 가는 것이기는 하나 일단 조직된 사회, 이미 만들어진 역사에는 사람의 힘으로도 어찌할 수 없는 고집이 있습니다. 개인들이 아무리 발버둥을 친다 하더라도 사회와 역사는 자기네의 갈 길을—우리가 흔히 '운명'이라는 이름으로 부르고 싶어지는 길을—냉혹하게 달립니다. 따라서 우리가 개인의 힘으로써 도달할 수 있는 높이와 예외를 꿈꾸는 우리의 이상 사이에는 항상 요원한 거리가 가로놓이는 것입니다.

남녀의 사랑 같은 인간관계도 어떻게 생각하면 두 사람만이 관계하는 일 같고 따라서 두 개인의 의지의 힘으로 얼마든지 아름답게 전개시킬 수 있을 듯도 하나, 따지고 보면 그것도 역시 역사 안에서 생겨나는 사회현상입니다. 두 개인의 마음 자체가 사회의 제약을 받고서 결정이 됩니다. 그러므로 개인적인 인간관계에 있어서도 '예외'를 실현하기란 결코 기필(期必)할 수 있는 일이 아닙니다.

'인격'이 그 형성 과정에 있어서 받는 제약도 한두 가지가 아닙니다. 첫째로 동물로서의 인간이 받는 생물학적 제약이 있습니다. 인격보다도 육체의 생존이 앞서야 한다는 사실과 생존이 필연적으로 경쟁을 포함한다는 사정은 인격을 끝까지 '인간적'인 수준에 붙잡아 맵니다. 다음에 인격의 형성을 제약하는 사회적 조건들이 있습니다. 인격도 사회의 풍조에서 영양을 흡수하고 성장하는 존재입니다. 따라서 나라의 경제나 정치의 상황은 직접 그 나라 백성의 인심과 인격에 반영되지 않을 수 없습니다. 현재 우리나라의 경우처럼 빈곤과 혼란, 그리고 생존경쟁이 유례에 드물 정도로 심각한 실정에 있어서 우리가 우리나라 인심에 기대할 수 있는 수준에도 스스로 한계가 있습니다.

이와 같은 생각은 우리를 '운명'이라는 관념에게로 이끌어 갑니다. 우리는 주어진 조건 하에서 무수한 제약을 받고 사는 약자들입니다. 그러나 이 엄연한 사실은 반드시 우리에게 인생을 배반하라고 가르치지는 않습니다. 주어진 운명을 사랑하고 운명이 허락하는 범위 내에서 사람의 힘으로 할 수 있는 최선의 것을 이룩하려고 애쓰는 사람들을 운명은 다시 사랑할지도 모르겠습니다. 적어도 그렇게 믿고 싶지는 않으십니까.

우리는 지금 생사 이전의 백지의 상태에서 '살아야 할 것인가, 말아야 할 것인가' 하고 망설이고 있는 것이 아닙니다. 우리는 지금 살고 있는 상태에서 '어떻게 살 것인가'를 궁리하고 있는 것입니다. 생을 받고 있다는 주어진 조건 아래서 이 생이 계속되는 동안을 우리가 가장 값지다고 믿는 방식으로 보내는 것이 우리가 해야 하고 또 할 수 있는 전부라 하겠습니다. 그리고 당신은 사람이 기록할 수 있는 가치의 전체가 아름다운 인간관계를 실현함에 있다고 보시는 것 같습니다. 인간적인 가치의 중심이 넓은 의미로 '사랑'이라고 부를 수 있는 인간관계에 있다는 생각에 나도 동의하고 싶은 심정입니다. 그러나 나는 그 인간관계가 뜻대로 되지 않는 일면이 있다는 평범한 사실을 지적하는 동시에, 정서(情緒)의 왕래 이외에도 인생에 있어서 값진 것이 허다하다는 일반적인 견해를 언급하고자 하는 것입니다.

우정, 사랑, 또는 그와 비슷한 이름으로 불리는 인간관계는 분명히 인생에 있어서 가장 소중한 것의 하나입니다. 그러나 그것은 결코 인간이 실현할 수 있는 가치의 전부는 아닌 것 같습니다. 건강, 예술, 학문 따위에도 독자적인 가치가 깃들어 있다고 봐야 할 것이며, 우리가 그 자체를 위하여 노력할 목표로서 버젓하다고 생각됩니다. 어떤 인간관계를 맺는 일에만 몰두하여 약간 지친 듯한 당신이 잠시 시선을 돌려 보다 객관적인 세계에 투신하는 것도 좋은 계획이 아니겠습니까. 예술도 좋고 학문도 좋고 또는 정의를 위하여 싸우는 일도 좋으니, 될 수 있는 한 자기를 잊을 수 있는 일에 종사해 보는 것이 좋을 것 같습니다. 그러는 동안에 당신이 갈망하는 바에 가까운 아름다운 인간관계가 뜻하지 않은 인연으로 생기게 된다면 더욱 대견한 일이 아니겠습니까.

(1960년 7월 31일)

# Ⅳ _ 이국(異國)의 하늘과 땅

# 편지
## — 특히 답장 안 쓰는 사람을 위하여

　편지를 받고 회답을 내지 않는 것은 노상에서 인사를 받고도 답례를 않는 것과 다를 바 없다는 생각이 언제부터 내 마음속에 깃들었는지 기억이 없다. 다만 확실한 것은 도대체 내가 이러한 쑥스러운 생각을 아직도 버리지 못하는 사유의 태반(殆半)이 '출세(出世)'라는 것을 맛보지 못한 나의 동정할 만한 팔자 속에 묻혔다는 일이다. 출세한 사람이란 우리네 몇 곱절 바쁜 것이 상례이며 그 바쁨에 비례하여 허다한 서신을 받기로 마련이니 어찌 일일이 답장을 낼 수 있으랴.

　하기야 부탁한 적도 없는 편지를 제멋대로 보내 놓고 회답을 고대하는 것은 그것을 받은 사람의 입장에서 본다면 경우에 없는 생트집일지도 모른다. 그리고 편지를 받고 답장을 쓰지 않는 것과 인사를 받고 답례를 안 하는 것과의 사이에는 다소 기분의 차이도 없지 않다.

별다른 용무가 없는 이상 글월을 쓰지 않는 성질도 있으며, 회답 쓰기보다는 더욱 소중한 일에 골몰한 '명사' 도 있다. '가는 정' 으로 '오는 정' 을 기대하는 것은 인간적일지는 모르나, 인간성의 가장 높은 면을 표명하는 것은 아닐 성싶다. 다만 시비가 있다면 서한을 받고 회답하지 않으며 인사를 받아도 기껏해야 턱 끝만 까딱하는 '높은' 분들 가운데에는 이쪽에서 모르는 척하면 지극히 못마땅하다고 마치 모욕이라도 당한 것처럼 두고두고 기억하는 각별한 자존심이 왕왕 계시다는 사실에 관해서겠다. 허나 이런 분들의 모순을 지적하여 뾰족하게 따지는 것보다는 차라리 자기를 과대평가할 수 있는 그분들의 복된 기질을 축하하는 것이 뱃속 편한 처세(處世)인 줄 안다. 이론은 분명 그렇다. 다만 그러한 이론의 훈계도 고향 소식을 기다리는 나그네의 울적한 심회를 충분히 풀어 주지 못한다는 심리적 사실이 '미결' 로서 돌아 남는다.

벌써 몇 해 전 일. "나는 남의 편지를 받고 회답 안 낸 일이 없다"고 말했을 때 어떤 친구가 듣고 "쉬운 듯해도 어려운 일"이라고 칭찬하였다. 그러나 그는 내가 일 년 열두 달 가야 편지 석 장 받기 힘들 정도로 우체국과 인연이 멀다는 사정은 계산에 넣지 않았던 것이다. 답장을 안 내려야 안 낼 기회가 없었다고 해야 할 것이었다.

그러나 이렇게 만리 이역에 타관살이를 하게 되고 보니, 사정이 달라져 우체국과의 거리가 졸지에 줄어졌다. 고향에 연락할 일도 잦고 직접 가 뵙지 못하니 글월로나마 문안을 여쭈어야 할 자리들이 계실 뿐만 아니라, 이 미국이라는 나라가 어지간한 용무는 전화나 우편으로 처리하는 경향이 있는 까닭에, 자연 자주 붓대를 잡아야 하는 처지에 놓이게 된다. 그러나 그보다도 더 큰 변화는 평소에 서한이라는 것에 별로 관심이 없던 내가 이제 매일같이 편지 오기를 기다리는 습관이 붙었다는 사실이다. 매일같이 받도록 많은 우편이 오리라고 기대하기 때문이 아니라, 그래도 설마 오늘쯤은 오리라고 기대되는 답장이 오늘도 내일도 꿩 구워 먹은 소식이니, 필경 매일같이 기다리는 결과가 될 수밖에 없다.

우리가 숙소를 정하고 있는 마을에는 아침 아홉 시로부터 열한 시 사이에 꼭 한 번 우편물이 배달되기 마련이다. 각자의 이름표가 붙은 편지통이 현관 안쪽으로 걸려 있어서 나에게 온 것이 있고 없고는 이층 층층대 위에서 내려다보아도 알 수 있게 되어 있다. 아침 수업이 없는 날은 아홉 시 반만 되면 으레 한 번 가서 내려다본다. 아무 편지통에도 온 것이 보이지 않을 경우에는 배달부가 아직 오지 않은 것이니, 반시간쯤 있다 다시 가서 내려다보게 된다. 그러나 이럴 때의 동작은 될 수 있는 대로 조용조용히 하고 싶다. 오지도 않는 편지를 날마다 기다리는 초라한 심정을 이웃 방 친구들이 들여다보는 것은 유쾌하지 않기 때문이다. 가장 초조한 것은 다른 사람들 편지통에는 희끗희끗한 봉투들이 여기저기 보이는데 내 통만은 캄캄할 경우. "그럴 리가 있나. 혹 조그만 봉투를 사용한 까닭에 잘 안 보이는 것이 아닐까." 층층대를 한 계단 더 내려가서 자세히 살펴본다. 역시 안 보인다. 한 계단 더 내려간다. 역시 일반. 또 한 층 더…. 이렇게 해서 결국 아래층 바닥까지 내려가 편지통 뚜껑을 열고 손을 넣어 더듬어 본다. 시골서 지붕의 새집을 후빌 때 하듯이. 그러나 아무리 애를 써도 안 온 것은 안 온 것이다.

그렇지만 내 통에도 분명 흰 것이 꽂혀 있음이 내려다보이는 날이 있다. 잠옷 바람으로 있다는 사실도 무시하고 달음박질로 꺼내 본다. 새로 나온 레코드를 사라는 상용(商用) 광고가 아니면 무슨 주의사항을 늘어놓은 학교 당국의 공문서 따위다. 태산이 움직여 새앙쥐 한 마리 뛰어나온다는 격이라 할까.

외국인들이 몇 사람 각각 셋방살이를 하고 있는 이 집에서는 "오늘 편지 받으셨습니까?"가 "안녕하십니까?" 대신 상용(常用) 인사말이 되고 말았다. 오후에 편지가 온 예는 아직 없었지만, 저녁나절 현관문을 나설 때도 누구나 자기의 편지통을 다시 한 번 들여다보아야 가슴이 시원하다. 가장 마음 태평한 것은 일요일이다. 절대 아무에게도 편지가 올 리 없는 까닭에.

물론 정말 반가운 서한이 오는 날도 있다. 때로는 전혀 뜻하지 않은 옛 친구들의 필적을 본다. "형이 외국으로 갔다는 소식을 전해 듣고 그리운 마음에 두어 글자 적어 보내오"라는 고마운 인정이다. 편지가 오는 날은 대개 두서너 장 뭉쳐서 온다. '일진(日辰)'이라는 것이 있는 탓일까. 이래서 결혼 대사에 택일을 중요시하는 풍습이 버려지지 않는 것인지도 모른다.


오랜 객지 생활의 고락을 나누는 생홀아비들의 화제는 만약 허물없는 여자 얘기로 떨어지지 않으면 고국의 과거와 미래로 낙착하는 것이 일쑤다. "집에 있을 때는 아이들 떠드는 것이 방해라서 서재 근처에 얼씬도 못하게 했더니, 이제는 그나마 가까이 있었으면 도리어 공부가 될 것 같소. 역시 있을 것은 있어야 하는 모양이지." 하고 5남매의 아버지인 C선생은 새로 진리라도 찾은 듯이 혈연(血緣)의 철리(哲理)를 푼다. "한국 있을 때, 이 나라의 백성됨을 원망하고 살기 좋은 나라로 꺼지고 싶다고 하소연하는 사람들을 더러 봤는데 그런 친구들도 미국이나 다른 나라에 3년만 갖다 놓으면 아마 귀국하고 싶다 할걸." 이렇게 자기의 내적 체험에 비추어 남의 심리를 추측하는 것은 집을 떠난 지 3년이 넘는 B선생이다. 이리하여 결론은 항상 "미국이 살기 좋다 하지만 우리로서는 오래 살 곳이 못 된다"라는 한마디로 맺어진다.

평소 모르고 지내 온 내 고장의 아름다운 이모저모가 그곳을 떠나옴으로써 느껴지며, 평범하게밖에 보이지 않던 과거의 생활 주변이 이상한 광채를 띠고 멀리 떠나온 사람의 마음을 끌어당긴다. 버스 한 번만 타면 다려 입은 옷이 수세미처럼 되어 버리는 그곳에, 수돗물과 전등불이 귀한 대신 다른 무엇이 있는 것만 같다. 그것이 무엇이라고 또렷이 형언하지는 못하지만.

초가삼간(草家三間)이라도 내 집구석만한 곳이 없다는 심리는 그 초가삼간이 나에게 주어진 운명이라고 깨달을 때 더욱 강조되는 모양이다. 거의 해마다 닥치는 가뭄으로 인하여 제때에 이앙(移秧)되지 못한 못자리판의 파아란 색채가 바람에 물결치는 가난한 농지(農地). 앙상하게 헐벗고 빨간 흙이 온통 드러나 보이는 산마루의 부드러운 곡선. 이런 것들이 운명으로부터 우리에게 보내진 선물이며, 그리고 운명은 거역할 수 없다는 것을 깨달을 때, 이를 사랑으로 받아들여야 하겠다는 의욕이 샘솟는다. 허나 이 지각과 의욕이 잠시 그 운명의 땅을 떠났을 때 강조된다는 것은 매우 짓궂은 심리의 움직임이라 아니 할 수 없다.

이역(異域)에서 고향 소식을 기다리는 심정에는 그 처지의 사람들만이 잘 아는 망향(望鄕)의 감회가 배경을 이루고 있다. 그렇기에 그 섬세하고 여성적인 심리를 웃으면서도 좀처럼 이것을 벗어나지 못하는 것으로도 생각된다.

이러한 심정을 알아서일까. 후배들 가운데 생각지 않은 서한으로 여러 가지 소식을 전해 주는 특지(特志)가 있다. 가장 역설적인 것은 나 자신이 이러한 후배들의 고마운 뜻에 일일이 회답하지 못하고 있다는 사실이다. 처음에는 번번이 답장을 냈으나 늘 일에 몰리는 편이라 두 번 받고 한 번 보내는 정도로 게으름을 피운다. 이리하여 외국에 나온 기회에 서한에 대한 관심이 늘어난 반면에, 받은 편지에는 반드시 회답을 내던 버릇이 깨지고 말았다는 모순에 빠졌다. 나도 이제는 '출세'한 사람들의 본을 보는 것일까. 고소(苦笑)를 금치 못하여 주름살 늘어 가는 얼굴을 감은 눈 위에 그려 본다.

(1958년 8월 7일 보스턴에서)

# 시험지옥

'교환교수'라는 번역은 자못 호화로웠으나 와서 보니 실은 별 수 없는 한갓 학생이었다.

"알고 보면 정식 학생의 자격을 갖는 편이 공부하기에는 훨씬 유리합니다. 첫째, 안 하고는 못 배긴다는 심리적인 효과도 있거니와 정식 학생이 못 되고 그저 일객원(一客員)에 불과하다면 교수들 측에서 그리 깊은 관심을 가져 주지 않습니다." 벌써 2년 전부터 이곳에 와 대학원생이 되고 있는 P선생의 이와 같은 설명을 듣고 나니 약간 위안이 된다.

그보다도 더욱 고마운 것은 '학생'이라는 신분 회복이 가져다주는 자유의 느낌이다. 첫째, 복장을 아무렇게 해도 그만이다. 좀 더운 날은 와이셔츠 바람으로 교실에 나가도 무방하니 홀가분하기 짝이 없다. 동양인의 연령을 짐작하기에 큰 곤란을 느끼는 서양인들 중에는 30 미만의 청년으로 보아 주는 사람까지 있으니 어찌 갱소년(更少年)의 착각인들 없으랴. 현실에 있어서 '학생 할인'으로 혜택을 베풀어 주는 극장도 있으니 천하가 공인하는 '청년 학도'임이 분명하다. 극장뿐만이 아니라 논문을 타이프로 찍어 준 18세의 소녀는 "학생이니까…" 하며 요금을 덜 받겠노라 제언한다.

약간 거북한 때가 있다면 그것은 나이 어린 한국 학생을 대할 경우이다. 연령에 15세 이상의 차이가 있는 젊은 친구가 "미스터 김", "김 형" 하고 막 어깨동무를 하려고 대들 때는 좀 우울하다. 따지고 보면 우울하게 느끼는 위인이 옹색한 것인 줄 알면서도, 처음 얼마 동안은 이 진보적(?)인 교우에 익숙하기에 곤란을 느낀다고 노(老)학생들끼리 모이면 털어놓는다. 사실 이 점에 있어서 한국의 젊은이들은 한 수 높다고 H대학의 노학생 Y씨는 말하였다.

"미국 학생들 가운데는 '예스 서', '익스큐즈 미 서' 하고 '서(Sir)'를 붙이는 사람들도 있으니 말이지요." 하고 Y씨는 증거까지 댄다. 그 것이 외국인에 대한 예의로서 '서'를 붙인 것인지, 나이가 좀 들어 보여서 그랬는지는 상세치 않다.


허나 미스터 김이라고 부르건 또는 김형이라고 부르건, 그 따위 전혀 문제도 아님을 깨달은 것은 학생의 신분을 회복함과 동시하여 하나의 의무도 회복되었다는 사실 — 오랜 옛날 영원히 졸업했다고 믿었던 저 시험지옥을 재차 통과해야 한다는 사실 — 이 눈앞에 닥쳐올 때였다. 연령의 증가를 따르는 기억력의 감소는 고사하더라도 서투른 외국어로 제한된 시간 내에 답안을 써야 한다는 사실이, '체면'이라는 동양인적인 생활 감정과 엉클어졌을 때 형세가 자못 맹랑함을 느낀다.

"요다음 주일 이 시간에 중간 시험을 치르겠습니다. 책이나 노트를 참고로 함은 허락되지 않을 것입니다." 입학 2개월 만에 '영국 경험론'을 담당한 P교수가 이렇게 선언했을 때, 다른 학생들은 모두 예기했다는 듯이 아무 불평이 없었으나, 일반 대학생들보다도 응당 아는 바가 많아야 할 이 '교환교수'는 그저 가슴이 답답하다.

'그럴 줄 알았다면 이력서에 강사라고나 쓸걸…' 별 쑥스러운 생각이 다 난다. 혹 선발에 유리할까 하여 저서가 한 권 있고 조판 중의 번역서도 있다는 말까지 기입한 천박한 심사(心事)가 이제 벌을 받는 것도 같다.

평생 미신에 기울어져 본 적이 없는 개화인이었으나, 하도 답답하기에 학교에서 오는 길로 길목 일용품점에 들렀다. 거기에 체중과 더불어 운명을 판단하는 자동기가 있기 때문이다. 동전 한 푼을 쾌투(快投)하고 올라서 보니 그 판정서의 의미가 심장하다. 가로되, "네 최선을 다하면 풀릴 길이 있으리라."

일주일 후 시험이 끝났다. 다행히도 예상한 문제가 나와서 큰 수치는 면하게 되었음을 알았을 때, 어느 먼 곳에, 아니 내 몸 바로 가까이 하느님이 계신 것만 같았다. 그러나 학기말 시험이라는 더 본격적인 것이 앞에 남아 있다는 사실을 상기할 때마다 '학생 할인'도 신신치 않다.

학기말 시험은 매 과목에 세 시간씩이 배정된다. 학생들은 각자 소정의 용지를 사 가지고 시험장에 임석한다. 시간이 시작될 때 담당 교수가 문제를 나누어 주고 질문이 있느냐고 묻는다. 대개 질문의 필요가 없을 만큼 문제의 내용은 구체적이고 명백하다. 교수는 일단 퇴장한 다음 세 시간이 다 되기 조금 전에 다시 나타나 답안을 거두어 가지고 돌아간다. 그동안에 감독이라는 것은 없다. 학생들은 변소 출입을 자유로이 할 수 있고 신선한 공기를 위하여 산보를 하고 와도 무방하다. 혹 어떤가 하고 돌아보아도 수상한 짓을 하는 놈은 보이지 않는다. 지옥은 지옥이되 약간 슬기로운 지옥이라고 느껴 본다.

대체로 정직하다는 이 점만은 본받아도 좋을 것 같다. 대부분이 정직하다는 증거는 도서관 규칙에도 나타나 있다. 학생들은 아무나 서고(書庫)에 들어가서 마음대로 책을 빼 볼 수 있고, 그것을 집으로 가지고 가서 다른 독자의 요구가 있을 때까지 그것을 보유할 수가 있다. 다만 요구되는 것은 책 뒤에 꽂힌 카드에 이름을 기입하여 관원(館員) 책상 위에 내놓는 일이다. 야간에는 관원의 출근이 없으나 책은 빌려 낼 수 있다. 관원은 밤사이에 책상 위에 놓인 카드들은 이튿날 아침에 정리하는 것이다. 학생증을 출입구에서 조사하는 계원이 없으니 외인들이 들어와서 책을 훔쳐 갈 수도 있겠으나, 도둑놈들도 학원 재산에만은 경의를 표하는 모양이다.

그러나 미국의 모든 대학이 그런 것은 아니다. 내가 H대학에서 한 여름을 났을 때 본 것은, 그것이 본교생 아닌 임시 학생들이 많은 하기 대학이라 그런지는 모르나, 상당히 단속이 심한 광경이었다. 그것은 시험장에서나 도서관에서나 일반이다.

시험장에 들어가면 우선 사무원들로 구성된 서너 명의 감독단이 단상에 서서 사방을 경계하는 모습이 우리나라의 그것과 방불하다. 평소에는 네 사람이 앉기로 마련인 긴 책상에 두 사람씩 띄어 앉히는 것조차 비슷하다.

답안 용지는 학교 측에서 배포하고 필기 도구 이외의 소지품은 책상으로부터 멀리할 것이 요구된다. 세 시간 동안이라 변소 출입은 허락되나 그 방향으로도 경계의 시선을 보낸다. 책상 밑을 들여다보는 충성스러운 감독도 있다. 여기서 내가 가장 흥미 있게 느낀 것은 노트를 책상 밑에 숨기고 뒤적거리는 여학생이 눈에 뜨인 일이다. 감시가 심하니까 그것을 정당화하기 위하여 커닝하는 학생이 따라서 생기는 것인지, 커닝하는 학생이 있으니까 그에 대비하기 위하여 감독단이 구성된 것인지, 그 인과의 선후는 모르겠다.

물론 후자가 사실이라고 단언하는 사람들이 많겠지만, 사람의 심리란 그리 단순한 것도 아님직하다. 학교를 갓 졸업하고 S대학에 강사로 나갔을 때 일이다. 경험이 없던 나는 그 당시 학교 시험장에 해괴한 새 풍속이 조성되어 가고 있었다는 사실을 모르고, 혼자 맡아 보던 시험장을 약 5분간 비운 일이 있다.

나중에 학생들로부터 들은 말에 의하면 그동안에 아무 일도 없었다고 한다. "그렇게 턱 믿고 나가는데 어디 차마 할 수가 있어야지요." 어느 학생은 이렇게 말했다. 「믿음에로의 의지」라는 유명한 논문 가운데서 "철석같이 믿으면 친구는 배신하지 않는다"는 뜻의 말을 한 윌리엄 제임스(William James)가 상기된다. 믿는다고 반드시 배신하지 않는다는 것은 우리의 경험이 보증하는 사실은 아니다. 그러나 이 말 가운데는 반분(半分)의 진리가 숨어 있다.

H대학에서는 도서관 출입구에도 관원이 지키고 앉아서 사람의 나가는 손에 든 것을 보여 달라고 요구한다. 빌린 책을 2주일 기일 내에 돌려주지 않으면 벌금을 물린다. 학교의 규모가 크고 보니 자연 그러한 단속이 필요하게 되는 것이리라. 그러나 이러한 분위기는 세계에 널리 알려진 H대학의 높은 이름에 적합한 것이라고 느껴지지는 않았다.

연상(聯想)은 항상 내 나라 사정으로 귀착한다. R대학의 강의를 맡게 된 지 몇 주일이 못 되어 그 대학 도서관 서고를 구경할 수 있겠느냐고 물었다. 면식이 없는 관원은 신분증을 보여 달라고 요구한 다음 들어가도 좋다고 허락했다. "그러나 그 가방은 여기 놓아두고 가셔야 합니다." 하고 관원은 내 손에 든 것을 가리킨다. 나는 그 뜻을 알아들었다. 그리고 나오는 사람의 가방 속을 조사함에 비하여 미리 못 가지고 들어가게 단속하는 편이 몇 곱절 예의에 가까움을 고려하고 그 처사에 적이 감사를 느꼈으나, 전체로 말하면 그리 유쾌한 기분은 아니었다. 교사, 강사까지도 의심하는 학교 측의 인심을 야박하다고 원망해서가 아니라, 그렇게까지 하지 않으면 아니 되는 우리네 주변과 이 주변에 대한 책임자인 우리네 자신이 한심스럽다고 뉘우쳐졌기 때문이다.

(1959년 2월 13일)

# 이층에 사는 사람들

　아파트 모양으로 된 이 집 이층은 정원이 네 사람이다. 내가 쓰고 있는 1호실은 가장 넓고 가구도 쑬쑬한 편이나, 서향인 까닭에 여름에 덥고 겨울엔 추울 뿐만 아니라, 창문 밑이 바로 큰길이라 시끄럽기 짝이 없다. 오직 하나의 별로 흠잡을 곳 없는 방인 2호실은 약빠른 박 선생이 들어 있었으나, 그가 귀국하자 3호실의 주인이던 일본 사람이 옮겨들었다. 3호실은 목욕탕과 부엌을 혼자 쓸 수 있는 장점이 있으나, 그 부엌이라는 것이 변소 옆에 놓인 전기 풍로 한 개에 불과하므로 실상은 그리 탐낼 것이 못 된다. 이 방에는 일본 사람이 나간 후 미국 학생이 들어왔다. 4호실은 방값이 제일 싼 대신 전체가 허술하게 생겨 먹어서 보러 오는 사람마다 퇴짜를 놓는 까닭에, 임자를 못 만나고 비어 있을 때가 많다. 이 밖에 공동으로 사용되는 응접실 하나가 있다.

세월이 흘러도 드는 사람이 없어서 집주인 할머니의 걱정거리가 되던 4호실에 유고슬라비아 청년 한 사람이 들어온 것은 작년 9월이다. 처음 방을 보러 왔을 때 그는 데꺽 가부를 결정하지 못하더니, 그전부터 약간 안면이 있었던 나에게 의견을 물었다. 방이 좀 허술하긴 하나 세가 싼 것이 입맛에 당긴다는 눈치다.

"그 방 자체로 말하면 그리 신통하다고 말할 수 없겠지만, 그러나 응접실이 대개는 비어 있으니까 그것을 잘 이용하면 과히 나쁘지 않을 것입니다." 이렇게 의견을 말하여 은근히 그 방에 들기를 종용한 것은 '흥정은 붙여야 한다'는 심리도 없는 것은 아니나, 실은 그 청년이 테니스를 즐긴다는 사실을 알고, 한집에 살면 자연 같이 치게 될 것이니 마땅한 상대가 귀하던 차 해롭지 않으리라는 타산이 컸기 때문이다.

허나 조각(彫刻)처럼 훌륭한 체격에도 불구하고 그의 테니스는 보잘것이 없었다. 정구로 재미를 보긴 고사하고 그 녀석 까닭에 아침마다 당하는 고통이 수월치 않다. 그 청년이 매일 아침에 목욕을 하기 때문이다. 목욕뿐만 아니라 면도, 양치, 용변까지 한꺼번에 하고 보니 화장실을 점령하는 시간이 대학 강의 시간만큼이나 길다. 첫째, 자고 나서 누구나 보기로 마련인 소변이 큰일이다. 우리나라 같으면 집 밖으로 나가서 적당히 하는 방도도 있을지 모르나, 여기서는 그 길조차 막혔다. 요강이 있을 리도 없고.

이 유고슬라비아 청년의 또 한 가지 특이한 습성은 식사를 하루에 한 번만 한다는 사실이다. 그 이유를 물은즉 "시간을 절약하기 위해서"라고 대답한다. 밥 먹는 시간을 절약하느니 목간하는 시간을 줄이는 편이 좋음직도 하다. 학교에 지각이 되는 한이 있어도 목간만은 기를 쓰고 한다. 사실은 밥 먹는 시간도 그다지 절약이 되는 것은 아니다. 한 번 먹는 그 식사 시간이 무려 두 시간은 걸리기 때문이다. 한옆으로 불을 피워 끓이고 한옆으론 먹고, 분주하기가 잔칫집 이상이다. 주렸던 배가 그득 차도록 먹고 나면, "노곤해서 두 시간은 꼼짝도 못한다"고 제 입으로도 말한다.

3호실에 사는 미국인과는 접촉이 그리 많지 않다. 화장실을 따로 쓰는 관계도 있지만, 그가 새벽이면 워싱턴 시에 있는 직장으로 나가고 밤이면 야간 대학을 나가는 바쁜 사람임이 더 큰 사유이다. 이 좀처럼 보기 힘든 친구가 하루는 숨이 가쁘게 층층대를 올려 닥치면서 이렇게 외쳤다.

"여기 아무도 없습니까? 아무도 안 계세요?" 무슨 사변이 터졌나 하고 내다보았더니 그는 희색이 만면하여 이렇게 말한다.

"지금 교무과엘 들렀지요. 성적을 알아보러. 학기말 시험이 두 과목 다 합격입니다. 하나는 B를 받고 또 하나는 C를 받았지요. 참 기쁩니다."

"그것 참 반가운 소식입니다."

나도 자연 이렇게 장단을 맞출 수밖에 없었다. 어떻게 생각하면 이 미국 청년의 관심은 매우 속된 것도 같고, 30이 가까운 사람으로서는 좀 유치한 듯이도 보이나, 속에 있는 감정을 속임 없이 드러내는 솔직함이라든가, 자기가 관여하는 일에 일의전심(一意專心) 열중하는 태도에는 좋은 점도 엿볼 수 있었다.

"나는 이것을 우리 상사(上司)에게 보고할 것입니다. 승진에 관계가 있거든요." 이런 말까지 서슴지 않고 함에 이르러서는 우리네와 미국인의 사고방식의 차이를 느끼지 않을 수 없다.

2호실의 주인 일본인은 학위 논문을 쓰고 있는 경제학도이다. 이 일본인에게 한 가지 큰 한탄이 있다. 그것은 이곳에 온 지 4년째나 됨에도 불구하고 일본서 찾아온 사람은 모두 자기를 내려다보는 선배들뿐이라는 사실이다. 오는 사람마다 "야마모토군", "야마모토군" 하고 심부름이나 시킬까 하나도 신통한 일이 없다. 한 사람이라도 좋으니 좀 후배가 와서 자기를 쳐다봐 주었으면 정말 유쾌하련만. 그러나 이 일본 청년에게도 소원이 풀릴 날이 왔다. 하루는 "이제 한 사람 왔습니다." 이렇게 말하는 입이 싱글벙글 웃는다.

"오다니 뭐가 왔단 말이오?"

"학부가 다르니 뭐 후배랄 건 없지만 그래도 같은 대학교를 한 해 늦게 나왔답니다."

"그것 참 잘되었습니다." 무엇이 잘됐단 말인지 나도 모를 소리를 하고 나니 좀 무책임한 것도 같다.

당장에 시장으로 나가더니 먹을 것을 한아름 사들였다. 본래 규모 있는 소질에, 받는 장학금도 그리 넉넉한 편이 못 되는 형편이라, 평소에는 먹는 것에 그리 돈을 쓰지 않던 사람이 이날은 안 사오는 것이 없다. 과일도 몇 가지 사고 아이스크림이랑 맥주랑 냉장고가 터질 지경이다. 먹는 것뿐만 아니라 만사에 아쉬운 것이 없도록 시중이 철저하다. 이튿날 아침부터는 '타나까상'이 '타나까군'으로 변하고, '안따'가 '기미'로 변하는 등 선배의 위엄을 지키는 한편, 침식에만은 불편이 없도록 성의를 다했으며 또 그것이 즐거웠다. 내가 어릴 적에 동생이 하나 있기를 소원하여 애가 달던 일이 생각난다. 어머니는 끝내 동생을 낳아 주지 않았으나 친척 아주머니가 낳은 아들이 나를 '형'이라고 불러 주었을 때 일곱 살 먹은 나는 그 아이를 진종일 업고 다니면서 대소변 시중까지 들었던 것이다.

그러나 사흘째부터는 그 '후배'로 인하여 선배는 진절머리를 앓기 시작했다. 첫째, 아침밥을 지어 놓고 일어날 때를 기다려도, 후배는 아직도 한밤중이다. 처음에는 먼 여로(旅路)의 피곤 때문이라고 좋게 해석했으나 며칠이 지나도 매양 일반이다. 아무 소리 없이 밥을 먹고 나서는 슬그머니 일어서서 식탁을 떠나간다. 접시 하나 나르는 법 없고 설거지나 좀 거들어 주랴고 빈말로도 묻지 않는다. 보통 자취하는 친구에게 여러 날 신세질 경우에는, 식료품 재료를 자기도 일부 사거나 혹은 주인을 밖으로 끌고 나가 한잔 사거나 하는 것이 우정의 표시도 되고 이곳에서는 풍습에 가깝기도 한데, 이 후배님 그런 생각은 꿈에도 없다. 한번 비어홀에 끌고 갔더니 처음엔 못한다던 사람이 주는 것이 한정이다. 술값은 제가 내겠노라고 제스처를 부리도록 흉물스럽지도 않고, 다음엔 내가 한잔 내겠다고 나서야 불안이 없을 정도로 소심하지도 않다. 자가용차를 당장 사야겠다고 말하는 것을 보면 돈이 없는 사람도 아니다. 정거장에 도착된 짐을 찾으러 갔을 때만은 선배와 후배가 교통비를 반씩 물었다니, 경우에 아주 어두운 사람도 아니다.

후배는 하루바삐 방을 구해 나가려고 서두르는 눈치가 없다. 하기야 그렇게 잘해 주는 선배가 있는데 다른 곳으로 가면 별 수 있으랴.

선배님 은근히 몸이 달아서 앞장을 서서 방을 보러 다니니 시간 허비가 막심하다. 더구나 후배의 영어가 마련 없이 서툴러서 같이 다니는 사람까지 창피할 지경이다. 그 친구 영어만 못하는 것이 아니라 미국 관습에도 아주 백지다. 식탁의 예절은 고만두더라도 유카타에 슬리퍼를 질질 끌고 큰길을 활보하니 동네가 수군거린다.

그래도 한마디 선배에게 묻는 법이 없다. 선배는 3년 넘어 미국서 살아온 경험으로 얻은 실력을 좀 과시하고 싶은데, 물어 주지 않으니 답답하다. 할 수 없이 이번에는 이쪽에서 자진해서 이것저것 충고를 베풀었더니 후배 하는 말씀이 "설마 어떻게 되겠지요 뭐."

후배는 닷새 동안을 파먹고 겨우 떠나갔다. 별로 깍듯한 인사도 없이 하직했으니 그리 간사스러운 사람은 아닌 모양이다.

4호실에 살던 유고슬라비아 청년이 6월 초에 떠나갔으니 그것도 벌써 4개월 전 일이다. 다과로 조그마한 송별회를 열었으나, 작별이면 으레 따르는 섭섭한 감회는 적었다. 아침 화장실을 너무 오래 점령하는 것만이라면 그럴 리가 없다. 그는 만사에 공동생활이 요구하는 협조심이 적었다. 응접실은 저 혼자의 소유처럼 노상 어지르고 쓰면서 소제 한번 제대로 하는 일이 없다. 냉장고가 좀 좁아서 곤란인데도 따지도 않은 통조림을 한 보따리씩 집어넣는다. 빈 병이나 빈 깡통도 냉장고 밖으로 치우지 않는다. 자리를 점령해 두었다가 다음날 새것을 사올 때 불편 없이 사용하자는 계산인 모양이다. 그는 마침내 빈 깡통 몇 개를 남긴 채 떠나갔다. 꾸어 간 잔돈푼을 갚을 때면 동전 한 움큼을 이용하던 그 사람도 이제는 제 나라로 갔다.

4호실이 빈 지 며칠도 못 되어, 영국 시민권을 가졌으며 그때까지

옆집에 살던 중국 청년이 그 방으로 오겠다고 나섰다. 방은 구경도 하지 않고 그저 오겠다고 결정하는 그의 대륙적인 기풍에 다시금 감탄하였다. 집주인 할머니의 기쁨은 말할 것도 없다. 그러나 당장에 들어온다는 것이 아니라, 여름방학 동안은 다른 곳에 가서 일을 하고 9월 말에 오겠다는 약속으로 트렁크만 몇 개 남겨 놓고 갔다.

9월이 왔다. 중국 청년이 온다는 일주일 앞서부터 집주인 할머니가 부산을 떨기 시작한다.

"미스터 왕(王)은 정말 얌전하고 훌륭한 청년입니다. 첫째 조용하고요. 그러니까 여러분도 조용하게 해야지요."

"아니, 화장실이 왜 이렇게 더럽습니까? 취사장 꼴은 이게 무엇이고요. 미스터 왕이 오면 놀라겠습니다. 그리고 그를 위해서 찬장도 하나 비우고 서랍도 하나 비워야지요."

이렇게 수선을 떨면서 찬장과 서랍에 든 우리 물건을 함부로 막 내쫓는다.

이 할머니에게 새로 오는 사람은 누구나 훌륭하고 얌전하다. 따라서 처음에 오는 사람에게는 늘 성의가 놀랍다. 냄비 그릇 한 개도 새로 오는 이에게 좋은 것을 줘야 한다. 그래서 박 선생과 내가 산 두 개의 냄비는 그것이 좀 반반하다는 죄로 아래층에 새사람이 왔을 때에 소유권이 바뀌고 말았던 것이다. 그러나 훌륭하고 얌전한 사람도 반년만 지나면 대개 나쁜 사람이 된다. 자기가 희망하는 정도로 집을 깨끗이 치우지 않기 때문이다. 나도 처음 왔을 때는 약간 대우도 받았건만, 벌써 3년째나 되고 보니 지옥에 지정석 하나는 틀림없는 사람이 되고 말았다. 마침내 왕군이 왔다. 할머니는 반색을 하며 침대 홑이불을 씌우고 식사를 대접하는 등 경사가 났다. 하기야 4호실에 오는 사람은 반가운 손님이기도 하리라.

그런데 그 '훌륭하고 얌전한' 중국 청년이 이틀 밤을 자고 나더니 갑자기 이사를 간다고 짐을 싼다. 4호실이 마음에 안 든다는 것이다. 할머니는 대경실색을 했다. 4개월 동안 짐만 맡았다 내준 생각을 하면 원통하기 짝이 없다. 하룻밤을 자고 가도 돈을 받는 것이 이곳의 관례이건만, 돈 한 푼 내지 않고 침대 홑이불 빨래거리만 장만해 주고 그는 떠나갔다. 그러나 우리는 그다지 섭섭하지 않았다. 그 '얌전한' 사람이 한 번만 목간을 하고 나가면 화장실이 형편없게 더러워진다는 사실을 발견했기 때문이다. 우리도 소제는 무던히 안 하지만 공동으로 사용하는 목간통만은 쓴 다음에 가셔 왔던 것이다.

신학기 초 대목장을 놓치고 보니 이제는 더군다나 4호실 처분이 난처하다. 할머니는 생각다 못해 2호실 일본인에게 청을 넣는다.

"그 당신 친구 미스터 타나까를 이 방으로 오게 할 수 없을까요?"

"천만의 말씀입니다." 일본인은 한마디로 거절했다. 그토록 갈망하던 '후배'도 이젠 시들한 모양이다.


오늘은 2호실의 일본인도 집에 없다. 이층이 빈집같이 조용하다. 나는 이곳에 일 년 이상 같이 살다 떠나간 박 선생을 생각했다. 그리고 그동안 내게 하루 이틀 다녀간 친구들을 생각했다. "그래도 한국 사람이 그중 나은 모양이다." 이렇게 입 속으로 지껄여 본다. "너무 가난한 것이 탈이지 그래도 한국 사람이 나은 모양이다." 또 한 번 중얼거려 본다.

'한국 사람이 낫다'는 이 생각에 나는 스스로 놀란다. 한국에 30여 년을 사는 동안 한 번도 가져 본 적이 없던 생각이기 때문이다. 물론 이 생각에는 많은 편견이 섞였을지도 모른다. 그러나 그 가운데는 반드시 일부의 사실이 반영되어 있음을 의미할 수 없는 까닭에 나는 이 생각을 사랑한다.

　허나 이것은 매우 슬픈 발견이기도 하다. 그것은 결국 인류 또는 '인간성'에 걸어 왔던 희망조차 환멸에로 가까워 간다는 것을 의미할지도 모르기 때문이다. 하여튼 현대는 극복되어야 할 시대인 것 같다.

　밤이 깊으니 길 건너 공원에 본적을 둔 벌레들이 기를 쓰고 가을을 노래한다. 한국의 하늘이 높고 맑으리라.

(1959년 10월)

# 창문

   아침에 잠이 깨면 우선 또 커튼을 올립니다. 커튼이랬자 그 이름이 연상시키는 그런 호사스런 것은 아니고 제2차 세계대전 때 방공용으로 쓰이던 검정 유품(遺品)에 불과합니다. 집주인 할머니에게 갈아 달라고 부탁을 한들 검소의 덕이 높은 그분이 움직일 리 없고 내 주머니를 털어 개비할 정도의 열성도 없는지라, 영구 불멸의 상(相)을 띠고 여전히 유리창을 덮고 매달려 있습니다.

   커튼을 올리면 먼저 눈에 뜨이는 것이 건너편 경찰서 붉은 벽돌집입니다. 어느 나라에서나 경찰서는 왜 건물마저 무시무시하고 충충하게 생겨 먹었답니까. 우리나라 같으면 씨름판에서나 어쩌다 볼 수 있는 육중한 체격들을 일렁거리면서 정복의 순경들이 뭉게뭉게 정문으로부터 나옵니다. 아침 교대 시간. 그들의 거동에 어딘지 거만한 빛이 있는 듯이 보이는 것은 아마 어떤 선입견의 탓일지도 모르겠습니다. 우리나라 묵은 관념에 의하면 아낙네가 식전부터 앞을 지나가면 재수가 없다고 합니다마는, 나는 차라리 아침 첫 번에 내 창 밑에 보이는 행인이 그럴싸한 여인이었으면 좋겠습니다.

찬물이고 더운물이고 고동만 틀면 거짓말처럼 쏟아져 나오는 욕실을 이젠 신기한 줄도 모르고 세수를 하고 나면, 싫단 말도 못하고 책장을 들추어야 합니다. 온돌방을 그리워하는 마음으로 침대 위에 책상다리로 앉아 무릎에 베개를 포개고 그 위에 책을 펴는 것입니다. 그러나 우유, 빵, 코카콜라, 그리고 또 무슨 콜라 등 가지가지 식료품을 싣고 아침 배달에 종사하는 전용 화물차들의 요란한 소음이 공부를 제대로 하게 두지는 않습니다. 문전마다 세웠다 다시 떠나느라고 발동을 죽였다 살렸다 하는 것인지 또는 모퉁이 집이라 커브를 꺾느라고 그런 것인지, 그 소리가 마치 사변 때 탱크의 그것처럼 어지럽습니다. 왜 그놈의 차들은 꼭 내가 공부만 하려면 야단들인지.

홀아비답게 간소한 아침 식사가 끝났습니다. 교회에서 종소리가 이른 공기 선들바람을 타고 밀려옵니다. 그러고 보니 오늘이 일요일. 아직도 사람이 덜 모였단 말인지 가볍고 맑은 종소리는 이어 울립니다. "쿠우엉…" 하고 황혼의 지평선 저쪽으로 끝없이 달아나는 우리나라 고찰(古刹)의 그윽한 종소리에 비한다면, 그 깊이와 넓이에 손색이 역연하다 하겠으나 그래도 귀에 익어 싫지 않은 음악입니다. 허나 그 교회의 위치가 어디쯤인지, 또 거기 사는 목사나 신부가 자기도 믿지 않는 말을 남의 속에 집어넣는 데 특기를 가진 웅변가인지 또는 진실로 존경을 받을 만한 아름다운 정신인지 전혀 모르고 지냅니다.

일요일이란 나에게 특히 상쾌한 날은 아닙니다. 그것이 우표도 계란도 잘 살 수 없다는 하찮은 불편에서 오는 것인지, 위크엔드라는 축복을 색다르게 가져 보지 못한 나의 비뚤어진 심사의 반영인지 알려고 애쓰지 않습니다.

내가 어느 새에 발길을 옮겼는지 창가에 우두커니 서 있습니다. 무슨 변화를 희구하는 무의식입니다. '변화'가 내 방 안에서 돌연히 일어날 리 만무하며 그렇다고 면도와 넥타이로 차리고 찾아 나갈 만한 이렇다 할 목표도 없다면, 자연 창문 밖 유리 저쪽 너머로 그것을 구하는 것이 손쉬운 일이겠습니다.

순경 아닌 일반인들이 오고갑니다. 화물차 아닌 승용차들이 비탈길을 오르내립니다. 빠알간 바탕에 은빛 테를 두른 스포츠카 하나가 뚜껑을 열어젖뜨리고 달려오더니 언덕길 오른편 층층대 있는 집 앞에 스르르 멈춥니다. "빵빠앙" 신호가 웁니다. 층층대 있는 집 문이 열리며 말만한 색시 하나가 온통 허리와 등을 다 내놓고 껑충껑충 내려오더니 남자가 열어 주는 자동차 안으로 흡수됩니다. 잠깐 애정을 증명하는 가벼운 동작이 있은 다음 스포츠카는 바람같이 언덕 너머로 사라졌습니다. 아마 그것이 데이트라는 쾌락인가 봅니다.


너덧 살가량 되어 보이는 여아가 베개만한 인형을 안고 걸어옵니다. 갈 곳이 어딘지 잘 알고 있음을 밝히려는 듯이 오른편으로 길을 꺾어 쭈르르 앞장을 지르며 달아납니다. 조금 떨어져서 어머니가 뾰족 구두로 걸어오고, 그 옆에 젖먹이를 안은 아버지가 바싹 붙어서 따라옵니다. 이 무더운 날 넥타이를 매고 저고리를 입은 것으로 보아 교회에 나가는 것 같습니다. "덩댕 덩댕…" 종소리가 또다시 울려옵니다.

수박을 두어 개 집어넣은 듯이 한아름 잔뜩 되는 젖가슴을 가진 여인이 주위를 위압하고 걸어옵니다. 그 거짓말 같은 가슴을 앞으로 불쑥 내미는 것은, '이것 좀 보시오' 하는 자랑이 아니라 체중의 균형을 얻기 위한 자연스러운 자세라고 믿습니다.

수영복보다는 약간 길어 보이는 버뮤다팬츠를 입은 여자 두 사람이 흔들면서 걸어옵니다. 외양은 완전히 성숙했으나 16, 17세에 불과할 소녀들입니다. 한 소녀의 다리는 백화점 마네킹의 그것보다도 더 미끈하게 자랐으나, 또 한 소녀의 다리는 어느 전람회에서 입상 못한 '나부(裸婦)'의 하체처럼 그저 굵을 뿐입니다. 작년에 산 팬츠인지 가랑이가 좁아서 꼭 끼고 보니, 마치 고무 자루에 기름을 담아서 졸라맨 것처럼 잘록합니다.

살이 너무 찔까 봐 여자들은 갖은 노력을 아끼지 않는답니다. 거의 가정마다 욕실에 체중을 다는 저울이 놓여 있습니다. 식전 배가 꺼졌을 때 목간으로 땀을 빼고, 혹 좀 줄었을까 조심조심 올라서 보는 광경이 잡지, 광고 등에 흔히 보입니다. 시리얼, 설탕, 통조림 등 가지가지 식료품 광고들은 '체중 줄이는 식품', '1온스에 겨우 18칼로리' 따위의 언사를 대서(大書)하여 소비층을 유혹합니다. 그러니 우리같이 마른 사람은 광고에 나지 않은 식품으로 골라서 사 먹어야 될 형편입니다.

덮어놓고 가냘프기만 하면 미인이 되는 것인가 했더니 그렇지도 않은 모양입니다. 허리나 종아리 같은 부분을 비롯하여 전체로는 가늘고 길되 몇몇 특수한 부분만은 도리어 소담스럽게 발달해야 한다니 그 주문이 과연 수월치 않습니다. 아마 그래서 미용체조 강습회가 세월을 만나고, 훌라후프 따위의 간단한 착안이 세계를 휩쓰는 괴변이 생기는가 봅니다.

굵은 다리도 가는 다리도 어디론가 사라지고 말았습니다. "굵으면 너에게 무슨 걱정이고, 가늘면 무슨 상관이란 말이냐." 도시 싱거움을 깨닫고 창문으로부터 물러갑니다. 은은히 파이프오르간의 유량한 곡조가 들립니다.

(1959년 4월)

# 홀아비의 방

서재 겸 침실로 사용되는 나의 거처(居處)는 동대문 시장처럼 어지럽습니다. 책, 문방구, 벌써 온 편지 따위가 세 개의 책상 위를 그저 저희들 멋대로 차지하고 있습니다. 세 개의 의자 가운데 제대로 책상 앞에 놓인 것은 하나뿐이고, 나머지는 그저 우연한 자리에 우연한 방향으로 놓여 있습니다. 그리고 이들 실직자처럼 굴러다니는 의자 위에는(본래 그것은 방문객을 위한 자리였지만), 잠옷, 수건, 땀 찬 내의 등이 볼품없이 걸려 있습니다. 봄철이 오던 무렵에 벗어 내던진 스웨터가 여름철이 거의 지나간 오늘까지 같은 의자를 차지하고 꼼짝도 않습니다. 마룻바닥도 질서를 잃은 지 오랩니다. 헌 구두, 새 구두, 운동화들이 신다 둔 양말짝을 물고 흩어진 모양은 운동선수 합숙소의 탈의실(脫衣室)과 같습니다. 두 개의 테니스 라켓이 아직도 걸릴 못을 발견하지 못하고 여전히 방바닥에 주저 물러앉았습니다. 벽에 걸 요량으로 작년 크리스마스 때 틀에 넣은 그림 한 장도 못을 얻지 못한 채 방구석에 기대섰습니다. 침대 밑은 감히 들여다보지도 않습니다. 수륙(水陸) 만리 통행하느라고 장식 하나 성한 데 남지 않은 한국제 슈트케이스 하나가 해묵은 먼지에 묻혀 그 밑에 있을 것입니다. 그 밖에도 재산 목록에 오르지 못할 지질한 물건들이 구석구석을 차지했습니다.

가장 남의 눈에 뜨일까 두려운 것은 그러나 침대 위입니다. 자고 나면 반드시 세수를 해야 하듯이, 아침에 반드시 침대 위를 다독거려 정돈해야 한다는 것은 미국인의 철칙 같은 관습이랍니다. 그러나 내 침대는 홑이불이나 갈기 전에는 그저 자연 그대로의 모습입니다.

도대체 방 안을 정리할 필요가 없는 것도 같습니다. 나밖에 이 방을 들여다볼 사람이 거의 없기 때문입니다. 누가 아무도 보지 않는 고도(孤島)에서 화장을 위하여 시간과 노동을 바치겠습니까. 하기야 제 얼굴은 제가 못 보지만 제 방은 누구보다도 제가 제일 많이 본다는 차이가 있습니다. 그러나 기저귀와 메주로 공중까지 만원 상태인 한국 방 안에 익숙한 나에게는 이것이 오히려 과분할 뿐입니다. 하기야 방문객이 전혀 없지도 않습니다. 허나 명색이 응접실이라고 따로 있으니, 구태여 내 방 꼴을 안 보여도 좋습니다. 어쩌다 내 방까지 들어오는 사람이 있다 하더라도 그것은 다 같이 사정을 알 만한 우리 한국인 친구들입니다.

그러나 여기도 예외는 있습니다. 치외법권이 확립되다시피 한 나의 영토 안에 무단히 출입하는 미국 여성 한 사람이 있습니다. 처음에는 이 여성, 즉 집주인 할머니의 눈 밖에 나지 않으려고 어느 정도 방을 치운 때도 있습니다. 그러나 환갑 진갑이 지난 할머니 한 사람을 위해서 이 큰 방을 치운다는 일이 불합리하다는 계몽에 달한 지 이미 오랩니다. 할머니도 처음에는 나의 습관을 미국식으로 고쳐 보려고 은근히 수작을 부리더니 이제는 단념했습니다. 내가 도저히 구제의 가망이 없는 이단이라는 것을 할머니가 확신하고 있음은, 그가 나를 보고 교회에 가자고 권유하지 않는 것으로 보아도 알 수 있습니다.

나는 빈민굴처럼 어질러진 이층 방에서 하루해의 대부분을 보냅니다. 학교 도서관에도 내 이름표가 붙은 좌석이 있기는 하나, 이곳처럼 만만한 맛이 없습니다. 나는 여기서 책을 읽습니다. 글씨를 씁니다. 읽기도 쓰기도 싫어지면 침대 위에 눕습니다. 그것이 그대로 낮잠이 되기도 합니다.

서울에 있는 어느 대학 신문이 교수들을 상대로 하는 설문난(說問欄)을 양념 삼아 만든 적이 있습니다. 그 가운데 이런 질문이 있습니다.

"선생님이 가장 행복을 느끼시는 순간은 어떤 때입니까?"

대답 가운데 다음과 같은 것들이 기억에 남았습니다.

"진리의 한 꼬투리를 발견했을 때."

"공감(共感)을 금치 못하는 선철(先哲)의 지리(至理)를 독서 중에 발견했을 때."

나같이 바탕부터가 속된 훈장에게는 오직 까마득하게 부러운 답변입니다. 나에게는 앞으로도 그런 거룩한 체험은 생기지 않을 것 같습니다. 남의 책을 읽고 공감을 느낀다든지 자기의 대단찮은 생각에 그것이 미숙한 줄도 모르고 경솔한 기쁨을 느낄 때도 있습니다. 그러나 전문적인 독서나 사색 가운데 '가장 행복된 순간'을 발견할 수 있도록 학(學)이 나의 몸을 구성하는 세포들 구석구석까지 들려 배지는 않았습니다. 흥미가 진진하여 전문서에로 이끌려 가거나 스스로 샘솟는 생각에 잠기는 경우는 설령 있다 하더라도 매우 드문 일입니다. 전문 서적보다는 주간 잡지가 더 재미있습니다. 논문을 쓸 때보다는 영화를 보는 시간이 더욱 즐겁습니다. 그것도 예술의 향기 높은 '고상한' 것들보다도 색채부터 화려한 대중 영화가 더 기질에 맞습니다. 짧게 말하자면 그것이 바로 즐거워서보다도 '그렇게 해야 한다'는 어떤 당위의 의식에서 나는 읽고 쓰는 모양입니다. 그러면 이 당위의 의식을 정당화하는 근거가 무엇이냐고 나는 가끔 자문(自問)하는 것입니다.

침대 위에 큰 대(大) 자를 그리고 쓰러지는 것은 흔히 이런 자문에 의해서 장려되곤 합니다. 누워서 심심하면 일어나 레코드를 걸어 놓고 다시 눕습니다. 늘 들어도 그것이 40번인지 35번인지 구별이 잘 안 될 정도로 성격이 불량한 애호가이며, 더구나 그것이 무엇을 의미하는 것인지는 도무지 모르는 둔한 신경입니다마는, 그저 들어서 좋으니 들을 뿐입니다. 그래도 남들은 "아무 때나 자빠져 음악을 들을 수 있는 형편이라면 과히 험한 팔자는 아니군." 하고 지껄일지도 모르나, 역시 형이 언젠가 말했듯이 내가 재미를 보고 있다고는 스스로 생각되지 않습니다.

(1959년 5월)

234

# 한래서왕(寒來署往)

## 어느 날의 더위

초록 물감을 풀어 그려 붙인 듯이 나뭇잎 하나 까딱 않습니다. 동네 운동장처럼 늘 분주하게 사용되던 문 앞 공지(空地)에 오늘은 사람의 그림자도 보이지 않습니다. 매일같이 야구를 일삼던 소년 소녀들은 임시 정전을 협의한 모양입니다. 순경 시보생(試補生)들의 군사훈련도 중지했습니다. 볼품도 없는 강아지를 운동시킵네 하고 풀밭을 헤매던 골목 아낙네들도 오늘만은 단념했습니다. "바쁘다, 바쁘다"를 입버릇처럼 연발하며, 몹쓸 고뿔이라도 들기 전에는 낮에 집구석에 박혀 있는 예가 없던 집주인 할머니도 꼼짝 않고 들어앉았습니다. 시곗바늘도 섰습니다.

길에도 행인은 거의 보이지 않습니다. 그늘에 의자를 내놓고 해 저물기만 고대하는 노인 두 분이 동상처럼 묵묵합니다. 아래층 지하실에 사는 젊은 남자가 체면 불구하고 남양 토인만도 못한 복장으로 잠깐 문전에 나와 서 보더니, 거기도 별 수 없는지 도로 들어갑니다. 굴밖으로 나오다 말고 다시 들어가는 가물치처럼.

가끔 지나가는 자동차도 숨이 가빠서 허덕허덕합니다. 자동차 천장 밑이 무던히 덥겠습니다. 길 양쪽으로 줄을 지어 세워 놓은 자가용들의 어깨가 축 늘어졌습니다. 길 건넛집 뒷마당에 널린 빨래들이 마른지 이미 오래련만, 아무도 걷어 가는 사람이 없습니다.

등 한복판을 땀방울이 쉬지 않고 흐릅니다. 의자와 맞닿은 궁둥이 밑이 흥건합니다. 여덟 컵째 냉수를 마십니다. 점심 값이 경제가 되려는지 배고픈 줄을 모릅니다. 냉수욕이나 한 번 더 해야 하겠는데 욕실을 같이 쓰는 친구가 들어가더니 나오는 기척이 없습니다.

선풍기라고 하나 조그만 것이 있기는 하지만 구태여 돌려 놓을 생각이 없습니다. 머리를 말리는 이발소 기구에서 나오는 바람처럼 후덥지근할 뿐입니다. 전축에 경음악을 걸어 봅니다. 그러나 그것조차 오늘은 시들합니다.

라디오가 뉴스를 전합니다. 오늘 더위가 재작년 8월 13일 이래의 최고라는 말을 들으니 좀 위안이 됩니다. "설마 제가 더는 못 올라갈 테지."

(1959년 5월 30일)

# 한창(寒窓)

해안 지대에는 대체로 천기의 변동이 많다고 하지만, 이곳 볼티모어 시가 위치를 얻은 체스픽 만(灣)처럼 변덕스러운 곳은 그리 흔치 않을 것입니다. 기상대까지도 이곳 천기에만은 '예측 심난(甚難)'이라는 딱지를 붙이고 한몫 놓는답니다. 글쎄 하룻밤 사이에 화씨로 40도 이상이 변하는 때도 있으니, 귀신이 아닌 이상 어찌 그것을 알아맞히겠습니까. 아직도 가을이 길거니 믿고 태평히 추야장(秋夜長)을 가무음곡(歌舞音曲)으로 즐기던 벌레들에게 하룻밤 사이에 겨울이 닥치는 참혹은 이를 것도 없거니와 영장(靈長) 인간도 때때로 당황하는 일이 있습니다.

이리하여 금년에도 이곳에 일찌감치 겨울이 왔습니다. 겨울이 올 때마다 마치 연중행사처럼 이 집에 셋방살이하는 나그네들과 집주인 할머니 사이에 언쟁이 벌어집니다. 미국에서는 보기 드물 만큼 실내 온도가 차기 때문입니다. 할머니는 본래 규모가 놀라운 성품에 낭비는 죄악이라는 종교적 신앙까지 반죽이 되고 보니 그의 연료 절약은 철두철미합니다. 더욱 곤란한 것은 그에게 어느 '고명한' 의학박사가 지은 저서가 있는 것입니다. 그 책에 의하면 실내 공기는 찬 편이 좋답니다. "활동 시는 화씨 70도 내외, 취침 시는 화씨 60도 이내." 이것이 박사의 다년간의 연구가 가르치는 결론이랍니다.

"그러나 할머니, 다른 박사들의 다른 학설들도 있지 않겠습니까."

"있을지도 모르지만… 그러나 이 책을 쓴 학자도 믿을 만한 사람입니다."

"책이야 무슨 말을 했든, 실제로 사람이 추워 못 견딜 정도면 그 기온은 그 개인에게 부적당한 것이 아니겠습니까."

"불행히도 우리는 한국 같은 온돌 장치가 없어서 아주 만족스럽게 못해 드리는 것이 유감입니다." 이론이 막히면 할머니는 이런 엉뚱한 소리를 합니다. 마치 스팀 장치로써는 방을 덥게 할 도리가 없다는 것처럼 정말 미안한 표정을 해 보입니다.

"할머니, 좌우간 우리 그 박사의 책을 믿기로 합시다. 그러나 한 가지 이 점을 고려해야 하겠습니다. 그것은 우리의 취침 시간이 각각 다르다는 사실입니다. 할머니는 밤 열한 시부터 아침 일곱 시까지를 자는 시간으로 정하고 그동안은 60도 이하로 내리시지만, 우리는 반드시 그 시간에 자지 않습니다. 때로는 한 시 두 시까지 앉았기도 하고, 또 새벽에 공부하기를 원할 때도 있습니다. 그러니 언제나 활동할 수 있도록 70도 정도를 유지해 주십시오. 그러면 잘 때 각자가 자기 방의 라디에이터를 조절하여 60도 이하로 내리도록 하겠습니다. 본래 스팀 장치란 각실(各室)에서 조절하는 것이 합리적이 아니겠습니까." 설마 이제야 꼼짝 못하겠지 하고 대답을 기다렸더니 웬걸 그 말은 들은 척도 안 하고,

"아니, 그런데 왜 이 취사장이 이렇게 더럽습니까? 그전에 부부가 살던 때는 유리알처럼 매일 닦았는데, 글쎄 아참…" 하며 화제를 돌린 다음 일제 공격이 시작됩니다. 그리고 이 집이 시세에 비해서 방세가 헐하다는 얘기가 으레 수반됩니다. 이리하여 우리의 담판은 여전히 '혹 떼러 갔다 혹 붙인 얘기'가 되고 맙니다.

오늘 아침에도 잠이 깼을 때 방 안이 썰렁하기는 다름없었습니다. 스웨터에 속바지에 잔뜩 껴입고, 또 어제처럼 침대 위에 무릎을 꿇고 앉아서 두 개의 베개를 포개어 책상을 만들었습니다. 은행에 볼일이 있어서 외출을 할 때는 목도리에 외투에 더욱 단속을 든든히 했습니다. 은행까지 왕복을 하자면 반시간은 걸릴 텐데 만약 감기라도 들면 조상 뵈올 면목이 없겠기 때문입니다. 야경꾼처럼 차리고 집 밖으로 나섰을 때, 나는 외기(外氣)가 의외에도 온화한 데 놀랐습니다. 한 5분 걷고 보니 내의에 땀이 차는 모양이며 외투가 무겁게 느껴집니다. 그대로 계속해 걸어가면서 노상을 살펴보니 남자로서 외투를 입은 것은 이 사람뿐입니다. 그래도 혹 한 사람쯤은 있겠지 하고 아무리 사방을 둘러봐도 없습니다. 와이셔츠 바람의 젊은이들이 있습니다. 하도 이상해서 길모퉁이 세탁소 바람벽에 걸린 한난계를 읽어 보았더니 화씨 76도가 됩니다. 밤새 기온에 큰 변동이 있었던 모양이나, 이중 유리창을 꼭 닫은 우리 집 방 안만은 찬 공기가 갇힌 채 그대로 남았던 탓으로 까맣게 모르고 살았습니다. 가두의 시선이 나에게로만 모이는 것 같아서 나는 돌아서서 집으로 왔습니다. 외투와 목도리와 스웨터를 벗어 팽개치고 다시 나섰습니다. 은행 문 안으로 들어섰을 때는 그래도 더웠습니다. 은행 안은 난방이 잘돼서 여사무원들이 반소매로 일을 보고 있습니다. 외투를 입은 채 그대로 은행까지 왔더라면 정말 땀 뺄 뻔했습니다.

집으로 다시 돌아와 보니 방 안은 여전히 쓸쓸합니다. 한난계를 보니 겨우 69도. "세상에 추운 곳이 이 집뿐인가 보구나." 혼자 중얼거리면서 창문을 활짝활짝 열어젖혔습니다.

(1959년 11월)

# 만학다치(晚學多恥)

계장급쯤은 되어 보이는 중앙청 젊은 관리를 만난 일이 있습니다. 초면(初面)이었으나 객지에서이니만큼 서로 친근감을 가지고 이야기할 수 있었습니다. 얘기 끝에 내가 그때 하고 있던 공부가 '학위'라는 것과 관련이 있다는 것을 알았을 때, 그 젊은 친구는 이렇게 솔직히 말했습니다.

"정말 고생 많이 하십니다. 저 같으면 도저히 그 노릇은 못하겠습니다. 첫째, 학위 공부란 몹시 스케일이 작은 일이니까요. 그것도 대학을 갓 졸업했을 때라면 또 모르겠습니다만…"

이 말이 내 귀에 매우 유쾌하지는 않았으나, 나는 그의 의견이 옳다는 것을 겉으로도 속으로도 인정했습니다. 곰곰 책장을 들추어 가면서 손가락에 잉크 칠을 묻히지 않고는 할 수 없는 그것을 어찌 스케일이 큰 일이라 하겠습니까. 스케일이 작다는 그 사실보다도 더욱 섭섭한 것은 학위라는 말 주위에는 무엇인지 항상 속(俗)된 분위기가— 명예욕, 경쟁심 따위와 관련된 속된 분위기가— 떠도는 듯한 느낌입니다. 스케일이 작은 위에 더욱 속되기까지 한 일에 종사하는 나 자신을 가엾은 존재라고 부끄러워했습니다.

다음에 나는 스케일의 중요성을 강조하는 그 청년 관리가 무엇을 꿈꾸며 무엇을 계획하고 있는지 슬며시 물어보았습니다. 그의 이상은 어느 약소국가의 외교관이 되어 동서양을 달리면서 서기관, 이사관 등의 계단을 밟아 급기야 장관의 자리에까지 오르는 일이라는 것을 어렴풋이 알게 되었을 때, 그리고 그가 "남자에게 필요한 것은 지식이 아니라 권력입니다"라고 대담하게 말했을 때, 나는 더욱 슬퍼졌습니다. 서재 좁은 구석에 틀어박혀 경찰서 증명 하나 제대로 못 내는 학자의 생애보다, 지구 위에 못 가는 곳이 없이 날아다니며 전화 하나로 수하(手下) 직원들을 구사할 수 있는 외교관의 그것이 웅대한 스케일이라는 의견을 꺾을 자신은 없었으나, 스케일의 대소(大小)를 재는 척도가 활동권(活動圈) 내의 공간과 장중(掌中)의 권력 이외의 다른 것일 수 없다는 그의 단순한 생각은 그것이 우리나라 장래의 지도자로 자임(自任)하는 인텔리 청년의 생각이니만큼 끝없이 슬픈 사연이 아닐 수 없었습니다.

귀국을 앞둔 나를 환송한다는 뜻으로 수삼 인이 함께 점심 식사를 한 일이 있습니다. 그때 30이 가까운 여학생이 이렇게 물었습니다.

"당신이 학위에 관한 최종 면접시험을 마치던 날 어떻게 스스로를

축하했습니까?" 무슨 뜻인지 몰라 어리둥절한 표정을 지었더니 그는
이어서,

"예를 들면 친구들과 파티를 연다든지, 여행을 떠난다든지…"라고
말합니다. 그제야 말귀를 알아듣고,

"글쎄, 영화 하나 본 일과 일찌감치 잔 것밖에는 별로…"

"아이, 참 글쎄 그것뿐이에요? 부인께 전보는 쳤습니까?"

"아뇨, 그 대신 편지를 냈지요. 그것도 3, 4일 지내고서야 쓴걸요."

"아이고머니나! 저런! 아, 글쎄 그런 경사를 즉시로 가정에 알리지
않다니요. 난 한국 남자들이 좋은 남편들이 못 되리라고 추측합니다."

"천만에요. 나는 내가 좋은 남편이라고 믿습니다."

"당신이야 좋은 남편이겠지만 대체로는 그러리란 말씀이에요."

"하여튼 고맙습니다. 나밖에는 한국 남자를 모르는 당신이 나의 언
행으로 미루어 한국 남성 일반을 평가하면서 나만은 예외로서 생각하
시겠다니."

여자는 대답 대신 웃고 말았습니다.


20이 남짓한 새파란 젊은이가 학위를 얻은 것이라면 파티도 열 만
하고 전보도 칠 만하겠습니다. 허나 나이 40에 그것을 했다는 그 뒤
에는 무슨 슬픈 얘기가 있는 것만 같습니다. 그것은 정말 가까운 사이
가 아니라면 차마 얘기하기도 거북한 부끄러움을 품은 것도 같습니
다. 거기에는 어떤 굴욕이 관련된 듯한 느낌이 있으며 '그나마 없느니
보다는 낫다' 는 우리나라 일반의 관념과 그 관념을 좇아가는 자신에
대한 연민이 있습니다.

더욱 부끄러움과 섭섭한 마음을 자극하는 것은 비록 노학도(老學徒)가 겨우 얻은 학위일지라도 그 본인에게 있어서는 자긍(自矜) 내지 허영과 결부될 수 있고, 또 그 친지들에 있어서는 시기 내지 질투와 관련될 수 있다는 너무나 인간적인 심리입니다. 나 자신의 마음 한구석에도 "서투른 외국의 언어를 통하여 성취한 정신노동이요, 나이가 많아 쇠퇴한 기억력으로 통과한 시험의 관문이기에 도리어 장한 일이 아니냐." 하는 무치(無恥)하고 몽매한 소리가 자소(自笑)와 자기혐오를 부르곤 한다는 사실을 형에게 감출 필요는 없을 것 같습니다. "아아, 떳떳이 네 나라의 말로 그것을 못했으며, 마땅히 소년 시에 했을 일을 오늘까지 미루게 된 너 자신의 게으름과 네 민족의 궂은 운명은 그냥 불문(不問)에 붙일 생각이뇨."

도서관 안에 배정된 연구실에서 책상을 마주 대고 있는 어느 미국 청년은 나의 학위 일이 끝났다는 소문을 어디서 듣고 와서(나 자신은 그 얘기를 내가 봉직(奉職)할 학교 당국과 매우 가까운 두세 명 선배 및 동료들에게밖에 전하지 않았습니다) "참 당신은 운수가 좋습니다"라는 말을 세 번 거듭했습니다. 마치 누가 경품권으로 일등상이나 뽑아냈다는 듯이 말하는 그의 어조에는 같은 일을 자기네 백인들보다도 약 일 년 반가량 단축시켜 끝마쳤다는 사실에 자존심이 상한다는 뜻의 알림이 있기에 나는 이렇게 대답했습니다.

"축하해 주시니 감사합니다. 허나 장학금을 얻어 내기 지극히 곤란하며 부양할 가족을 고국에 남겨두었다는 나의 촉박한 사정이 나로 하여금 불가불 일을 서두르게 했습니다. 서둘러 한 일치고 거칠지 않은 것이 있겠습니까. 나는 도리어 학비에 큰 걱정 없이 가족과 즐겨 가며 4년 혹은 5년 이상을 소비하여 서서히 학위를 얻을 수 있는 당신 네의 팔자를 부러워합니다."

그러나 지금 말씀드린 청년은 오히려 예외에 가까운 편이며 미국인 일반의 태도는 그보다 훨씬 더 여유 있고 유쾌했습니다. 평소에 별로 가까이 지내지 않던 대학원생들이나 도서관 직원들까지도 대개는 먼 저 가까이 와서 손목을 잡으며 "축하합니다"라고 말하고 다음에 "나 는 당신을 부러워합니다"라고 보탭니다. 그들의 태도에는 조금도 거 짓이나 부자연한 곳이 보이지 않았습니다. 더욱 고맙게 느낀 것은, 이 곳 철학과의 교수들 네 사람이 내가 그들에게 인사를 가기도 전에 내 책상머리에 찾아와서 축하의 뜻을 나타냈을 때입니다. 나는 그날 저 녁에 서면으로 감사의 말을 그분들에게 적어 보냈습니다.


우리나라 R교수가 50 고개를 넘어서 학위를 얻어 가지고 돌아왔을 때에 그의 친지들은 앞마당에서 축하회를 열고 뒷마당에서 딴소리를 했습니다.

"머리가 희끗희끗하게 세어 가지고 학위라니 실은 망령이지."

"학위라는 것은 순전히 형식에 불과한데… 우리나라는 본래 형식 을 좋아하는 나라니까."

"그런데 그 나라에서는 돈만 주면 학위 논문을 살 수도 있단 말을 들었는데 지금도 그런지 원."

"아무개는 유교 철학에 관한 논문으로 학위를 얻었다는데, 글쎄 공 자와 맹자 사이에 누가 아버지고 누가 아들이냐고 어느 친구가 물었더니 '아, 그야 공자가 아버지지'라고 대답하더라지 않아."

"하여튼 우리나라 일류 대학의 정교수가 외국에 가서 학위 공부한다는 것은 국가 체면상으로도 그리 칭찬할 일은 아닌 것 같아."

이런 따위의 발언 하나하나의 시비를 가릴 흥미는 없습니다. 다만 이와 같은 뒷공론을 빚어내는 심리 가운데 그들이 표시한 R교수에 대한 '우정'과는 좀 성질이 다른 어떤 감정 ─ 즉 경쟁의식과 관련된 어떤 감정 ─ 이 있지나 않은가 생각되기 때문에 우리는 거기에 정말 한심한 심사가 있는 것같이 느끼는 것입니다.

경쟁심리 그 자체로 말하면 어느 모로는 자연스러운 현상이며 또 언제나 해롭기만 한 것도 아니겠습니다. 그러나 기왕에 경쟁을 하겠으면 좀 더 끌끌한 인물들을 상대로 하지 못하고 왜 하필 40이나 50에 학위를 얻는 따위의 불쌍한 친구들을 상대로 택하느냐 말씀입니다. 우리나라에서 목표를 국제 수준에 두고 노력하는 이들이 권투, 역도 등 몇 가지 운동 분야에만 국한된 듯한 인상이 드는 것은, 야당과 여당이 손바닥만 한 권력을 다투어 피투성이가 되고 있는 그것에 비할 딱한 현상이 아니겠습니까. 경쟁의 상대를 우물 안에서 고르지 않고 바다에서 구하는 것이야말로 어느 청년 관리가 역설한 스케일과 관련되는 문제이겠습니다. 조그마한 철사 우리 안에서 병아리를 쫓는 수탉의 스케일은 그가 스스로를 영웅적이라고 믿는 까닭에 더욱 슬픕니다.

약하고 뒤떨어진 사람을 경쟁 상대로 인정해 주는 것은 그 약한 자 개인에게는 영광스럽고 고마운 일이겠으나, 국가나 사회 전체의 견지에서 본다면 축복된 현상이 아닙니다. 우리나라의 일꾼들이 모두 그저 게서 게 갈 만한 이웃 사람들을 오직 그들이 가까이 있고 또 보기에 만만하다는 이유로 경쟁의 상대로 삼기에 여념이 없다면 우리나라의 문화나 국력 일반은 언제나 남의 꽁무니를 쫓아가기에도 바쁠 것만 같습니다.

(1960년 3월)

# 남의 나라에서 본 우리나라

### 1.

소위 '교환교수' 라는 이름으로 미국으로 향하던 몇 나라 사람들이, 언어와 풍습에 관한 강습을 받기 위하여 하와이 대학에 머물러 있던 때의 일이다. 숙사 부근에서 바람을 쏘이고 있노라니 몸집이 뚱뚱하고 나이는 40 안쪽으로 짐작되는 백인 한 사람이 가까이 오면서 말을 건넸다.

"실례합니다. 혹 한국에서 오시지 않았습니까?"

"그렇습니다. 한국에 가 본 일이 있으십니다그려." 이렇게 말했더니 그 사람들이 으레 하듯이 과장된 표정으로 악수를 하고 이번에는 한국말로 떠듬떠듬 지껄인다.

"안녕하십니까. 저는 한국에 전쟁으로 7개월, 7개월 동안 가 본 일이 있었습니다. 저는 한국 제일 좋습니다. 세계에서 제일 좋습니다. 그곳은 천국입니다." 나는 어리둥절했다.

7개월 동안 군인으로 가 있던 사람이 우리나라 말을 그만큼 하는 것도 뜻밖이거니와, 문화 시설이 빈약하고 범죄가 적지 않은 우리나라를 지상 천국으로 숭상하는 데는 더욱 수수께끼를 느끼지 않을 수 없다. 직업이 하와이 대학의 에스파냐어 교수로서 언어학에 관심이 깊다는 말과, '불교가 한국말에 미친 영향'이라는 제목의 학위 논문을 작성 중이라는 이야기를 듣고 나서, 한국말을 잘 아는 사유는 어느 정도 납득이 갔다. 허나 우리나라가 지상 천국이라는 이유는 30여 년 동안 그곳에서 자라난 본토박이의 경험을 회상하여도 갑자기 생각나지 아니하므로 이렇게 물어본다.

"한국의 특히 어떠한 점을 좋다고 보십니까?"

"한국 사람들, 모두 좋습니다. 산과 들도 아름답습니다."

'삼천리금수강산'이라 일컬어 왔고, '동방예의지국'이라 칭찬한 중국인도 있다 하며, '평화를 사랑하는 백의민족'으로 자처하는 나라임을 상기한다면, 어느 외국인이 그 산천과 인심을 칭송하는 것쯤 이상할 일이 없겠으나, 그 칭송하는 당자가, 산수의 아름답기는 섬 전체가 그림 속의 공원 같고, 인심이 순후(淳厚)하기는 요순(堯舜)시대와도 같아서, 간혹 상점에서 돈을 내지 않고 물건을 호주머니에 집어넣더라도 문 밖을 나서기 전에는 아무 말 하지 않으며 문 밖을 나선 뒤에도 "도둑놈아"라고 외치는 대신 "영수증을 보여 주실 수 있으십니까?"라고 묻는, 태평양 상의 별천지 하와이의 주민이라는 것을 생각한다면, 아무래도 석연치 못한 점이 남는다. 더욱이 그가 한국을 찾아 간 것이 유람을 즐기는 여객(旅客)으로서가 아니라, 반도가 불바다로 변하다시피 한 전쟁 때에 고생을 무릅쓰고 목숨을 내거는 군인(軍人) 으로서였다는 것을 고려한다면, 이 친구가 능글맞게 외교적 언사를 희롱하고 있는 것이나 아닌가 하는 의심조차 없을 수 없었다.

그러나 가자는 대로 따라서 그의 연구실에 들렀을 때에 그가 한국을 상당히 좋아하고 있다는 것이 사실임을 암시하는 몇 가지 자료를 볼 수 있었다. 책꽂이에는 우리나라 문인들이 쓴 몇 권의 소설, 단편집, 시집들이 한글 사전과 이웃하여 꽂혀 있었고, 벽에는 한국 풍속을 그린 싸구려 그림까지 한 장 붙어 있었다. 그는 여러 장의 한국 사람들 사진을 연달아 보여주면서, "이 사람을 아십니까?" "이 사람도 모르십니까?" 하고 묻는다. 사진 속 사람들이 대부분 계급 낮은 군인들, 순경 혹은 경사급의 경관들, 이발사, 운전수 등이어서 학교 선생 노릇밖에 못 해 본 내가 알 만한 이는 한 사람도 없는지라, 모두 모른다고 대답하기가 딱했으며, 때로는 "많이 보던 사람 같다"고 어물거리기도 하였다.

그의 말에 의하면 그 사진들 속에 나타난 사람들은 누구나 '참 좋은 친구'였다. 사진이 끝난 다음에는 편지를 보여주기 시작한다. 꽤 여러 장의 편지였으나 영어로 쓰인 것은 한 통도 없고 대개 한문을 드문드문 섞어서 서투르게 엮어 놓은 글월들이었다. 한글 선생님들이 보셨다면 잔소리도 제법 나옴직한 어색한 솜씨들이었으나, 쓴 이들의 순박하고 거짓 없는 심정은 넉넉히 엿볼 수 있었다. 편지 한 장 매끈하게 쓸 줄 모르는 깨이지 못한 사람들의 어수룩하고 무던한 성품이 이 온후하게 보이는 학자의 마음을 끈 것인지도 모른다. 한국에서 약삭빠르고 이해타산에 빈틈이 없는 소위 유식층과 많이 사귀었더라면 한국에 대한 이 사람의 의견도 달라졌을지 모른다고 생각해 본다.


2.


위의 얘기와는 딴판 다른 말을 듣지 않으면 아니 된 것은 존스홉킨스 대학이 자리를 잡고 있는 볼티모어에 온 지 불과 몇 달이 못 돼서 생긴 일이었다. 숙소에서 가까운 우편국에서 볼일을 마치고 나오던 어느 날, 저쪽으로부터 걸어오던 노인 한 사람이 갑자기 손을 내밀며 "할로, 하우두유두" 하고 제법 반긴다. 60 가량 되어 보이는 약간 몸이 수척한 사람으로 미국인으로는 매우 초라해 보이는 풍모였다.

누군지는 모르겠으나 웃는 낯에 침 못 뱉기로 이쪽에서도 반가운 듯이 악수를 하고 공식에 따라 대답 인사를 하였으나, 역시 영문을 몰라 어리둥절하고 있노라니, 노인은 다시 말을 계속하여 쉴 사이가 없다.

"당신은 나를 모를지 모르나 나는 당신을 잘 압니다. 홉킨스 대학에 다니시지요. 학교 부근에서 여러 번 뵈었습니다. 나는 당신 나라에 반년 이상 있었습니다. 정말 아름답고 훌륭한 나라입니다. 인심도 어쩌면 그렇게도 좋습니까. 나는 정말 당신 나라를 좋아합니다. 그래서 처음 인사하는 당신이지마는 나에게는 오랜 친구와도 같이 숙친감(宿親感)을 줍니다. 참 반갑습니다. 당신 나라도 이제는 하루하루 전쟁의 상처가 아물어 가고 국민들도 점점 행복된 생활을 하고 계시겠지요."

"그런데 우리나라에는 어느 곳에 주로 계셨습니까?" 하고 그칠 줄 모르고 수다스럽게 늘어놓는 이야기가 약간 숨을 돌리는 틈을 타서 물어보았다.

"예, 요코하마에 오래 있었고 도쿄에도 있었지요." 아차, 이 사람이 나를 일본인으로 잘못 봤구나. 그제야 깨닫고 내가 한국인이라는 것을 말하려고 "아, 그런데…" 하고 입을 열었으나 그는 나에게 기회를 주지 않고 줄곧 지껄인다.

"교토가 참 좋다는데 못 가 봤습니다. 요다음에 귀국에 가면 꼭 한 번 가 볼랍니다. 그리고 나는 일본뿐만 아니라 대만에도 가 보고 한국에도 가 봤습니다. 중국 사람들도 좋은 사람들입니다. 그런데 한국인만은 좀 다릅니다. 이 사람들은 정말 '노굿'입니다. 거짓말쟁이들입니다. 아, 참 그런 사람들 처음 보았습니다. 한국인 듣는 데 이런 말 하면 그야 노발대발하겠지만 당신도 한국인이 어떻다는 것은 잘 알고 계실 줄 믿습니다."

사태가 이쯤 되고 보니 "나는 사실 한국인이요"라는 말이 데꺽 나오지 않았다. 구두 수선을 생업으로 삼고 있다는 이 단순한 영감에게 무안을 주지 않으리라는 마음도 없지 않았으나, 한국 사람이 '거짓말쟁이'가 아니라고 반박할 자신이 얼른 서지 않은 것이 나를 주저하게 하는 더 큰 원인이었다. 그렇게 반박함이 없이 내가 한국인이라는 것만 말하고 만다면, 한국인이 정말 나쁘다는 것을 자인하는 결과가 될 것이요, 거짓말쟁이가 많기는 하나 한국인에게도 좋은 점이 적지 않다는 것을 설명한대도 정직, 부정직이 인격의 무게를 다는 가장 정확한 저울이라고 믿고 있는 이 노인이 손쉽게 납득할 것 같지 않았기 때문이다.

"한국에는 어느 곳에 가 보셨으며 얼마나 오래 계셨습니까?" 겨우 이런 질문으로 어색한 순간을 메운다. 부산에 2주일 동안 있었던 것이 전부라는 대답이다. 일개 항구 도시에 2주일밖에 머문 일이 없이 어찌 한 나라 전체의 인심을 이렇다 저렇다 할 수 있느냐고 따지고 덤비면야 이론에 이기기는 힘들지 않았을지도 모른다. 그러나 토론에 이긴다고 그 사람의 한국에 대한 평가가 달라질 리 없고 도대체 이런 영감과 노상에서 따지고 덤비는 것이 현명한 처사 같지도 않았다. 적당히 작별 인사를 나누고 돌아선다.

구두 고치는 영감에게 욕을 본 것은 나뿐이 아니다. T선생과 I선생의 경우는 더욱 걸작이다. 이 두 선생이 앞서 말한 우편국에서 멀지 않은 어느 카페에 앉아 있을 때, 한 노인이 저쪽 구석 의자로부터 가까이 오면서 "아, 여기 참 좋은 친구들이 계시는군. 안녕들 하십니까." 하고 소리를 치더라는 것이다. 악수를 하자마자 맥주 한 병씩을 사다 안긴다. 술맛을 아는 두 선생은 해롭지 않다고 느끼면서 받아 마시는 동안 기울이는 술잔을 내려다보면서 낯모를 노인은 지껄인다.

"나는 당신 나라 사람들이 모두 선량하다는 것을 알고 있습니다. 한 사람 한 사람 떼어 놓으면 누구나 좋은 사람들인데 어째서 그런 무서운 전쟁을 일으켰는지 참 모를 노릇입니다. 아마 군벌 몇몇 사람이 나빴기 때문이지요. 정말 그렇습니다. 당신들 양민들에게는 아무 책임이 없습니다."

일본인으로 오인당했다는 것을 바로 알기는 했으나 술까지 얻어먹고 "당신이 우리를 잘못 봤습니다"라고 말하기가 미안해서 그저 잠자코 있는 동안은 그래도 괜찮았는데 "일본 어느 지방에서 왔느냐"고 묻는 데는 정말 질색했다고 말하던 T선생의 이야기에는 한숨까지 섞여 있었다.

## 3.

미국에 와 있는 어느 친구 편지 가운데 다음과 같은 구절이 있었다. "이곳에 와서의 수확이 있다면 하나 자기를 똑똑히 알아보았다는 그 사실일 것이지요…"

익숙한 환경 속에서 주위가 굴러가는 대로 순조롭게 살아갈 수 있었을 동안은 별로 뚜렷이 의식하지 못하던 자기의 장점과 약점을, 언어와 풍습이 다르고 제반사(諸般事)에 조심성 있게 적응해야 할 이국(異國)에 와서 새삼스럽게 반성하게 되는 것은 매우 자연스러운 일이다.

이와 같이 해외로 나온 기회에 반성의 대상이 되는 것은 자기 일개 인뿐만이 아니라 자기 나라 전체까지 미치는 것 같다. 우리는 남의 나라에 왔을 때 다른 어느 때보다도 더 주의 깊게 우리 자신의 나라를 알아보게 된다.

미국에 와서 처음 얼마 동안 주로 눈에 뜨인 것은 이 남의 나라의 좋은 점들이었다. 깨끗한 거리거리, 아름다운 주택과 정원, 편리한 교통 등, 우선 풍부한 물질이 주의를 끌고, 다음에는 외국인에 대해서 대체로 친절하고 네모 반듯반듯하게 경우 밝은 그 주민들의 인심이 인상 깊게 느껴진다. 이와 대조를 이루어 우리나라의 초라한 살림살이가 눈시울에 어른거리며 약속한 장소에 시간을 맞추어 나가면서도 꼭 만나게 되는지는 의심스러운 고국의 친구들이 머리에 떠오른다. 그때 느끼는 감정은 부러움이라기보다도 실망에 가깝다.

그러나 몇 달 지나고 나면 생각은 많이 달라진다. 풍부한 물질생활도 평범한 사실로 변하고 이제는 벌써 깊은 감명을 주지 않는다. 남에게 간섭하지 않고 남의 시간이든 자기 시간이든 단 10분을 낭비하려들지 않는 이곳 부지런한 사람들의 생활이 도리어 메말라 보인다. 지나치게 경우 밝은 인간관계가 도리어 거북하게 느껴지기도 한다.

전깃불이 귀하고 수돗물이 나오지 않는 나라에서도 행복되게 살 수 있을 것만 같다. 약속을 어기고도 미안하다는 말 한마디면 그만이고 남이야 바쁘건 말건 찾아와서 밤이 깊어 가도 일어설 기색을 보이지 않는 친구들이 정말 막역지우(莫逆之友)라고 부를 사람 같기도 하다. 남의 사생활에 대한 반갑지 않은 간섭처럼 곤란한 것이 없다. 그러나 아무도 간섭해 주지 않는 생활, 모든 사람들의 관심 밖에 완전히 홀로 선 생활이 있다면 그것은 가장 잔인한 고문보다도 더 괴로울는지 모른다. 못 마시는 술을 억지로 권하는 것은 괴롭다. 그러나 한 번 사양하면 다시는 두말없는 술자리보다는 저 괴로운 자리가 더 따뜻했던 것도 같다.

우리 한국 사람에겐 아직도 어딘지 터분한 데가 남아 있다. 터분한 까닭에 경우에 어둡고 남에게 폐를 끼치는 일이 종종 있다. 그러나 이와 같이 경우에 어둡고 남에게 폐를 끼치기도 하고 입기도 하는 사회생활 가운데는 경우에 유리알처럼 밝고 피차의 이익을 깍듯이 존중하는 사회에선 맛볼 수 없는 훈훈한 분위기가 있다. 그리고 이와 같은 훈훈한 분위기는 인생이 행복되기 위하여 매우 필요한 조건의 하나라고 볼 수 있음직하다.

소위 문명이니 개화니 불리는 것의 정도가 높은 사회일수록 생존경쟁은 그만큼 심하고 따라서 사람들은 항상 시간에 몰려 바쁘지 않을 수 없다. 5분, 10분의 시간을 아끼고 다투는 생활은 한 푼 두 푼의 돈을 쥐어짜는 그것과 같이 흥겹지 못한 생활이다. 한국 사회의 생활이, 알뜰해야 할 우리네 형편으로는 시간과 돈을 헤프게 사용하는 경향을 가졌다고 항상 못마땅하게 생각해 왔다. 그러나 이제 그러한 낭비 가운데도 버리지 못할 아취(雅趣)가 있음을 느낀다.

물질에 있어 가난하고 시간에 있어 뒤떨어진 우리나라 사정에 맞추려면, 물론 우리는 몇 곱절 더 아끼고 부지런해야 할 것이다. 사람 하나 떠나는데 수십 명 혹은 수백 명의 인원이 역두나 비행장까지 나갈 여유는 없을지도 모른다. 과문불입(過門不入)이 섭섭하다고 서울 올라온 길에 대소가와 친구들을 모조리 찾아보던 시대는 지나갔다. 그러나 이와 같은 낭비 내지 비생산적 활동 가운데는 우리나라가 자랑으로 여겨도 좋을 '인정'이 있음을 본다. 시대의 요구를 따라서 생활의 양식을 더욱 부지런하고 더욱 아끼는 그것에로 고쳐야 할 것이다. 그러나 새로운 양식 속에서도 저 묵은 양식 속에 깃들어 있었던 훈훈한 인정의 향기만은 오래 간직하고 싶은 것이다. 이와 같은 지양(止揚)은 겉보다도 속에 치중하는 깊이 있는 정신생활 속에 이루어질는지도 모른다. 모처럼 길가에서 만난 친구와 술이나 차를 나누지 않아도 우리는 두터운 인정을 간직할 수가 있다.

미국 사람들은 일하는 닷새 혹은 엿새 동안은 기계처럼 열심히 일하고 노는 주말에는 전후의 걱정을 버리고 즐겁게 놀아 주는 절도(節

度) 있는 생활 속에 경쟁이 자극하는 건설의 의욕과 본능 속에 뿌리 깊은 향락의 요구를 지양시키는 묘방(妙方)을 발견하였다.

우리는 전체로 볼 때 아직 높이 세련된 국민은 못 된다고 하겠다. 우리에게는 가까운 사람끼리는 무조건 옹호하고 먼 사람에게는 억울한 사정이 있어도 묵과하는 편파성이 남아 있다. 집안사람이 국회위원에 입후보하였으니 자격 여하는 차치하고 그리로 투표하는 것이 당연하다고 믿는다. 동창 관계, 동향 관계, 종파(宗派) 관계 등이 취직 문제의 선결 요건처럼 고려된다. 유교적인 가족제도에 근원을 두었다고 생각되는 파당적인 경향은 약소민족으로서의 압박을 거듭 당해 왔다는 또 하나의 사정과 결합되어 우리 국민성 안에 외국의 문물과 사람에 대한 반사적인 배타성을 조성하였다.

우리는 처음 보는 외국인에게 대체로 다정한 편은 아니다. 외국인에게는 택시 요금을 다소 더 받아도 좋다고 생각한다. 미군 창고에서 물건을 좀 집어내 왔대도 우리는 그 사람을 소위 '도둑놈'이라고 단정하기를 주저한다. 이와 같은 국제적인 배타성이 우리나라에 처음 발을 들여놓는 사람에게 좋지 못한 인상을 준다는 것은 있을 수 있는 일이며, 부산에 2주일밖에 안 와 봤던 구두장이 노인이 우리나라 인심을 나쁘게 말한대도 함부로 분노할 자신이 없는 것이다. 그러나 처음에는 비교적 냉정한 대우를 받던 외국인도 다소 오래 사귄 친구를 갖게 될 때에는 우리나라 인심 바탕에 깔려 있는 깊은 '인정'을 발견할 것이다. 하와이 대학의 교수가 우리나라 인심을 높이 평가한 것은 우리 국민성의 더 깊은 일면을 간취한 것으로 이해하고 싶다.

## 4.

우리나라 항간에는 자포자기의 한탄이 종종 들린다. "한국 사람이 하는 일은 믿을 수가 없다." 이러한 한심한 말이 한국 사람 자신의 입을 통해서 나오는 것이다. "나는 모르겠다. 될 대로 되어라." 이러한 말이 책임을 스스로 맡고 나와야 할 교육받은 청년의 입술을 스친다. 심지어 '한반도'라는 땅 위에 생을 받은 것을 슬픈 숙명이라고 자탄하며 지구상이면 어느 곳도 좋으니 이 반도 밖으로 달아나고 싶다는 끔찍한 농담도 있다.

과연 우리나라처럼 무도(無道)한 나라도 드물 것이다. '민주주의'라는 간판을 걸고 있으면서 관료가 국민의 상전처럼 호령하는 나라도 귀할 것이며, 입헌 법치 국가임을 표방하면서 일부 당파를 위하여 헌법을 고쳐야 하겠다고 외쳐도 파렴치한 줄 모르는 나라도 드물 것이다. 살인, 강도가 심하기는 암흑시대와도 같고 사기, 횡령, 절도의 범죄는 신문의 얘깃거리도 못 된다. 수표에 부도가 났대도 놀라는 사람이 없는 반면에 돈만 가지고는 일류 대학에 들어갈 수 없다고 설명하여도 믿어 주지 않는다.

이러한 우리나라의 사정을 추려 본다면 자포자기의 심정에도 이유가 없지는 않다. 그러나 이것을 이유로 자포자기가 당연하다고 생각하는 사람은 그의 사고에 있어 몇 가지 오류를 범하고 있음을 지적할 수가 있다.

첫째로, 이러한 자포자기에는 정치상의 타락이나 도덕적인 퇴폐를 인력으로 돌이켜 바로잡을 수 없는 숙명처럼 생각하는 오류가 있다.

정치의 타락이나 도덕의 퇴폐는 국민의 선천적인 특색에서 오는 것이 아니라, 그 선천적인 특색에 방향을 주는 환경과 인위(人爲)에 있는 것이다. 다시 말하면, 타락 내지 퇴폐를 가지고 온 것은 우리 자신의 경험적인 소위(所爲)이며 따라서 이것을 바로잡을 수 있는 것도 우리의 경험적인 노력인 것이다.

둘째로, 이러한 자포자기에는 우리나라의 나쁜 점만을 가려보고 좋은 점은 간과하는 편견이 있다. 『남태평양 이야기』, 『사요나라』 등의 소설로 유명한 미국의 작가 제임스 미치너(James Michener)는 한국인을 예술에 대한 이해와 사랑이 깊은 존경할 만한 민족이라고 평가하였다. 그는 한국이 누차의 외국 침범에도 불구하고 그 단일민족으로서의 전통을 유지해 온 사실을 '세계 역사상의 기적'이라고 감탄하면서, 한국인의 참을성과 단결력이 비상함을 지적하였다. 그러나 그가 가장 격찬한 것은 한국 여성의 굳은 절개와 온순하고 겸손한 부덕(婦德)이다.

한국의 남자들 가운데 우리나라 여자들의 장(壯)한 미덕을 발견함에 있어 이 멀리 사는 외국 작가보다 예리한 관찰을 한 사람은 많지 않으며, 무비판하게 외국의 새 풍조를 따르기에 급급했던 우리나라 일부의 신여성은 자기네 자신의 혈관 속에 깃들어 있는 지극한 보배를 느낄 줄 몰랐던 것이다. 이 밖에도 우리가 우리 가운데 발견할 수 있는 장점은 무수하다.

우리나라 사람들의 몸과 마음 가운데는 헤아릴 수 없는 옥(玉)들이 묻혀 있다. 다만 유감스러운 것은 이것을 갈고 닦아 빛나게 하는 노력이 부족하다는 사실이다. 지능이 그만큼 높음에도 불구하고 세계적인 학자나 사상가를 낸 일이 거의 없다. 그토록 음악을 즐기고 미술의 소양을 가졌으며 정서가 풍부함에도 불구하고 한국인으로서 세계에 알려진 예술가의 수효는 적다.

셋째로, 우리나라 사람들의 자포자기 가운데는 실패의 책임을 서로 남에게 미루는 도덕적인 오류가 있다. 우리나라 위에서 생긴 일은 그 대부분이 우리가 한 것이며, 그 책임도 우리가 나누어 져야 한다. 정부의 수반(首班)도 우리가 선거로 추대했으며, 국회의원도 우리의 판단으로 선택하였다. 우리가 선택한 사람들에게 잘못이 있다면 그 잘못의 책임은 우리에게도 돌아오는 것이다.

세상에 완전히 독립한 개인이라는 것은 없다. 우리는 사회 안에서 몇 가지 관계의 유대(紐帶)를 통해서 서로 엉클어져 있다. 어느 개인의 잘못이라는 것은 그 잘못의 방아쇠를 잡아당긴 자가 어느 개인이라는 뜻에 불과하다. 총을 만든 책임, 화약을 장치한 책임은 사회 일반이 각각 정도의 차이를 가지고 나누어야 한다. 피로 맺어진 동포라고 그렇게 외치면서 왜 같은 핏줄기가 저지른 일에 대하여 책임을 나누지 못하겠다는 것인지 알 수 없다.

우연히 해외에 나온 기회에 '우리나라'를 느낀다. 그토록 불행을 거듭하고도 그래도 춤과 노래를 잊지 않는 낙천적인 사람들이 그리운 것이다. 멀리서 보는 눈에 갈지 않은 옥(玉)이 보이는 것이다. 이 가련한 민족이, 이 무서운 잠재력을 감춘 국민이 스스로 사랑하고 스스로 존중하지 않는다면 그들은 역사상에서 큰 과오를 범하는 셈이 될 것만 같다.

(1958년 5월)

[추기(追記)]

구두장이 영감에게 내가 한국인이라는 사실을 알린 것은, 그 후 일본 여자가 '미스 세계'에 당선된 축하를 그로부터 받았을 때이다. 내가 한국인이라는 사실을 알고 난 뒤로 구두장이 영감은 나를 만나도 악수를 하지 않았다.

# 하와이 인상기(印象記)

## 꽃목걸이

하와이의 환영은 꽃목걸이로 상징된다. 나팔꽃처럼 가운데 구멍을
내기 쉬운 꽃잎들을 포갬포갬 실에 꿰어서 만든 것. 긴 것은 6, 7척이
넘는 것도 있으니 이곳 토어(土語)로 '레이(Lei)' 라고 부르는 이 꽃목
걸이 하나를 만들자면 백 송이의 꽃도 부족할 것 같다. 이것을 환영받
을 사람 목에 한 사람 한 사람 걸어 주되, 남자에게는 여자가, 여자에
게는 남자가 걸어 주기로 마련이다. 그리고 걸어 준 다음에 가볍게 입
술을 볼에 맞추기를 잊지 않는다.

환영에 있어서 뿐만 아니라 생일, 입학, 졸업, 가지가지 축하에도
걸핏하면 이 꽃목걸이를 걸어 준다. 이런 짓이 가능한 것은 하와이라

는 곳이 본래 꽃이 흔하기 때문이다. 열대수(熱帶樹) 짙은 파란색 사이사이에 어디를 가도 붉은빛, 흰빛, 노란빛 꽃들이 아름답게 수놓고 있다. 그 이름을 들어도 일일이 욀 수 없으되 그중에도 무궁화가 가장 많은 것은 더욱 뜻밖이다. 여러 가지 종류의 무궁화들이 길가에 집가에 흩어져 피었으되 우리나라에서 흔히 보듯이 벌레가 먹지 않은 것이 고마운 일이다. 꽃은 들에도 산에도 가정에도 있다. 이 꽃들을 손수 따고 손수 엮어서 반가운 사람 목에 사뿐히 걸어 주는 것이다.

## 여러 가지 사람들

호놀룰루에 도착하여 우선 의외로 생각되는 것은 길에서 만나는 사람들의 대부분이 동양인이라는 사실이다. 동양인 가운데도 일본인이 단연 수가 많다. 상점 간판에도 일본인의 이름들이 어깨를 나란히 하고 극장 광고에도 일본 영화가 제법 눈에 뜨인다. 일본인의 수효는 총인구의 5분의 2에 해당하고 모든 종류의 백인들을 합한 수의 1배 반이 넘는다.

그러나 일본인 이외에도 실로 여러 가지 인종이 이곳에 산다. 누른 사람에도 여러 가지 누른 사람, 흰 사람에도 여러 가지 흰 사람, 검은 사람에도 여러 가지 검은 사람이 있다. 깍짓동 같은 거인(巨人)도 있고 5자도 못 되는 좀씨도 있다. 이 사람들이 다 같이 영어를 사용함은 물론이나 이곳에 하와이의 독특한 영어 사투리가 발달하였다. 몸집이 다르고 얼굴빛이 다르며 조상의 계보(系譜)가 달라도 그들의 생활양식이나 사고방식은 거의 균일하다. 물질적인 측면으로 보거나 그들의 생활에는 완전히 아메리카적인 틀이 잡혀 있다.

그들은 중국인이기 전에 미국인이고, 필리핀인이기 전에 미국인이고, 일본인이나 프랑스인이기 전에 미국인이다. 젊은 세대의 사람들은 자기네 조상의 언어에 숙달치 못한 것이 보통이며 가정에서도 물론 영어가 일상어로 되고 있다. 이 사람들은 자기네가 미국의 시민이라는 것을 자랑으로 여기고 또 유리한 조건이라고 생각하기 때문에, 부모나 조부모의 고국에 대하여 어렴풋한 향수를 느끼지 않는 것은 아니나, 그 고국으로 돌아가 일하고 그곳에 뼈를 파묻고 싶은 생각은 그리 없는 듯한 눈치였다.

그러나 이 사람들에게도 민족적인 관념이 없는 것은 아니다. 고국 사람을 만나면 유달리 반가워하고 가정에는 자기네의 민족문화를 상징하는 인형, 회화, 도자기 등이 장식되고 있다. 민족 관념은 나이가 많은 사람일수록 강하다. 직접 이민해 온 사람들이 가장 강하고 2세, 3세로 내려올수록 점점 약해진다. 고국의 언어를 해득하는 능력도 이 민족 관념과 비례라도 하는 듯이 세대가 젊어질수록 차차 조상의 언어를 모르게 된다. 일본인 사이에도 늙은 세대에서는 일어 교육의 중요성을 강조하면 젊은이들은 이것을 쓸데없는 부담이라고 싫어하는 모양이다. 하여튼 일어 학교의 경영이 해마다 어려워지는 것은 사실이다(이 점은 한국어의 경우에 있어서는 더욱 심하다). 언젠가 일본인의 결혼식을 구경하게 되었는데 축사나 인사가 그 말하는 사람의 세대에 따라서 늙은 경우에는 일어로, 젊은 경우에는 영어로 각각 진술되었다.

동양 계통의 가정에 있어서는 대체로 노인들과 젊은이들이 각각 딴세상에 살고 있다는 인상을 준다. 눈코 뜰 새 없이 앞으로 달아나는 세상에 미처 쫓아가지 못하고 노인들은 뒤에 처져서 젊은이들이 하는 짓을 체념 섞인 마음으로 그저 바라만 보고 있는 듯한 정경이다. 다만 충실한 사회보험제도의 덕택으로 노후의 생계만은 걱정할 필요가 없으니, 그래도 새 시대에 상을 찌푸리는 우리나라의 노인들보다는 팔자가 늘어졌다 할까.

하와이에는 그토록 여러 가지 인종들이 섞여 있음에도 불구하고 그들 상호간의 관계는 부러울 정도로 잘 융화되고 있다. 백인의 우월감도 거의 눈에 띄지 않는다. 댄스파티에서 남양족 흑인 남자가 백인 여자와 춤추는 것을 흔히 본다. 이족(異族) 간의 결혼이 부모의 반대 의견을 무릅쓰고 성행되는 까닭에 민족의 경계선은 점점 희미해 간다. 공원이나 해변에 소풍 나온 단체 중에는 여러 가지 인종이 함께 섞여 즐기는 경우도 많다. 알고 보면 역시 인척 관계가 있다는 것이다. 하와이 사람들은 자기네의 섬나라가 국제적 사회라는 것을 자랑하며 특히 태평양 한복판에 있어 동양과 서양을 연결하는 기점(基點)이라는 것을 자임(自任)하고 있다.

이곳 하와이 대학에 있어서도 이와 같은 국제적인 이념이 의식적으로 추구되고 있는 것 같다. 대학 정문 앞에 새겨져 있는 "Above All Nations is Humanity(모든 민족 위에 인류가 있다)"라는 한마디가 이 사실을 상징한다. 역사, 예술, 철학, 기타 각 방면에 있어서 동서양의 관계와 비교에 중점을 두고 연구하고 있음은 이 대학의 중요한 특색의 하나인 듯이 보인다.

## 사교(社交)

하와이 사람들은 대체로 털털하고 호인(好人)이라는 인상을 준다. 형식을 차린다거나 격식을 따진다거나 하는 일을 좋아하지 않는다. 셔츠 바람으로 남의 집 방문을 하고, 여자들은 예사(例事)로 맨발로 회합에 참석한다. 넥타이를 맨다거나 웃옷을 입는 것은 매우 특수한 경우에 있어서이다. 이러한 경향은 시골로 갈수록 더하다. 이곳의 중심지 호놀룰루에서는 교회에만은 웃옷을 입고 가는 것이 관습인데 인구가 적은 와히아와나 가에루와 같은 곳에서는 교회에도 셔츠 바람으로 나간다. 물론 열대지방의 기후 관계로 그렇다고 볼 수 있을 것이나 더위로 말하면 한국 서울의 여름보다 훨씬 덜하다. 호놀룰루의 최고 기록이 화씨로 89도라 하며 한여름에도 화씨 80도 전후밖에 되지 않으니, 삼복중이면 예사 90도를 넘는 서울의 기온보다 낮은 편이며, 그 위에 항상 무역풍이 세차게 불기 때문에 여름이면 좋은 피서지가 될 수도 있는 것이다. 그러나 최저 기록의 기온이 57도이고 연평균 기온이 75도 2분이라 하니 역시 열대지방임은 틀림없으며, 이곳 사람들의 느릿느릿 흐느적거리는 걸음걸이로부터 허술한 옷차림이며, 시간 관념이 비교적 박약한 점에 이르기까지 하와이 사람들의 개방적이요 낭만적인 기질은 역시 기후의 영향을 받음이 크다고 말할 수 있을까.

이 털털하고 소박한 하와이 사람들은 놀기를 즐겨하고 친구를 좋아한다. 특히 그들의 사교성은 매우 놀랍고 부러울 정도이다. 걸핏하면 인사 소개가 있고 소개해 주는 사람이 없으면 자진해서 인사를 청하는데 한번 인사한 사람의 얼굴과 이름을 영락없이 외우는 특재(特才)

를 가졌다. 특재라기보다도 그 사람들은 그것을 노력한다. 모르는 사람이 많이 모이는 회합에는 서로 이름패를 달고 나가는 것도 이러한 노력의 표시라 하겠다. 그리고 처음 인사할 때부터 꾸미거나 도사리는 일이 별로 없고 혓바닥이 바쁠 정도로 말을 건다. 어느 나라에서 왔느냐, 무슨 공부를 하느냐, 가족이 몇이냐, 이런 따위의 질문을 으레 퍼붓고 이쪽에서 무엇이라고 대답하든지 간에 그저 "구웃 구웃" 하고 끄덕거린다.

친구를 좋아하는 이곳 하와이 사람들은 손님 초대가 매우 빈번하다 걸핏하면 저녁 먹으러 오란다. 현재 미 국무성의 초청으로 교환 인원이라는 명목으로 미국 본토로 향하고 있는 아시아의 청년 39명이 이곳 대학 YMCA 기숙사에서 6주일 동안 준비차로 합숙을 하고 있는데 매일같이 이곳저곳에서 초청이 있다. 전원(全員)을 동시에 초대하는 사회단체도 있으나 더 흔한 것은 5, 6명 정도를 개별적으로 가정에서 초대하는 일이다. 단체가 초대하는 경우에는 자기들도 이름표를 달고 나와서 매우 적극적인 태도로 이 사람 저 사람에게 인사를 청하고 얘기를 건다. 그리고 이곳의 명물인 훌라 댄스를 보여 주는 것이 보통이다. 식사 같은 것은 언제나 넉넉하게 준비하기 때문에 자연 낭비를 면치 못하는데, 금전에 관한 관념이 세밀하다는 미국 사람들도 때에 따라서는 그렇지 않을 경우도 있는 모양이다. 가정에서 초대할 때에는 자동차로 데리러 온다. 우리 같은 외국 사람을 청할 경우에는 그 상대를 하기 위하여서 자기 이웃의 친지들을 배빈(陪賓)으로 청하는 것이 보통이며, 열한 시가 되기 전에는 여간하여 헤어질 줄을 모르며 열두 시가 지나도록 노는 수도 없지 않다.

이와 같이 초대를 주고받는 것은 반드시 외국인에 대해서만 그러는 것이 아니라 자기네끼리도 마찬가지다. 청할 때는 온 가족 모든 식구를 다 부르는 것이며, 사정이 있어 못 오는 식구의 것은 따로 싸서 보내 주는 것이 인심이다. 남은 음식을 나누어 싸 가지고 가는 수도 있다. 냉장고 설비가 좋으므로 주인이 두고두고 먹을 수도 있는 것이지만 이렇게 나누어 먹는 것이 더 즐거운 모양이다. 손님은 가까운 이웃에서만 부르는 것이 아니다. 백 리 밖에서 청하는 경우도 드물지 않다. 이 지방 사람이라면 자동차 없는 집은 없겠지마는 우리 같은 외국인을 부르자면 자동차로 데리러 가고 데려다주어야 하니 그것만 하여도 여간 거역(巨役)이 아니겠는데 이곳 사람들은 곧잘 그런 짓을 한다.

며칠씩 묵는 손님을 청하는 경우도 있다. 손님을 위하여 만찬회를 열고 소풍을 준비하고, 식구가 총동원하여 영화나 야구를 보러 나선다. "손님을 위하여 특히 그러한 계획을 세운 것이 아니라, 자기네끼리 본래 그렇게 놀 계획이 있었는데 호기심을 위하여 진귀한 외국 손님을 하나둘 더 보탠 것에 불과한 것이겠지 뭐." 하고 한 수 더 높은 해석을 꾀하는 사람도 있었으나 인심의 깊은 내막이야 알 길이 없다. 그러나 하와이를 떠나서 미국 본토로 향하던 날 일부러 비행장까지 백 리 길을 내외가 달려와서 꽃목걸이를 걸어 주고 또 선물까지 주는 광경을 보았으니, 이것을 모두 호기심에서 하는 장난이라고 보는 것이 공평할는지 의심이 없지 않다. 우리 일행이 호놀룰루 공항에서 비행기에 올랐을 때 전원 39명, 한 사람 한 사람에게 봉함 편지 한 통씩이 전해졌다. 그것은 우리가 6주일 동안 신세를 지게 된 하와이 대학 '오리엔테이션 센터(Orientation Center)'에서 서무를 맡아보던 직원이며 방금 공항에서 울 듯이 작별한 니시무라라는 여자가 한 것이었다. 39통이 일일이 손으로 쓰였으며, 편지 내용도 개인에 따라 다르다. 이러한 것은 약간 특례이기는 하겠지만 호기심이 시킨 짓이라고는 좀 생각하기 어렵다.

미국 사람들은 돈과 시간에 대해서 유달리 무섭다는 얘기를 들어왔고 또 그것을 믿어 왔던 터라, 하와이 사람들의 이러한 친절과 후한 인심이 도대체 어디 뿌리를 둔 것인지 궁금하지 않을 수 없다. 백 길 바닷속보다도 알기 어렵다는 사람의 마음속을 똑바로 알 길은 없지만 그래도 궁금한 나머지 이리저리 추측을 돌려 본다.

첫째로, 하와이라는 곳이 미국 가운데서 특수한 곳이라는 것을 고려해야 할 것이다. 하와이가 미국을 대표할 수는 없다. 하와이의 인심이 좋다는 것을 바로 미국의 인심이 좋다는 말로 바꾸어 놓을 수는 없다. "미국 본토에 가 보시오. 이렇지는 않습니다. 딴판입니다. 딴판이에요." 어느 여자는 이렇게 말하였다. 그리고 미국 본토에 건너온 여객들도 모두 하와이가 인심 좋다는 것을 인정하고 찬양한다.

이와 같은 하와이의 특색은 하와이가 가진 풍토의 특색과 관계가 깊을 것같이도 생각된다. 지나치게 덥지 않은 열대지방의 기후가 사람의 마음을 축 늘어지게 하고 상록에 울긋불긋 꽃무늬를 수놓은 자연의 아름다움이 인심 위에 반영된다는 것도 있음직한 일이다. 그러나 그보다도 더욱 중요한 것은 빈부의 차가 비교적 작고 중류계급이 대부분을 차지하는 하와이의 사회적 안정성일는지도 모른다. 물론 수박 겉핥듯이 얼른 본 것이니 자세한 내막이야 알 수 없지마는 하와이의 첫인상은 평등한 평민들의 평화스러운 사회라는 것, 귀족이나 특수 계급이 별로 없는 사회라는 것이다. 어느 집에를 가 보아도 살림살이가 비슷비슷하다. 가옥, 자동차, 가구, 기타에 차이가 없다고야 할 수 없지마는 비교적 균등한 중류계급이 다수를 차지하고 있는 것같이 보인다. 이곳 주민에게 물어보더라도 월수입 4, 5백 달러로 3, 4인의 가족이 빳빳하게 살아가는 것이 대다수라는 이야기다. 또 설령 돈이 있더라도 있는 척하지 않고 평범하게 보이려고 애쓰는 경향까지 있다. 가세(家勢)가 좀 넉넉한 듯이 보이는 어느 집 주부에게 "왜 심부름하는 사람이라도 두지, 손수 그리 일을 많이 하십니까?" 하고 물었더니 "인건비가 비싸기도 하려니와 이곳 사람들은 좀 살림이 넉넉하더라도 남의 이목을 꺼려서 사람을 두지 않으려 합니다. 대중과 거리가 생기는 것을 두려워하지요. 하와이 사람들은 특수 계급이 되기를 싫어합니다"라고 대답하였다. 다른 어느 50대의 여인은 다음과 같은 얘기를 들려주었다.

"하와이에는 소위 지식인이라는 것이 별로 없지요. 탁월한 지성을 이런 곳에서 찾아볼 순 없어요. 도대체 그런 것을 요구하지 않으니까요. 좀 아는 사람이 있더라도 아는 척을 안하는걸요. 좀 세련된 척하고 현학적인 용어라도 사용하면 대중과 멀어지지요. 지식이 있는 사람도 될 수 있는 대로 속어를 많이 쓰고 쌍스럽게 굴어서 자기가 대중의 친구라는 것을 나타내려고 합니다."

하와이라는 곳은 최근에 개척된 곳이다. 남부여대(男負女戴)하고 맨손 쥐고 건너온 이민들이 땀 흘려 건설한 지가 얼마 안 되는 사회이다. 개구리가 올챙이 적 생각을 잊지 않고 새로운 귀족이 생기지 않은 것은 다행이다.

하와이 사람들의 사교성 혹은 미국인의 사교성은 그들의 민주주의적 관념과도 깊은 관계가 있을지도 모른다. 미국의 민주주의에서 무시할 수 없는 것은 인원의 숫자이다. 다수의 의견이 여론이요, 진리의 행세를 한다면 기분이 상통하는 친지의 숫자가 그 사람의 사회적 지위를 결정한다는 생각도 성립할 수 있음직하다. 친구의 수효는 많을수록 좋고 적은 하나라도 만들지 않는 것이 현명하다. 물론 뚜렷이 의식적으로 그렇게 생각하지는 않는다 치더라도 암암리에 그런 심리가 작용한다는 것은 있을 수 있는 일이다.

그러나 하와이의 이토록 순박한 인심의 가장 큰 원인은 하와이가 주로 농업경제의 사회라는 점에 있는지도 모른다. 하와이의 제일 중요한 산업은 사탕수수 재배와 파인애플 재배 및 그 가공이다. 하와이 사람들의 대부분이 직접 간접으로 이 두 가지 산업에 관계함으로써 그 생계를 세운다고 말하여도 과언이 아닐 것이다. 농촌적인 기분이 하와이를 싸고돈다. 농촌적이기 때문에 하와이에는 도시와 상공업의 특색이 되기 쉬운 깍쟁이 기질, 그저 반들반들한 영리성(怜悧性)이 적은 것이 아닐까.

농민이 7할을 차지하는 우리나라를 생각해 본다. 청년들이 흙을 등지고 도시로 도시로 모여드는 우리나라를 생각해 본다. 우리나라도 농촌에 가면 인심이 대체로 순박한 것은 일반이다. 다만 다른 것은 농사를 지어 가지고는 제대로 남부럽지 않게 살 수 없다는 점이다. 농촌에서도 수세식 변소를 쓸 수 있고 전기냉장고를 사용할 수 있으며, 회사가 소유하는 사탕수수 밭이나 파인애플 공장에서 품을 팔아 가지고도 자동차를 살 수 있고 텔레비전을 살 수 있는 곳이, 그리고 자녀를 대학에 보낼 수 있는 곳이 부럽지 않을 수가 없다.

## 울타리와 자물쇠

만약 우리나라를 담 혹은 울타리의 나라라고 한다면, 미국은 자물쇠의 나라라고 하여도 좋을지 모른다. 한국의 수도 서울의 담은 나날이 높아 간다. 아무리 높이 쌓아도 마음이 놓이지 않기 때문에 이제는 가시철사로 다시 단속을 한다. 가시철사도 마침내 안심을 주지 못하기 때문에 셰퍼드 값이 올라가고 '맹견주의(猛犬注意)'가 특수 계급을 의미한다. 미국 본토 특히 도회에 와서 느끼는 것의 하나는 그놈의 열쇠 사태다. 이곳에서는 열쇠 혹은 자물쇠가 우리나라의 담 혹은 맹견의 지위를 차지하는 모양이다.

호텔에서 손님들에게 각각 자기 방 열쇠를 빌려주는 것은 당연한 일이다. 열쇠를 빌려주는 보증금으로 일금(一金) 일불정(一弗整)을 요구하는 것까지도 당연하다고 말해도 좋다. 그런데 그 열쇠를 자기 방 책상 위나 웃옷 호주머니에 넣어 두고 세수를 하고 와 보면 자기 방문이 잠겨서 들어갈 도리가 없는 데는 약간 당황하지 않을 수 없다. 밖에서 방문을 닫으면 자동적으로 자물쇠가 걸리기로 마련이다. 그렇기에 변소를 가거나 수건만 두르고 욕실에를 가더라도 열쇠만은 손에 들고 가야 한다. 그렇게 들고 다니자니 잃어버리기도 쉬운 일이라 배상의 준비로 미리 보증금을 받아 두는 이유도 짐작이 간다.

호텔만이 아니다. 자동차를 길가에 잠깐 세우고 볼일을 보러 떠날 때에도 안팎으로 꼭꼭 잠근다. 일반 가정에서도 마찬가지다. 볼티모어에서 내가 하숙한 집 할머니는 나에게 현관문 열쇠를 맡기면서 그 사용법을 상세히 설명하고도 못 미더워서 안과 밖에서 열고 닫고 채우고 따는 실지 연습을 요구하였다. 우편국이 문을 닫기 전에 볼일을 보려고 부랴부랴 나가던 판에 열쇠 강습이 5분 이상이나 걸렸기 때문에 나는 소포 부치는 것을 다음 월요일로 미루지 않으면 아니 되었다.

한 사람이 적어도 세 개 이상의 열쇠를 가지고 다녀야 한다. 현관 열쇠, 방 열쇠, 그리고 책상 열쇠. 그렇기 때문에 미국에서는 열쇠 꾸러미를 꿰는 고리와 쇠줄이 생활필수품이다. 일용품점이나 백화점에는 으레 열쇠고리와 쇠줄이 쇼윈도의 한자리를 차지한다. 그 지방의 특색을 상징하는 그림이 든 메달 같은 것이 달려 있는 것이 보통이며 여행자의 간단한 선물용으로도 소중하다.

그러나 미국의 일부이면서도 하와이에 와서는 담도 울타리도 없으면서 자물쇠를 애용하지 않으니 흐뭇한 느낌이다. 자동차를 길가에 세우고 10분, 20분 그곳을 떠날 때도 문을 잠그지는 않는다. 현관문이 자동적으로 걸려서 식구마다 현관 열쇠를 손에 쥐고 다녀야 되는 불편은 물론 없다. 자물쇠가 없는 것은 아니나 번번이 잠그지는 않는다. 필자가 방문한 적이 있는 어느 가정에서는 어린이를 포함한 식구 전원이 손(客)에게 구경을 안내하기 위하여 외출한 적이 있었다. 제일 마지막으로 현관을 나온 주부가 문을 채우지 않기에 잊었는가 하고 주의했더니 채우지 않아도 염려 없다는 것이었다.

담을 쌓아 올릴 필요가 없고 열쇠 꾸러미를 차고 다닐 필요가 없는 인심이 부럽지 않을 수 없다. 그러나 이 인심 좋은 곳에서 평생을 살고 싶다는 생각이 나지 않는 것은 웬일일까. 굶고 헐벗고 서로 싸우고 쥐어뜯으면서도 역시 내 나라 내 집으로 돌아가고 싶은 향수—이것이 바로 북극 가까운 빙설(氷雪) 위에 너구리굴처럼 파고 세운 움집을 끝내 떠나지 못하는 에스키모인의 심리일까?

(1957년 9월 18일)


[추기(追記)]

호놀룰루에서 이 글을 쓰기 시작한 것은 9월 초순, 하와이를 떠나기 수일 전이었다. 본토로 떠나는 준비 등으로 심경이 어수선한 가운데 절반밖에 못 쓴 원고를 짐 속에 넣은 채 여로(旅路)를 떠났다. 샌프란시스코에서 조금 더 보태 쓰고 마지막 5분의 1가량은 이곳 볼티모어에서 쓴 것이다. 여러 날을 두고 이곳저곳에서 불안정한 심경 속에 쓴 것이라 내용이나 형식이 모두 서투른 줄을 모르는 바 아니나 고쳐 쓰면 오히려 '인상'이 죽을까 염려되어 그대로 우송(郵送)하기로 한다.

## 김태길(金泰吉)

충청북도 중원에서 출생했다. 청주고보와 일본 제3고를 졸업하고, 일본 동경대학교 법학부에서 수학하였다. 서울대학교 철학과와 서울대 대학원 철학과를 졸업하고, 미국 존스홉킨스 대학원 철학과에서 철학 박사 학위를 받았다. 하와이대학교 Eastwest Center Senior Fellow를 지냈다. 서울대 철학과 교수, 대한민국학술원 회장, 철학문화연구소 이사장 등을 역임하였다.

주요 저서로『윤리학』,『변혁 시대의 사회철학』,『한국 윤리의 재정립』,『삶을 어디서 찾을 것인가』,『삶과 그 보람』,『삶이란 무엇인가』,『흐르지 않는 세월』,『무심 선생과의 대화』,『새로운 천년을 바라보며』,『공자 사상과 현대사회』 등이 있다. 2010년에『우송 김태길 전집』(전15권, 철학과현실사)이 출간되었다.

## 웃는 갈대

| | |
|---|---|
| 1판 1쇄 인쇄 | 2019년 3월 10일 |
| 1판 1쇄 발행 | 2019년 3월 15일 |
| 지은이 | 김 태 길 |
| 발행인 | 전 춘 호 |
| 발행처 | 철학과현실사 |
| 출판등록 | 1987년 12월 15일 제300-1987-36호 |
| | 서울특별시 종로구 동숭동 1-45 |
| | 전화번호 579-5908 |
| | 팩시밀리 572-2830 |

ISBN 978-89-7775-821-6  03800
값 12,000원